猎物志

衣水◎著

時代文藝出版社

图书在版编目（CIP）数据

猎物志 / 衣水著. —长春：时代文艺出版社，2019.3

ISBN 978-7-5387-5989-1

Ⅰ. ①猎… Ⅱ. ①衣… Ⅲ. ①散文集－中国－当代 Ⅳ. ①I267

中国版本图书馆CIP数据核字（2018）第219650号

出 品 人　陈　琛
产品总监　郭力家
选题策划　方　伟
责任编辑　田　野
助理编辑　胡　军
装帧设计　孙　利
排版制作　隋淑凤

猎物志

衣水 著

出版发行 / 时代文艺出版社
地址 / 长春市泰来街1825号　时代文艺出版社　邮编 / 130011
总编办 / 0431-86012927　发行部 / 0431-86012957　北京开发部 / 010-63108163
官方微博 / weibo.com / tlapress　天猫旗舰店 / sdwycbsgf.tmall.com
印刷 / 三河市万龙印装有限公司
开本 / 640mm × 910mm1 / 16　字数 / 348千字　印张 / 20
版次 / 2019年3月第1版　印次 / 2019年3月第1次印刷　定价 / 38.00元

图书如有印装错误　请寄回印厂调换

序　内虚构

真正意义的散文写作，不是报头小品，也不是流传甚广的鸡汤文。我以为散文和其他任何一种文体一样，都有着向人类内世界进军的可能性。至少咏物要咏得意蕴深含，抒情要抒个力透纸背，言志要言得深邃有力。然而我以为这些还只是散文这一种文体的皮肤，没有深入到骨头。至少在新世纪，我还没有看到过深入骨髓的散文。

散文的本质在于揭开。要知道，世界有太多遮蔽物，它们覆盖在表层。散文和散文家的意义就在于清扫这些遮蔽物，让世界照亮自己和我们。写作关键在于怎么去揭开。有不同揭开技术的人，就有不同的艺术天赋。余秋雨揭开文化之旅，刘亮程揭开贫穷的黄沙梁。而我要揭开什么？这是一个我日思夜虑的问题。至今我还不太清楚，但我以为，我是在揭开在我内心深处的竹子屯和Z城之间的不断纠缠。

Z城是一座古老的文化之城，也是惰性之城。而我生活在Z城，一个令人向往而又碌碌无为的城市。我从竹子屯走过来，在不知不觉中，正如许多人一样日益衰老。但我不会心甘，尽管我对世界无能为力。这时候，我想到牛、驴子、马等各种各样的生命，尽管Z城不适应它们生活，但它们会在自己的生活里过得比我快乐。这时候我想到人。怎么样才是人呢？围绕这个问题，撇开现象的纷扰芜杂，我开始了散文的内虚构。

世界中的现实，生活中的真相；梦境里的真实，真实中的虚幻。如此等等，我都在慢慢触摸它。事实上，我以为这是一部片段组合的散文。或荒诞，或魔幻；或隐喻，或象征。在我的概念里，一切非物质的东西都不过是一种意念，艺术当然也不例外。意念是对一切想到的存在的自我实现。我以为，意念是一切艺术发展的本质动力。

是为序！

目　　录

辑一　植物志

辑二　动物志

辑三　器物志

辑四　事物志

辑五　历史志

辑六　跨文体

附录

辑一／植物志

大豆的声音

一粒大豆从豆荚里蹦出来的那一刻，是一声胀裂的脆响，它感觉整个世界都静默了。我只看见滚圆滚圆的豆粒，金灿灿地射向它的未来，抛出一个不安的弧度，就消失在开始热闹的豆田里。

一粒大豆，脱出罩衣，鼓足蛮劲儿，满是新鲜地望着深秋的阳光，深情款款；憋了一个夏天的豆粒，终于忍不住鼓胀的心，它让自己深陷在自己的爆炸声里。

一粒大豆不断从豆荚里蹦出来，然后“砰”的一声，会把我从梦中惊醒。我试图回到梦中研究一粒大豆的炸裂，却是再也不能深入一层。每每“砰”的一声脆响，然后是一片沉寂，我只能在响声和沉寂之间惊醒。

不过多年前，在自家的豆田里，我见到过这样的豆荚。

这是一个自然成熟的豆荚，它长在豆棵的最上端，又在主干上，过早吸足了水分和阳光，便率先向世人敞开了胸怀。一粒大豆，两粒大豆，从它的两个包荚里蹿到地上，满怀喜悦地抗拒了自己的命运。它们不会被农人收割了，也不会被农人捡到豆缸里。在一切还来得及挽救之前，它已经在湿润的泥土里，吸足了夜晚的露水和白天的阳光，它发芽儿了。

细看这两片嫩嫩的芽叶，一天一个样子，越长越大，颜色也浓郁青翠，它们越来越像两只闪烁不定的大眼睛，藏满了它的不屈服的志气。它要赶在大收割之前，再次开花、结果和成熟。它在炙热的成长里紧张攀缘，我很羡慕这样一棵豆苗，它是在经验诸多不容易的另一个人生。

这样一棵豆苗，或者两棵豆苗，从参天豆棵的缝隙里捡拾了一些支离破碎的阳光，憋足萌动的劲儿，按捺住跃跃欲试的心，它在等待夜晚的到来。在梦境之中，豆苗们一天长高一大截儿，仿佛它们只是在夜晚偷偷地生长似的。我知道，是夜晚的舒适凉爽，让它们静下心来；是夜晚的月光金黄，濡染它们的少年理想；是夜晚的金风玉露，让它们摇曳在成长的快感和憧憬之中。

这样一棵豆苗，不断地在我的梦境之中长高，也在它自己的梦境之中长高。现在，它已经同参天豆棵一样高了。它可以沐浴头顶上一整块的阳光，也可以在风中左右摇摆。它开始感觉到摇摆是一种成长的舞蹈，忽前忽后，忽左忽右，身子是它的姿势，也是它成长的刻度。它把身子摇摆成一种前进的誓言，向着月光，向着后半夜的露水，它的眼眸里闪着两粒奇异的火花。

它从自己的梦中醒来，我看见它的疲惫和紧张。它已经长出了无数个豆荚，这是后半夜的月亮，照亮了它的来之不易的收获。露水洇湿了夜晚的豆荚，仿佛如梦初醒，它们要在兔儿丝的死缠烂打和一路骚扰中，开始唱着火辣的情歌，鼓胀饱满的胸，那里面储满的是它们甜蜜的爱情。

可是它们还没有成熟，却已到收获的季节。农人只好把它们留在豆地里，留给深秋更凌厉的风。可是在梦境之中，我让一些鸟雀飞来，啄走了在风中摇摆的豆荚，飞过树林落到远处的山坳里。它们开始挺着鼓起的胸膛，把自己深深埋进另一个抗争的梦里了。

一个清脆的炸裂，一粒大豆从豆荚里蹦了出来。

我从一粒大豆的梦境里走出来，看见自家的一片豆田长势喜人。此时此刻，秋风正紧，豆棵上一个个豆荚欲张开毛茸茸的嘴，似乎在吹响一杆横笛，整个豆田毕毕剥剥，悠悠扬扬。

（刊于《人民日报·大地副刊》2016年2月20日）

一棵柳树

一棵树，是一棵柳树，安静地长在河岸，往往会引起我的嫉妒。我会把俗世的爱刻在它身上，也会把世俗的恨刻在它身上。累累岁月，一棵柳树抖一抖身子，把我刻下的爱与恨都抖落了，都不见了。只剩下一棵干净的柳树意气风发地站在那里，站在我的梦境之中，散发着时光淡淡的清香，在河岸的风中不停地摇摆。

这让我自愧不如一棵柳树，这让我千方百计地想长成一棵柳树。

我以为，一棵柳树婀娜多姿的摇摆，是一种植物款步而行的泰然成熟，是一种植物豁达开朗的自我陶醉。在我梦境之中，河水澹澹，都倾洒在这一棵柳树的魅影里。

有时候我站在河岸，静静地眺望柳树荫荫，我感觉我就是一棵正在长高的小柳树。我张开的双臂像枝干，随风势前俯后仰，随心所欲而左摇右摆。我愿意被挟制在风里，感觉嚯嚯流逝的时光。时光就像河水，从上游而来，又潺潺而去，不经意间打着旋儿，说几句风凉话，我还来不及恼怒，它已经哗啦啦地走远了我。

这时候，微风从流水上游如约而来，像一个巨大潮湿的吻，把我藏在了温润里。风也是一只柔软的大手，抚摸所到之处，腰肢都柔软了，枝干都绿了，叶子都长了出来，这让我认识到成长的抚摸是多么重要。当我突然觉醒，一簇簇拥挤在每一枝干上的清香，会扑面而来。我感觉这是返青的柳树，在唤醒我，也在唤醒它沉睡的自己。

在梦境之中，我每每走过这样一棵柳树，我都羡慕地拍拍它。若是春天，我会采撷一片柳叶含在嘴里，吹着呜呜咽咽的口哨，让柳叶的清香弥漫在我成长的声音里；若是冬天，我会像鸟儿一样从柳树上折一段干枯的细枝衔在嘴里，咀嚼着凝固的时光，让柳树的记忆复苏在我的心底。

在梦境之中，我是一棵细腰柳树，风的亲吻和抚摸，让我感觉有一种生长的力量在体内缓缓涌动。这是三月，温热的风仿佛都钻进了我身体，从一瓣叶芽里，像电流一样奔跑到枝干上，奔跑到四通八达的根系上。它们呼吸着泥土，呼吸着从根系里流过的河水和光阴，又一路汩汩地逆流而上。它们是崭新的风，又回到了我的枝干，我的叶芽。它们在我的叶脉里不停地歌唱和舞蹈，招引来更多的风。我在风中不断地摇摆，我在摇摆中长高，顶着一簇嫩红的新芽，我要长成一棵快乐的柳树。

像柳树一样接受风中摇摆，摇摆是春天的谜语。风过耳际是春天在给我倾诉私密的情话；鸟落枝头是让我心灵的花朵怒放给春天。可是梦境之中，一棵柳树，开不出绚丽的花朵，只把漫天白花花的柳絮献给春天；一棵柳树甘居贫瘠的河岸，自己长成一个弯曲，只想跨步河水之上，一辈子顾影自怜。

一年四季走过洁净的哗哗声，繁荣兴衰都在落花流水里，都镶在我的皮肤上，都嵌在我的年轮里。一棵柳树驾驭不了人间的爱与恨，只能明哲保身藏在流水里；一河忧伤让世人吟咏了多少个世纪，到头来只有一棵弯腰柳是它的知音。

（刊于《当代人》，2017年2期）

一根狗尾草

一根狗尾草站在土墙上，频频点首，任风飘摇。我以为是早些年扎根墙角的月光，开了花朵在向我微笑。我欢喜地看着它，仿佛是我站在了土墙上，在向过往的风不停地挥手。在梦境之中，这样一朵狗尾花，总是毛茸茸地高举着我的月光洒满童年的夜晚。

在梦境之中，我时常会回到一堵低矮的土墙前，沿着土墙根儿的外侧信步而走，狗尾草都在脚下摇头晃脑地欢迎着我。墙内呢，围着的是旧时的庭院，我还住在那里时，墙根下就是狗尾草的乐园。墙内和墙外的狗尾草，常常隔墙而望，又相互打着招呼。我知道它们都想爬上土墙，站在风中的制高点，随风而舞，顺风而呼，梦想着在月光中袅袅娜娜。可是土墙刚夯实的时候，墙面坚硬而干燥，又被青瓦盖得死死的，没有哪怕一根狗尾草能爬得上来，也没有哪怕一粒狗尾籽能生根发芽。

可是月光却婆婆娑娑爬上了土墙，在土墙上生了根发了芽；它们的根系在土墙上走向四面八方，这使得土墙在月夜里更加敞亮。我时常在这样的夜晚，骑在土墙的豁口处，跟邻居小孩喊话。之前拔掉的那一根毛茸茸的狗尾巴草，早插在头发里长到月光上了。这让我感觉，自己就是一根长在土墙上的狗尾草。直到喊够了，我和邻居小孩都不再吱声，我们各自骑在自家的土墙上，开始在风里飘摇。一开始是头上的狗尾草胡乱飘摇，月光会从狗尾草的毛茸茸的花朵里，溢满噻噻生长的身体。我和邻居小孩开始在狗尾草的节奏里，前仰后合，左摇右摆。直到我们是两根狗尾草，两个脑袋就是两朵毛茸茸的大花朵，开始在自由里摇摆，接听风中暗语，接收月光流洗。这一时刻，我在月光里扎出了四通八达的根系，仿佛我也是月光了。

一棵狗尾草摇摆在风里，我知道它一直想爬上土墙，是想摇摆在时光流逝之中。七岁时我上村小学的第一天，就看见校园里满墙根儿都是狗尾草。当时我有一个奇怪的想法：一个学校有多少根狗尾草就会有多少个学生，而这么多狗尾草中哪一个又是我呢？直到在一段土墙上，有几根开着青色大花朵的狗尾草，我就毫不犹豫摘下来一朵，插在了头发里。以后的日子，我常常来这里玩儿，轻轻地给墙上的狗尾草吹上一口气。我把狗尾草当作自己，把学到的第一个汉语拼音悄悄说给它听。以后的日子里，狗尾草开得更热烈了，它们把花朵又长高了一寸。这是我看到过的最素雅的花朵，没有大红大紫，也没有蜂恋蝶舞。它只在微风里颔首微笑，也只在微风中摇摆出婀娜多姿的舞蹈。一棵多么平凡而睿智的纤纤细草，仿佛告诉我，我说给它的第一个汉语拼音就是我自己盛开的一个花朵。我感觉就是那个时候，我和众多狗尾草一起，开始学会了随风摇摆。

旧时的庭院早已不在，而我只能在月光下踽踽独行。那些早年的月光已经扎根在旧墙的土坯上，我能听见月光攀缘到狗尾草的大花朵上悄悄密语。狗尾草在摇摆着，多年以来我也在摇摆着，月光嵌入了我们生活的姿态里。

摇摆是狗尾草生活的一种方式，也是我认识这个世界的路径。我经常会在梦境之中爬上土墙，把自己摇摆进远去的时光里。从学到的第一个汉语拼音里，我感觉到自己是一朵狗尾花，我学会了像狗尾草一样摇摆在风里。我相信一根狗尾草一定能爬到土墙上，开始它一生最荣耀的摇摆，也是它一生最绚丽的舞蹈。

（刊于《阳光》，2016年9期）

一朵喇叭花

有人在我身后的大石头上咯咯笑了两声，待我回头却又不见一丝踪影。我感到莫名其妙，回身绕石头踅摸了一圈，竟什么也没找到，我是说没找到人。刚才那咯咯的笑，清脆而甜美。也许是一只小动物，传说中只有狐狸会笑，睟然一笑它就变成了美人形状。

顷刻间，我的心怦怦然了。

尽管我知道狐狸是善心的动物，但我还是在记忆的咚咚声里，仓皇逃走了。

可是我再也忘不了，一只狐狸躲在大石头后面，呵呵地嘲笑我。三十年了，尤其是在梦境之中，一只漂亮的狐狸露出一张瓜子脸来，哂然而笑。我只好躲进草丛，悄悄然从它的背后溜过去。近了，更近了，可是大石头上并没有坐上一只狐狸。

我只好在大石头周围仔细寻找了几圈，竟还是什么也没有。

我只好爬上这块大石头歇歇脚，在月光中洒落珠玉的夜晚，躺在凉爽的石面上，我再次回到五岁的逃跑里。

我抑制住对狐狸的恐惧，怦怦然狂跳的心已经平静下来。

不再逃走了，我告诉自己，我喜欢一只会笑的狐狸。如果它真能变成一位亭亭玉立的美人儿，我甘心情愿被她掳走，去做那传说中的书生。

我被这突然而来的想法，吓了一跳。

可是三十年前，我真实五岁的此刻，一想到一只狐仙可能掠走我，我飞也似的逃跑了。而此刻，这掩饰不住的内心恐慌，竟然一丁点儿也没有了。

我知道这是三十年的红尘落满了一颗洁净的心，满是占有，满是暧昧，满是不洁净的欲望。这是虚假的五岁，我看看自己，在一个五岁的身体里蕴藏着一颗蒙尘的心。我知道回到这再一层的梦境，就是为了接近那一块大石头，看清楚一只狐狸的一张狐媚的脸。

我在接近它，接近这一块石头。让我惊奇的是，之前硕大的石头，我几乎不能爬上去的石头，如今竟然是一块低矮平整如饭桌一样大小的石头，我只要稍微抬抬脚就能登上去了。

让我失望的是，我找遍了石头的周围，竟还是没见到那一只会笑的狐仙。

我不免有些失望和不安起来。

我知道，潜入再一层梦境的我已经失败了。现在我能做的，就是静静地坐在五岁的那个傍晚，看着另一个五岁的自己，惊慌失措地从石头跟前，落荒而逃。

我不能忍受自己的逃跑。我坐在石头上对懦弱的自己挥舞着拳头，可是那个淳朴的少年根本就不知道我的存在，他已经惴惴不安地顺着小路跑回家了。

我还记得，他是在山坡上同伙伴们玩耍，他只是想多玩一会儿，可是玩着玩着，就剩下他一个人了。直到夕阳暗淡，直到山脚下父母的喊话，他才顺着山道跑下去。他一经过这一块大石头，偶尔听到了咯咯两声清脆的笑声。

这两声咯咯的笑，就是从这一块石头上发出的。

我确信有一只狐仙在与我玩捉迷藏游戏。这游戏一玩就是三十年，一直深入地玩到我的好几层梦境里。我得找到它，我得把它从我的梦境之中驱逐出去。

它也许是一只漂亮的狐狸，这样它就是我的一只可爱的宠物了。

我突然被这可怕的想法吓出了冷汗。

在梦境之中，我突然感觉被狐狸宠物这个想法，羞臊了一顿，这让我不能在现实中面对自己。

我屏住呼吸，消除杂念。当我再次潜入梦境之中，我仿佛看见了一张狐媚的脸，它在不停地微笑。我暗暗地接近它，在绯红的夕阳之中，它袅娜地摇摆在风中。

我惊呆了，是一朵花儿，紫色的喇叭花儿，不知何时悄悄爬上了大石头。

喇叭花激情地鼓起花筒，随风撒播着紫色的清香。我感觉它在风中的摇摆，就是生命的笑声，也是五岁的我从心底里发出的快乐花朵。

（刊于《百花园》，2016年4期）

一株水稻

一株稻，或一亩稻，金灿灿地摇摆风中。它们都低矮了穗头，沉甸甸地冲着田亩憨笑。那笑声沙沙作响，仿佛是一粒一粒掉在坚硬的玻璃上。我路过自家这一片稻田，总想下到田地里抚摸它们摇曳不定的稻穗儿，想数一数一株稻穗上有多少颗饱满的谷粒。

这是一个梦境，它在提醒着我接近谷粒，接近我们口中的粮食，接近一株稻的成长。

这也不是一个梦境，多年前我跟随父亲下过稻田，春季插过秧，秋季割过稻。在我生活的Z城里，没有谁比我更熟悉这稻子的脾性了。

这是一片青葱的稻子，被秋天金灿灿的风狠劲儿吹上半个月，谷穗就会在你的不经意间，嚯的一声，像听懂了口令似的，全都金黄金黄了。

粒粒饱满，父亲骄傲地说，赛过黄金喽。

父亲背着双手，迎着夕阳漫步在田界上。田界是两家稻田的分界线，宽窄像一堵低矮的墙，刚能放下两只脚。

这是父亲从别的庄稼地专门赶过来看护稻子的情景。

父亲在低矮的田界上慢慢摇晃，或是重心不稳而摇摆不定，或是沉浸在金风送爽和不由自主的摇曳之中。我站在田头的高埂子上，看到父亲有几次都歪进了稻田。父亲干脆走进稻田，抚摸着摇摆在风中的谷穗儿。

父亲的脸沾染了稻子的金黄，就连皱纹里也沾满了喜悦。金灿灿的风也是喜悦的，所有稻穗儿似千军万马都在它的指挥下，都在嗔爱、呵护之中。稻穗儿是它调皮的孩子，在它的怀里忽儿藏在左腋下，忽儿又藏在右腋下，逗得这金灿灿的风都哈哈大笑了。

正是这笑声响遏行云，裹紧了谷粒一颗颗成熟的心。它们在收割中摇摆，它们在摇摆中收获。它们勾下饱满、诚实的头，正聆听着由远而近的镰刀的声音。

我在梦境之中，时常从超市的一粒雪白饱满的大米里，逃逸到一颗稻粒，逃逸到一株稻子，逃逸到自家的那一片稻田里。

我曾经想象自己是一株稻子，父亲斜进稻田抚摸着我这么一穗儿稻子，而啧啧赞叹，我是多么骄傲和兴奋。可是我能长成一穗儿父亲满意的稻子吗？我当时站在田头的高埂子上，鼓足了猛劲儿，祈望长得颗粒饱满，而不是秕谷粒粒。

一株实诚的稻子摇摆得优雅，这源于它成长的自信。在梦境之中，一株秧苗就像葱绿如我的当年，被插在春天的时光里。我喜欢这些青葱的小苗，更喜欢跟在父亲的身后，把它们一株株插在平整的水田里。稀软的泥土，没足的水面，面前一片稀疏的绿色，是我后退着插满的秧苗。

这时候，我感觉自己也是一株秧苗，我把自己也插在了水田里。我仿佛在水田里沐浴了春风，飘摇在季节里，摇摆成一株成熟的水稻。

摇摆是一种成熟的仪式，在我梦境之中，我在期待着长成一株颗粒饱满的稻子。

在父亲的注目里，一株秧苗的摇摆是我对未来的自信。金灿灿的风已经染黄了稻田，我的摇摆在沉甸甸的爆响中，像父亲期望的一样，忠诚而饱满。

（刊于《创作与评论》，2016年12期）

绿萝深处

一共五盆绿萝，整齐地排列在窗户的台阶上，是一道绿色的幕帘。只要我一侧脸，或忙碌中眼球一转，就能瞥见绿萝昂扬的大叶片。这五棵绿萝蜷缩在五个花盆里，也许过一段时间会有六盆。只要我把一段根茎剪下，插进另一盆肥沃的土壤里，再浇一些红茶的残叶残水，它就霍霍地长起来了。

我的这五盆绿萝，包括最初的这一盆，都是这么漫不经心培植的。我喜爱它们，我喜爱这青翠的家族，可是对它们又有点儿漠不关心。

这五盆绿萝，自从扎根在窗台下就没有晒过阳光。这是我的工作室，一天到黑、一年四季，都没有阳光，就只有白炽灯光。白炽灯光的冷会长进绿萝的大叶子里，大叶子就会青阴阴的；有时候白炽灯光也会长进我的脸，我就会有白阴阴的脸色。

我实在被逼急了，就跑出去晒晒太阳，有时候也会淋淋雨，让闷馊的身体舒展开来，舒展到自然的呼吸里。可是绿萝不行，作为植物的它们，是不能像我一样行走的，它们的喜怒哀乐也不能通过行走来表达或发泄出来。

我担心的是绿萝被闷坏了，不是担心它们的身体，我担心的是青阴阴的大叶片储蓄的只是积怨，我担心的是它们的根，它们的根系，会经受不住长年累月的阴暗，开始一点点被侵蚀，以至腐烂。我知道，对于一棵灵魂圣洁的植物，不能感受到日光、自然雨水和从遥远而来的风，更不能感受四季的冷暖和变换，这才是难以容忍的。

我不知道该怎样表达我的同情，一种被囚禁在一个空间，尤其是被囚禁在一个季节里的植物，活着的只是一个外壳，一个空空如也的装满暗淡的穹庐。

绿萝并没有我想象的脆弱和孤独，它们缠缠绕绕，抱成一团，在使劲儿长长自己。我能感觉到，从它们的根系表达出的决心，都呈现在一张张大叶片上，一股股昂扬的攀爬，藐视了一切，仿佛我的工作室里就只有它们。

有几根绿萝，已经爬到了窗户的第二格，再爬高两寸就能够探出窗外了。在梦境之中，我打开窗户，让自然风先刮进来，浅浅地梳理一下它的脉络和理想。它鼓起全身的力气，我相信，它只用一个夜晚就爬到窗外了。

在梦境之中，有一根绿萝爬错了方向，我以为它应该像其他绿萝一样爬向窗外，可是它却爬到我的书桌上了。它翠绿绿地爬着，闯过那些打开的泛了黄的书页，它并不驻足书页里的故事。无论魔幻的妖魔鬼怪，还是凄婉的才子佳人，那些让我沉迷的文字它一点儿也不感兴趣。它自顾地往前走着，仿佛它的路上开满了鲜花，它有足够理由对我视而不见。

我有些恼火，可是在我的梦境之中，我和它属于各自不同的物种，它是绿萝，而我只是一株名不见经传的草。一根绿萝穿越了三尺书桌，它径直爬到书桌另一侧的台灯下。它使劲儿探出顶尖的两瓣叶芽，仿佛就是两张沐浴在阳光中的笑脸，谦虚而又舒心地静止在一圈温暖里。

在梦境之外，绿萝并没有占领我的书桌，它们依旧整齐排列在窗户的台阶上。我拉开布帘，不大的屋子一下敞亮了；待我打开窗玻璃，风的歌声把屋子也嘹亮了。

我完全知道了绿萝的心思，让它们都向着阳光——金灿灿的阳光，攀爬吧。从此刻开始，每一根绿萝只要爬过窗户第一格的玻璃，以及窗玻璃上我用彩笔画上去的巨大的人民币，它们就能爬到窗外了。窗户外面，是一栋高楼的墙壁，顺着墙壁它们会爬到一个自由、开阔楼顶吗？

我呆呆地立在窗前，绿萝在我的臆想里爬上楼顶。一只布谷鸟收紧翅膀，湿漉漉地孤立在它的大叶片下。绿萝爬上楼顶见到的第一个活物，就是它，它在高一声、低一声练习着鸣唱。布谷、布谷，这是四月里最虔诚的布道。绿萝在布道声里活了过来，而布谷鸟也看见了满是葳蕤气息的春天。

放眼窗外，我总感觉细雨中随意攀缘的绿萝就是一个寓言。

一群瘦小的麻雀杂乱无章地低飞着，一会儿跌在肮脏的街道上，一会儿又冒失地钻进大树的湿淋淋的枝丫里。这些毫无头脑的家伙，我不羡慕它们，它们用无知消遣着毫无理由的快乐。我也不羡慕布谷鸟，它的劝世的歌唱因用心良苦而太过沉重。

窗外是一个我不解的世界，它的广袤无际绿萝也不会知道。在梦境之中，我会是一只传递信物的青鸟，衔一封书香话语，展翅欲飞，展翅飞去。

（刊于《岁月》，2015年11期）

白莲一朵

一看到万千绿中，一朵白莲花，而不是一朵红莲花，我便给镇住了。它高挑于草色碧绿的大俗和水色单薄的大雅之上，凌空而起，突兀而不僵硬。浑厚的白是一种傲世的风度，含苞待放是一个举世独立的姿态。

我清楚，莲花会缓缓放下重重心事，散开一瓣瓣湿润的香吻，它在第一缕清香的阳光里，让我放慢脚步，让我在干净的时光里看见自己，引渡自己，一身洁白，一生洁净。

也许“莲花耀人眼”太过强硬，莲花它不是女汉子。只不过这一朵莲花强硬地感动了我，而柔和是它的一种曼妙的心境。初夏的燥热，让急匆匆的我满身油汗，内心也毛躁了。是上班时间尚早，也是几缕清新的风抚过来，我放慢脚步，绕向荷塘。先是碧绿的莲叶，一张张一叶叶铺满荷塘，层次分明却又秩序井然。再走近几步，快到荷塘边缘，一朵莲花，只有白莲一朵，它以出淤泥而不染的圣洁，顷刻间就击倒了我。

一朵莲花，一朵莲花的含苞待放，不由分说就进入我的脑海，使我不能再胡言乱语。我知道，一朵莲花的清白，始于莲叶覆压之下的清水。清水，清澈见底；清水，荡起明亮的涟漪。是清水之清，让莲叶无穷地碧到秋天；是涟漪之环，催开了莲花万萦千绕的美人心思。我知道，一朵莲花率先抵达我，抵达我的清白，也是经过万千修炼的。

在梦境之中，这一方水塘会开出白莲花，更会开出红艳似火的红莲花。白莲花之安静，会让我凝神静气，稳稳地坐在岸上，独自冥想出一只振翅欲飞的仙鹤，当然也会冥想出一位脱俗的妙龄白衣小龙女，她清风徐来，翩然起舞，在一尘不染的荷叶上，在明净如心的湖面上。也许这只是一方意境，是白莲隐喻之下的美与安心。

再说红莲花之红艳，是一种热烈，也是一种热闹。它是一个我虚构的香艳的概念，会让我快乐起来。我知道，是渴望在红莲花的顾盼和眼波流转之间，从我的身体里闯了出来。这时候最好能下一点儿细雨，才营造出一个朦胧、暧昧的意境。

细雨是毛毛细雨，淋不消我的渴望，却使得这渴望活泼起来，就像一条遍体通红的小金鱼，满身燃烧着火焰。在我的身体里，在草色青青水塘里，在水色单薄的一个妄念里，小金鱼的快乐似乎取代了我，取代了最初的安静。

早在初春，我多次绕行这一方水塘。地上的草芽刚刚冒出来，灰黄相间，绿还是不够劲儿。不过一片安安静静的水色，却一下子绿得好看，那是水藻苏醒，不过也有偶尔冒出来的尖尖的莲叶。

我得告诉你，一朵洁净的白莲花必须经受得住那些心怀叵测的勾当。

是早春，这时候莲叶尖尖，刚刚出水不过二寸。这时候噌噌疯长的是芦苇，一天长高一寸，三天不见它就蹿到小腿高了。我从岸上下去，恼火地拔掉几丛，甩它上岸。芦苇长得快，就会让白莲放弃生长；当芦苇雄心勃勃地绿过水塘，白莲就会彻底放弃自己了。后来农人过来清理掉芦苇，我才为白莲松了一口气。

一朵洁净的白莲花，它已经认识到水里最隐秘的凶险了。这时候，莲叶还没完全长出来，稀疏还寒的风染过水面，染绿走远的涟漪。我坐在水塘边，看水中的游鱼，一条两条无数条各自无所事事地游着，也许逡巡着在寻找食物。水边熟睡的几只大麻鸭，已经进入了梦乡。从它们头顶叽叽喳喳飞过的燕子，都没能把它们吵醒。

我感觉这是一个静谧、安详的时刻，一个让人忘记不快与危险的时刻。

我在享受这几秒钟的温馨。燕子、鱼儿、麻鸭和我，荷叶田田和水底偶尔几声青蛙的呓语，微风在拂面，微笑在心底掀起幸福的水花儿。这不是心底的水花儿，扑通一声，这是一只大麻鸭一头扎入水中，翻起的浪花。扑通一声，把我的安静撕裂了。还有疼痛，大麻鸭已经叼了一条二寸的鱼儿，一仰它细长的脖子，就把那鱼儿咽进了肚子。

一朵洁净的白莲花吮吸凶险的营养，它自会坚硬、坚实、坚挺起来。一条仙鹤长喙一般的骨架，会让它在最喧嚣的季节开出深沉而又华丽的乐音。这是一个初夏的早晨，一朵白莲花，是白莲一朵，在青翠的水塘里隐约可见，在我的心里熠熠生辉。

一朵白莲花，孤独的一朵。我知道，我愿意像它一样，莲子比心，我将和爱它的人一起，沐浴清水而安身立命。

（刊于《岁月》，2015年11期）

驶向草莓

坐在一列驶向Z城的火车上，我不断地看到疾驰而退的田垄之间，葳蕤的冬小麦正使劲儿地灌浆。冬小麦这是在使足了力量，贪婪地吸食阳光，狠狠裸露自己。在一个更加广阔和热烈的五月，是火热的风点燃了它们一场集体的爱情。

是在大平原上，无数个年代都退守一隅。

这是这一列老式火车，车顶上还装着十二支老式摇扇，还以旧有的方式工作在另一个时代里，就像一组给人遐想的慢放镜头，留给大平原一个无边的慰藉和怀念。火车在大平原上只是一道风景，而我在风景里驶向我的草莓季节。我像那疾驰而退的冬小麦一样，渴望草莓点燃我的姹紫嫣红的幻想。

大平原上，冬小麦心满意足，在阳光里颔首微笑。

而我仿佛驶进了梦境，一缕缕阳光就像一羽又一羽的丘比特之箭，闪耀着血液的鲜艳，闪耀着锋利的热情，直直射在我的心上。而一掠即过的祝福，是村庄和农人的，是冬小麦、小杨树和狗尾巴草的，无论是崇高还是卑微，我都敞开双臂，我爱它们。

一簇一簇的草莓在各自的阡陌纵横里，沿藤而走，一路向上，会遇到各种各样爱恨交织的阻挠，也会遇到另一株草莓的枯萎了的根茎，但它毅然沉迷前进的脚步。是旧有的习俗，或是风声雨声，但它毅然成就一个自己：一颗草莓都会在一颗藤上，走出一连串的隐喻。

这是一个青年，也许就是我，一大早就来到自家的草莓地里。

我在等待这一天的第一缕阳光穿过珠圆玉润的鸟鸣，穿过草莓心一样虔诚的形状，穿过草莓上星语倾诉的滴滴晨露。让我静默地注视草莓，也许闭目静思草莓，就像融入一种神圣的参拜仪式一样，我豁然走出了生活的某一种无聊和狭隘。

这时候，第一缕阳光刺透了偏执之心的暗，我听到嚯的一声，草莓地里敞亮了。众多的草莓，高擎出一团又一团的火焰。伸出一双洁净的手，轻轻地摘取一颗草莓，也摘取了一颗露珠里的清晨。

这时候，冬小麦高唱的爱情赞歌，在大平原上四处流传，我在为这样真实的爱情祝福，我也在为它们歌唱。是五月金灿灿的风，让我羡慕它们的爱情味道。这是一列老式火车，载满冬小麦的祝福，载满我对草莓的爱，游弋在朦胧的大平原上，也游弋在我绯红的梦里。

阳光就藏在鲜红的草莓里，阳光就是草莓给我的恩情。当我的唇吻无限接近它，我呼吸着阳光的新鲜和馨香。当我的目光湿漉漉爱怜它，我在阅读草莓的无尽的鲜艳和温暖。我不知道，是我陷入了一颗草莓的隐喻，还是一颗草莓抽走了我的灵魂？

我竟然如此无节制地喜爱它。

我渴望草莓，我渴望草莓里的阳光，我喜欢这俗世里草莓一样的爱情。

让我驶向它，让我的思念嗖嗖地钻进它的身体里，它的饱满，它的裂开，它的花蕊粉黄的舌尖，都能弹奏出扣人心弦的音符。是它让我难以启齿，也让我难以自拔。我只好告诉它，让一个缓慢的夜晚盛满绯红的酒杯，我们都在这一杯透明的酒里，不明、不暗，此消彼长，也一同生长。

草莓是我的妖艳王后，在无数个夜晚，它都是我的一枚张开的口型。草莓在演练一个爱情的动作，它想从我的舌尖找到一个遥远的承诺。在无数个草莓的季节，它欲言又止，欲止又言；在无数个转瞬即逝的夜晚，它倚栏回眸，而又眼波杳远。

草莓是一个象征，我挣扎在它的光晕里。

一列老式火车，不断穿越在我梦境的大平原上，十二支老式摇扇摇走了无数凄美的外衣和假面。大平原上，隆隆而过的光阴模糊了无数石碑上的文字。在青草一闪而过之中，我看到一群扑面而来的羊，它们并不像瓦蓝瓦蓝的天空中游弋的白云那样洁白、那样自在、那样咩咩地叫着，它们是沾满了尘土的灰褐，是美味的青草牵引着它们停停走走。

这群羊不介意草丛里的石碑，它们只在意石碑间隙里几根鲜嫩的草芽。羊们用舌尖卷走了它们，就头也不回地走开了。羊们从来不知道，也不想知道，那石碑上曾刻下过一场轰轰烈烈的爱情。爱情在羊们面前虚妄至极，草莓在碑文里消失殆尽。

可是大平原上，冬小麦正使劲儿地灌浆。它们正狠狠地裸露自己，贪婪地吸食阳光，它们这是在集体迎接一场受孕的爱情。

我坐在一列火车上，我知道我是在驶向草莓，驶向草莓的内心。

在梦境之中，我驶向草莓最初的雪白。

我看见一条藤绵延至今，昂扬攀缘在春天里。它们掌叶葱茏而举，花瓣向心而语，一颗青青草莓在无限的呵护里羞涩而生，以心的形状羞赧而红。这是在五月，在无尽的遐想之中，是草莓纯净了我的尘世污浊。

我在无限接近一颗草莓，却又始终不能抵达草莓的光辉。草莓的爱是那阳光的热，更是这星光的冷。当我在星光之下观赏玻璃器皿里的几颗草莓，我不想再让它等待成空，也不想让它静静地褪去绝代风华。

我不拒绝它。

是它的汁液，汁液里的光辉，褪尽了占据我心灵的草莓形状，也开始褪去草莓的红艳。

驶向草莓，是草莓用红艳的舌尖沾满星光，启示我暗淡的夜晚。

（刊于《草原》，2016年6期）

沙地西瓜

五月的热浪像皮鞭抽打在村北的沙地上，溅起的不再是沙土和僵硬的黄，而是碧油油的瓜蔓，是每一个手掌一样大小、手掌一样形状的叶子，招呼着即将分蘖的芽儿。饱满的心一路上昂着，像红糖一样的沙地给了它全身的力量，也给了它自由的方向。它把芽尖伸向燥热的空中，走上一阵儿它就抛出一朵金黄金黄的花儿，向着遥远的季节深处，也是抛出一个内心的希望。

这是村北沙地里，这是我种植的半亩西瓜。这是五月，瓜地载满大红的梦想，让千万条瓜蔓上数不尽的金色小花儿漂浮在碧油油的海洋，热闹继而热烈，多像一朵朵燃起的火苗啊，荡漾在五月的幻想里。哦，这朴实而渺小的花朵儿，是梦想让它耐心等待蝶儿献舞、蜂儿献歌。这时候瓜蔓早早抛出的花儿，已经结出了毛茸茸的小西瓜。

小西瓜指头肚儿大小，脐花儿还在；小西瓜小拳头大小，脐花儿仍在。直到小西瓜爬进六月，我去检阅它们，脐花儿才随风不见。这时候，一个个三成熟的西瓜裸着身子，混乱地躺在沙地上，仿佛在东拉西扯地串门。它们太随意了，我不喜欢，我就梳理它们。我喜欢它们规规矩矩地长在各自的瓜蔓下。可是不过半个月，瓜蔓就又胡来乱来了，它们太爱纠缠在一起，太爱不分你我了。

在梦境之中，也正是这个时候我才有用武之地。我自以为每一次捋顺它们，都是让它们更舒适地生长。我的乐趣也不在于强行捋顺它们，而是在我顺藤摸瓜时，把瓜边不规则的石头捡到箩筐里。这样，小西瓜再也不用担心石头的棱角，它们会把不断酝酿的秘密完整地灌注心底。直到有一天，“嘭”的一声，它愿意把秘密都裸露给它心爱的人。

我捋顺瓜蔓，也捋顺西瓜，让他们各就各位时，我并不讨厌这些石头。只是这些石头碍着西瓜生长了，我才去捡走它。可令人讨厌的是，这些石头永远也捡不完。这些石头，仿佛每年都是自个长出来的，往往还跟西瓜长在一个地方。我只好再次把它们捡进箩筐里，扔在地埂上。可是没有这些石头，在西瓜漫长的成熟等待中，我将是多么的空虚和无聊，也许正是这些石头，我才能耐心地欣赏一地西瓜的成长。

好多年过去了，我从村北的沙地里扔掉的石头，似乎比我摘取的西瓜还要多。好多年过去了，我也把内心沙地的石头，一箩筐一箩筐地扔掉，我已经让自己的心里空旷起来。我想，在我的内心瓜地里，也会开出火苗一样的西瓜花，也会结出碧油油的西瓜。

在梦境之中，有时候我感觉这些石头，同我期望的西瓜一样美丽，一样让人琢磨不定。有时候，捡到一个鹅卵一样光滑的石头，我知道它不会伤害西瓜，我便会抹去它身上的沙土，在阳光下仔细地瞅它、欣赏它。我感觉它也是瓜蔓结下的一个漂亮的西瓜，只是它的瓜蔓是时光。我不该扔掉它，我只好放它在一只西瓜的身旁，让它们在五月的深远里一起长大。

这是一块悖论式的梦想。

当瓜地结出无数甜蜜诱人的西瓜，我会把这一乡村文明——成熟的西瓜，一车车拉进城市。在梦境之中，一个西瓜，两个西瓜，三个西瓜，无数个从村北沙地里走出来的西瓜，绿油油地排着队，圆滚滚地昂着头，就像当年我放弃了乡村，西装革履、意气风发地进驻到城市里一样，挤上汽车、挤上火车，几千里哐当、哐当地涌进了熙熙攘攘的人群。

这是我生活了十多年的城市，也是我们孜孜以求的梦想里的生活。

一个爱幻想的少年，正背着满背包的希望来到城市，要在城市里把这些梦想都一一实现。可是，城市只是我放在瓜蔓下的那一块好看的石头，也是时光的瓜蔓下结出的巨大的虚空。我不知道，时光的瓜蔓能不能结出梦想的西瓜花。

直到一个又一个西瓜，被坚硬的哐当声震碎了心，那在村北沙地坚守的秘密，再也不是甘甜如露了，而是被腐蚀和污染了的破碎花瓣。直到今天，那“嘭”的一声炸响，将不再是我的惊喜，而是我的无边落寞。而在我的梦境之中，西瓜一次又一次想回到村北沙地里，可是它们的内心就像我一样，再也回不去了。

在西瓜的梦里，在五月热烈的深处，在碧油油的瓜蔓上，分蘖出一个又一个枝丫，抛出一朵又一朵金黄色的小花儿，小花儿结出一个又一个小西瓜。这是村北沙地一个崭新的五月，我看见自己捋顺了每一条瓜蔓，那些碍事儿的石头，都被我捡走了，它们再也没有非分之想了。

在梦境之中，我会把内心沙地的石头，一箩筐一箩筐地扔掉，义无反顾地扔掉，好让我的村北沙地只开出火苗一样的西瓜花，永远守住“嘭”的那一声的惊喜和惊愕。

（刊于《草原》，2016年6期）

一棵大树忘记了自己

在秋天狭长的末端，我看见越来越多火红的叶子，正落下来。一片落叶又一片落叶，像一个又一个来到大地上觅食的鸟儿，不停地从一棵又一棵树上飞下来。直到一棵又一棵树赤裸裸地垂直在我的面前，我还是感觉到有一只又一只的鸟儿飞下来。

在我梦境之中，一棵我无法想象的大树，从它的怀抱里不停地掏出鸟儿，义无反顾地扔在大地上。我看见有一些鸟儿，自动地从瑟缩的大树里飞出来，顺风飞一阵儿，落在某一片土地上，从此就把自己忘记了。还有一些鸟儿来不及飞，但又害怕大树的驱逐，仿佛是慌不择路直接从树上掉下来，一个跟头摔在地上，然后翻几个跟头也销声匿迹了。

现在满地都是落叶，而不是树叶。树叶从大树上掉下来，就不再是树叶了。它们忘记了表象，而变化为另一种存在。而我从这个秋天的狭长甬道，穿过一遭，我的内心将发生化学变化，而不是物理变化，这是再明显不过的事情。

我在梦境，那一棵大树上所有的鸟儿都飞走了，大树仿佛就不是大树了。不过，它是什么？它枝丫强横地霸占着虚无的天空，我看不到有任何意义。它抛开了俗世骚扰，是在悄无声息地用天线般的枝丫和天空交流，还是冬眠起来把自己完全地忘记？

假设一：一棵大树和天空交流。

一棵大树和天空交流些什么？大树赤裸了身子，它的世界再也没有叶子了。那该是落寞还是一身轻松？它把那些无聊的鸟儿都打发走了，它感觉到它和天空一样，整个身体和内心世界，干净了，清爽了。它只用一个无与伦比的姿态，打量头顶的世界就足够了。

天空呢？它一直无言无语，它不和大树说话，它也不和天下的黎民说话，我只能在它的无言里揣测它的心思。一个天空和一棵大树的交流，估计是说一些相互安慰的话。一棵大树说，我的头顶只有天空；而天空说，我的孤独里隐藏着一棵大树的孤独。

假设二：一棵大树冬眠，开始完全忘记自己。

一棵大树忘记自己，就意味着它不再孤独。一棵大树在一个季节里，把所有的心思都融化进土壤。它不再把所有的心思都开成绚丽的花，炫耀枝头。现在，它已经把所有的鸟儿都撵走了，它把所有的枝丫都收拢在自己的身体里。它藏匿在自己心灵的一角，它以一棵大树的名誉宣布，它是一棵忘记了自己的树。

而在我的梦境之中，一棵大树已经完成了自我忘记。现在，我正走过秋天的狭长甬道，我仿佛又一次走进孕育之门。一路上，我明白了一棵大树的隐喻，走着走着，我就忘记了自己。什么都记不起来了，什么仿佛又都记得清清楚楚。我感觉到一个又一个黑夜和白天，就像一个鲫鱼又一个鲫鱼消失的弧线。

这是在一个深秋的大地上，我捡到很多很多从树上飞下来的鸟儿，我又把它们放飞了。那些鸟儿爱去哪儿就去哪儿吧，它们的归宿好像与我无关。而生活在现实的大地上，我有些疲惫不堪。我弄不懂哪些是虚假，哪些是真实。

突然我又回到梦境，看见一棵大树赤裸了身子，一无所有。我感觉心境一派澄明，我忘记了动物和自己，也忘记了世界。

（刊于《青年作家》，2011年6期）

隐喻的大白菜

一棵大白菜，一生都长在地里，它仿佛就是上帝遗忘的孩子，被搁置在冬天的一隅，瑟瑟发抖。炎夏种植，然后开始发芽、生长，秋天过去了，冬天过去了，直到第二年的春天，它被葱郁正隆的芳草给淹没了。

在竹子屯的北地里，而不是在我的梦境之中，我看到一棵缩紧了身子的大白菜，像一个握紧的拳头，孤独地站在几亩白光光的菜地上，占据着一个冬天的空阔。它把冬天懒洋洋的阳光，全都聚集在自己的衣服上，也把冬天漫长的孤独，全都藏匿在上锁的身体里。

这是一棵怎样的大白菜？它早已经包好头，并且一层一层裹紧，掖实，不留一点儿缝隙，不放一丝的风进来捣乱。我看见它时，它的最外层已经枯萎，上头顶着薄薄的霜牙子。它一动不动地站着，面无表情，仿佛在守护着这一片被收割一空的菜园。

这棵白菜，是被人为地抛弃，还是被菜农遗忘了？它的棵子非常硕大，并且腰间缠绕的稻草绳，也还非常结实。我想，这么精心培育的大白菜，不可能被菜农遗忘。那肯定是被菜农有意留在菜地里的，我想，这在菜农的意识里，肯定有一种属于他自己的隐喻。

如此孤独的大白菜，在我的梦境之中，却是热闹非凡。我看见它在碧油油的千万棵白菜里，噌噌地往上走着。它仿佛领着一彪人马，在广袤的大地上，远征凉风习习的深秋。我能听到天际的人马嘶鸣，我能看到它们胜利冲杀着前进。一切进军很是顺利，偶尔的损兵折将，也都是那些老弱病残。它不用顾及牺牲，它是最出色的将军。

它很出色地完成了它一生的远征，金秋来了，所有的白菜都成熟了。菜农走到了菜园，怜爱地看着一地耀武扬威的大白菜。菜农就像一个知道感恩的皇帝一样，下定决心要把这个出色的将军，封侯拜相。菜农把它留在菜园。菜农希望明年菜园里的大白菜还能丰收，把这棵最大的白菜祭献给土地，这是他最大的虔诚。

现在，一棵白菜王按照菜农的意见，孤独地守在土地上。它不是在守护着自己，而是在守护着这一片土地的灵魂。它作战过两个季节的战场，现在，它要孤军混战一个冬天。它已经知道了自己的命运，一个带着祭祀色彩的物品，它只能待在春天来临之前。

我在梦境雪域之中，有一天不小心拜访了它。一片白茫茫的大地上，我看见有一个赫然笔挺的凸起。我看见它，一棵百无聊赖的大白菜，瑟缩着身子，仿佛在迎接我。我问它，愿意跟我走吗？它摇摇头。它漠然地看着一大片菜园，也漠然地看着我。

我把它脑袋上的积雪，一点一点地擦掉。我让一个大白菜，在一个纯净的雪域宽衣解带。我把它身上缠绕的稻草解开，又一层一层地把老死的叶子去掉。每一层我都小心翼翼，唯恐把它的灵魂吓跑了。我的手指在不断触摸中，渐渐感到它的皮肤的温暖。已经快到中心地带了，我的手指感觉了它的新鲜的内心世界。

我把一棵隐喻的大白菜，拔掉，抱回家。它不再拥有隐喻，它的世界将生动具体，就像我回家把它的菜心，煮吃了一样。这时候，它和我一样，将忘记一个冬天的漫长。

（刊于《郑州晚报》，2010年11月26日）

遗失的葡萄

一颗葡萄开始成熟，像一颗凝固的水滴即将落下，但却静止了。我以为这是创世纪的那一刻，我以为一颗即将成熟的葡萄，理将延伸出喧嚣，凸显在更孤绝的高地。它开始在一个封闭的自我宇宙，转换角色，变更颜色。它开始闪烁出隐秘的蛊惑和光辉。我以为，它比重力下的秀乳，在金色的阳光里，更加耀眼。

一颗葡萄如此闪耀地走到一架葡萄的顶端。一颗又一颗葡萄，在一个季节相继完成身份的更替。一架葡萄开始它的疯狂之举，它把所有的成熟，都一览无余给我了。然而在此之前，只有一颗葡萄，它装入了我的灵魂。

就是那一颗葡萄，如此孤绝于天地之间。在一架葡萄上，它率先张开了花瓣。葡萄的小白花，没有人能够想到，在它的花蕊之中，能蕴涵着多大的能量。它能够一下子把我吞噬，用它温暖的子宫提升我的灵魂。我在它的每一次闭合之间，都在窥视着星空的神秘之像。一个核日益成形，一颗葡萄拱出脊背，我看到它行走的身影。

一颗葡萄，它在独自垂怜。我总能感觉到，它在延伸多少个夜晚的葡萄藤上，健步如飞。我知道它在练习行走，也在飞翔。一根维系生长之藤，一根接天连地之藤，它让一颗葡萄学会了飞天遁地之术。是它放飞了一颗葡萄，是它把夜空的秘密，悄悄塞进一颗葡萄里。这颗葡萄，会因此而藏匿了整个宇宙。

一颗葡萄，还在眺望另外的葡萄，还在眺望我，还在眺望我的整个院子。我看见它紫黑色的果肉里射出黑亮的光，像婴儿的瞳仁。我只能呆呆地望着它，一个神秘的星系在这个不可侵犯的瞳仁里，以一种莫名的形式运行了。它晶莹透亮，我在浩渺的时空之中，终于找到我们蔚蓝的家园。我看见大海，我看见高山，我看见我所在的院子，我看见我就站在一颗葡萄的面前，正在窥视着上帝的秘密。

一颗葡萄，成熟得如此孤独和怜爱，我不敢轻易伸出手。哪怕是上帝自己，也不敢。我以为即使是最善意的抚摸，哪怕是上帝的灵秀之手，哪怕是最柔和的一触，都是一种偏离圆心的伤害。没有人能够容忍谁损伤一个婴儿的无辜的瞳仁，当然，也没有人能够容忍任何人对一颗葡萄的伸手之举。哪怕有此一种想法，我都能感觉到，这颗葡萄就暗淡了。

一颗葡萄，一直在我的注视里，但我并不感到安全。它在一架葡萄上，就像暗夜里一颗闪烁七彩之光的宝石。藤蔓已经筋疲力尽，已经不能维系它的秘密。我越来越惊呆了，一颗葡萄的成熟，隐秘的是整个世界。我在细细地研究它，与此同时，愣头愣脑的雀儿，也在叽叽喳喳研究它。这让我感觉到幸福，但也感觉到危险正在一步步走近。

正当我被一颗葡萄击倒，思想还没爬起来，我发现一只老雀儿扑棱棱飞到这颗葡萄跟前，一口就把它吞进肚子里，自顾飞走了。我顿时眼前一派虚无，别的雀儿也终于从争吵中安静了下来。它们是不是也和我一样，不自禁地呆住了？

有一刻我在想，一颗孤独一世的葡萄，容纳了我们整个的世界，容纳了我们太多的秘密。它如果继续待在葡萄藤上，那是不明智和不安全的。我以为，此刻它在一只熟谙世故的老雀儿的胃里，该是最安全了。

（刊于《青岛文学》，2009年7期）

棚顶的葫芦

在行道边上种植很多葫芦，行道顶上搭上结实的木料架构的顶棚。行道边的葫芦，一破土就开始往上爬了。它们昂首攀缘一个春天，不畏长途跋涉，终于来到棚顶。我原以为植物不会行走，没想它们一个春天竟然爬到了花开的制高点。

行道的棚顶是一个自在的世界。阳光蘸满它每一个小角落，细风如酥嫩的小手，偶尔来的几只鸟雀，也赖在这里歌几声。一个春天，葫芦秧都在寻找理想的位置，它们在棚顶穿来梭去，做最后的腾挪。不到最后的战鼓响遍，它们不会抬起寻觅的头。

葫芦是一种固守的植物，它们不会走在半路上开花。也没有任何诱惑，能够让它们吐露秀口。它们是在憋着、掖着的含蓄女子，直到春天爆出最后的火辣，它们才会素面朝天，呼啦啦把满腔的浓情蜜意吹奏给我们。

我看着乳白的大喇叭，一个一个从葫芦藤上钻出来。有时候一个素雅女子单奏，有时候众家姑娘和弦。一滴滴，一弦弦，单色里带着清幽，混音里透着金贵。它们吹落了赶场的金色阳光，它们吹散了慕色羡音而来的风。它们催进了少女的蛾眉，它们唤来一群无家可归的葫芦哥儿。

这时候葫芦藤已经等得不耐烦了，它们在花底等待坐果。这时候，我看到一个个指头肚儿大小的小葫芦，早已经在花腔里露出渴望的眼睛了。它们通过花蕊、花筒，把太阳的温度储藏在小小身子里。我想，它们把太阳分割成千千万万的小块，分别装在自己的身体里，它们每一个都是一个小太阳了。

小葫芦一天一天长大，我在梦境之中已经看见它在向我招手。一只天真无邪的小葫芦，淘气地吊在棚顶的葫芦藤上。它在贪婪地吮吸着太阳的热，它在淡雅的清风之中荡漾着秋千。有一段时间它躲进巨型手掌一般的葫芦叶里，悄悄窥视我的世界。那时候就连一只鸟儿扑棱棱飞来，它都会吓上一跳，它都会往叶密处挤上一挤。它太胆怯了，它把自己的身体，只紧紧裹进隐秘的想法里。

这是一只勇敢的小葫芦，自从它向我招手，它已经在内心解放了自己。它不再把自己当作葫芦藤的附属，它就是一只独立的葫芦。这时候它豁然开朗，它立刻就把自己推上了大众的视域。一只葫芦不再需要葫芦叶的掩饰，它推开众多阻挠之手。它光闪闪地照耀在我的面前，顿时，我被它蕴藏的灵秀之美，击倒了。

在行道的顶棚，一根一根粗壮有力的藤臂上，悬着一个一个精巧的即将长大的葫芦。不，不是葫芦，而是一个一个吸饱了阳光的乳房。我仿佛在梦境之中，看见它们张开羽翼般的翅膀，不停地飞，不停地追逐阳光。现在，它就在我的头顶之上，我能够看到它隐秘流淌的汁液，乳白的汁液，在一个椭圆形的梦里。

它已经扰乱了我的脚步。它是重力下的秀乳，它有重未抚摸过的那种洁净。在这个世界上，没有任何一双手，能够配得上它。我想，只有婴儿的小口，才能吮吸它的汁液。我看见它向我微笑，我知道它要成熟了。

我在棚顶下面踟蹰不前，我知道它胸中有一轮太阳，有十万婴儿。我把手举过头顶，但它不属于我。我想，我的喜悦来自于我发现了它的美。而此刻，我举起的手无法前进，也无法收回。

（刊于《野骏马·原创散文》，2010年4期）

坐在静静的山坡上

我坐在静静的山坡上，一个下午我都没动。而我的牛，在不断地吃吃停停。偌大的一个山坡，坡底溪流潺潺，坡上青草肥美。别说是一头牛，就是十头牛，吃上半个月，也吃不坏这些噌噌往上蹿的美味。

如此说来，我要在这个山坡上呆呆坐上半个月了。这半个月，吃过午饭我就把牛牵到坡底的溪边，然后就放心地爬到坡顶。牛喝完溪水，就开始一个下午的大餐。我坐在坡顶的草地上，一动不动，守着这个宁静的下午。

在我的梦境之中，午后的山坡开始慢慢矮下去。一点又一点，我渐渐开始看到山坡的影子，在缓缓地拉长。开始很胖实，后来一点一点开始瘦薄，直到像一张平铺并延伸向东山的纸。之后，遇到东山，就开始卷起来。到太阳落山，这西山坡的影子已经爬到东山的头顶了。

尤其是我躺在草丛里美美睡上一觉，起来之后，山坡的影子正好到东山西山之间的小路上。这时候我从草丛里坐起来，看看牛还在香香地吃草，我并不担心它会走失。这时候，我开始了一个下午的白日梦。

西山坡上有一棵特别的大树，有火爆的日头时，我会躲在它的阴影里。而现在是傍晚时分，它的影子足足有这棵树的两倍高，像一只巨大而单薄的手掌，轻轻覆盖在山坡的肚脐上。偶尔有微风从我们的身边路过，我会因感到满身的舒爽，而不住地用手摸摸自己的肚脐眼。它呢——那只手掌，摇摇晃晃要飘走似的，但我却能够听到它沙沙的微笑。

这时候我会很兴奋，几个纵身，我就爬到大树上去了。葱葱郁郁却疏而不漏的叶子，一个个还在晃动着舌头，对我诡笑。而有一些叶子，好像已经是过期的面包，被风甩手扔到了地上。此刻，我正在和这棵大树融为一体。我想，我的影子早已经深深埋在它的影子里了吧。一个孤独的下午，我将和大树一起孤独地生长。我们的灵魂，也将一起延伸到东山的头顶上。

这一次，我借助大树的力量，终于肆无忌惮地长高自己了。我在大树上，真想就是一只未开化的猴子。可是，我偏偏不是。我远比我们不会思考的祖先更加孤独。即使我不愿意思考，但我终究不是一只猴子。坐在一棵大树上，一片一片的树叶，被我摘下来，我仿佛是把自己摘下来一样，带着举世的寂寞。

太阳在不断地下沉，我和大树的影子也在不断地长长。我看到远处，我的牛和它的影子，亦步亦趋地吃着草。我不知道牛在吃草的时候，都想些什么。它的尾巴在不停地甩来甩去，追赶苍蝇。我发现，没有苍蝇的时候，它的尾巴也是甩来甩去，仿佛它的整个世界，都是为着苍蝇似的。这让我感到好生奇怪，难道一头牛的孤独，就在它的尾巴上吗？

我继续在大树上玩耍，突然看到树的半腰枝丫上有一个鸟窝。待我爬到鸟窝的边沿，却发现鸟窝里空荡荡的。连鸟都飞走了，我还待在树上干什么？一些树叶还在不断地掉下来，不知道它们摔疼了没有。不过我知道，在不远的未来，这棵树就光秃秃地承受着比天还大的孤独了。

我从树上下来，顿时明白，一棵树的孤独在于不能行走；一头牛的孤独在于它吃草的时候，尾巴无用武之地。而我的孤独，在于我无牛可放，只能行走在白日梦里。

（刊于《散文百家》，2011年2期）

向日葵的夜晚

一棵野生向日葵一直生长在背阴里，不知道是谁，把它丢弃在高大的建筑群里。它孤独地生长，它伸张了脸膛生长，它把脖子扭了一圈又一圈。它在寻找阳光，像一个渴望吮吸乳汁的孩子。或许这一切都不能实现，它的一生注定在暗淡之中度过。

一棵背阴里的向日葵，即使在花开时节，也不能享受一点儿阳光的甘露。它不能像我，哪里有阳光，我都能毫不犹豫地撒丫子跑过去。世界对于不能行走的植物，或许太过残忍，它们注定一生只能生活在可望而不可即里。有时候我会感到孤独，一个有心灵的动物都会感到孤独。我不知道一棵背阴里的向日葵，会不会孤独？如果它孤独了，它会不会和我一样，感觉到黑夜里毫无希望？

一棵背阴里的孤独的向日葵，我以为它最需要的不是行走，而是去晒太阳。一天到晚它都印在厚厚的阴影下，都印在灵魂的负重里，我不知道它还能挨多久？我看到它，我的心已经崩溃了。

一根纤细的脖颈，托着一张重重的脸膛。我能够看到一根血管中苍白的血，在缓慢地流淌。这些稀释之后的血液，已经不能使一棵向日葵血脉贲张。向日葵的脸只能是贫血的，它的营养不良，总让站在它面前的我，也感觉有些营养不良。这时候我总想起，我一天到黑都待在阴暗的屋子里，也很少见到阳光，是不是我的脸色也是贫血的？这时候，我总是慌张地跑到太阳底下，贪婪地吮吸一下灼人的阳光。这时候，我也总想跑回家照照镜子，观察一下我的脸色是否还有血脉贲张的红润。

我记得在乡下竹子屯的菜园，那时总要种植很多向日葵的。在春天，当我家的菜园种满了各种蔬菜，我只能把一粒一粒向日葵的种子埋进菜园的园埂上。尽管是最贫瘠的角角落落，我那些向日葵，也比那些占据菜园肥沃位置的蔬菜长得快。自从发芽那一天，我会把园埂上的杂草清理干净，把土松弛，偶尔还给它们浇点水。看我的向日葵，那时几乎是我放学后的一项家庭作业了。

我那向日葵，一天长一个样子，两天不去看，我几乎就不能相信它们是在生长，而是一个劲儿地一节一节往上蹿。它们的根茎非常粗壮，有的比我的手脖子还要粗。它们的叶子厚实圆大，我曾经摘过一叶顶在头上。我那时候已经相信，我的这些向日葵，注定是我一生要长成的目标。

这棵背阴里的向日葵，我曾多次看见过它，从它发芽的那一天，我就见到它。被微风一抚就要骨折的它，并不能消解我对一棵野生向日葵的信心。它一天一天待在墙根下，我并看不出它的孤独。它仿佛吃了铁，总也长不高似的。但终于有一天，它的花盘也笑开了。不过这笑，却带着惨白惨白的心情，一直刺进了我的心里。

直到今晚我看到它，直到今晚月光写满大地，这棵野生向日葵依然是被遗忘的。它在月亮的暗影里，开始不断训练自己的花瓣。它不是家养的向日葵，它是被光明遗弃的向日葵。它在一个缺钙的时代里，顶着一圈瘦小的帽子，向着无望的明天生长。

（刊于《散文》，2010年1期）

围绕一棵树转了多少圈

这是一个酷暑的中午，我下班回家。在发烫的水泥路面上，我像一条泥鳅滞涩难行。我的双脚仿佛踩爆无数个氢气球，啪啪作响。而此刻我在梦境之中，看到一棵孤独的树，这是Z城唯一的一棵树。我知道，它快有一千年的绿荫了。

每天上下班，我都要经过这里四趟。而每一次经过，我都喜欢站在一棵茂密的阴影里，发几分钟呆。这样算来，我每天能够和这棵树，一块生长十来分钟。我想我是幸运的，我能够把一生的长势，融在一棵树的孤独里。

我艰难地挪动着步子，那笼盖五十平方的树荫在向我伸展。我已经感觉到来自阴影的凉意，也许那是来自我内心深处的渴望。我远远地看到，一棵树在骄阳的暴晒下，更加碧绿幽幽，更加精神矍铄。我几乎看不到它的硕大的躯干。我是在进入它的长势之后，才看到那棵树带着我抚摸的温暖和成长印痕的。这时候，整个岁月累积的炙热，一下子消失了，我和我的灵魂，都弥漫在浓浓的碧绿之间。

这让我想起在竹子屯，我时常和一些少年，在河道一片茂密的板栗林里玩耍。当然，河道里还有别的树，什么红柳了，什么白杨了，最多的除了板栗该是红柳树了。

我们只是知道，它们仅仅是一棵一棵的树。

有时候我们从电影里学习的一些拳脚，就施展在这些老实本分的树上。有时候它们的皮被击掉了，它们流下清清的树泪。而那时候，我们并不知道惋惜一棵树的生命。

有时候我们爱一个人，就把她的名字，加上甜言蜜语，深深地刻在大树上，让流向未来的年月一起爱起来。

有时候我们痛恨一个人，就把他的名字，加上一个动物的后缀，也狠狠刻在大树上，仿佛让流向未来的年月也来一起痛恨。

爱恨一棵树，恨爱都刻树。这可苦了那些不会走的树了。

树不会走，却能走过百年千年。我们刻在它们身上的爱与恨，它们都不在意。它们在不断流逝的时间里，轻轻抖一抖身子，那些我们强加给它们的情绪，就像灰尘一样，都被抖落进奔腾不息的河流了。树依然很干净，依然满身清爽地走向一个未知的世界。

我站在这个酷暑的中午，很可能只是某一个未知的点儿。我使劲地回想过去和记忆未来，却不能探秘到一个世界已经去了哪里。我刚才在水泥路上奔跑的情景去了哪里？我的那些工作过的时日呢？我的那些玩耍的少年呢？我看到的是，只有这棵树还在我的眼前，而我还在用手抚摸着它。

这是Z城唯一的树，我不知道别的树，它们已经去了哪里呢？

下班了我要回家。这棵树呢？也要回家吗？我不知道。

我围绕这一棵树，左三圈、右三圈，一圈一圈漫步在树的浓密的光阴里。手拉着手合抱一棵树的孩子，他们还在手拉着手彼此抱着长大。我仿佛看到，我是这一群孩子里的一个。

我停下来，看到参天的一棵树的孤独，是多么的巨大。

很快又到了秋天，这棵树也没了绿叶，连皮也枯黑难看。可我并不知道，什么是快和慢。我仿佛依然沉浸在一棵树的理想里，它并不知道什么是过去和未来。

我看到一只蝉蜕下的壳，钩在树的骨肉上。我悄悄看个仔细，又毫无收获地离开了。我不知道此刻的蝉，飞哪里去了。

我要回家了。一棵树，无论我绕它多少圈，它也不会告诉我，那只蝉飞哪里去了。

（刊于《伊犁晚报》，2011年1月27日）

站在一棵树的顶部

站在一棵树的顶部，我并没有意识到这薄暮般的夜晚有多高。我看到好多好多树的顶部，与我平行，并静静沉歇在酣睡大地的平稳象征里。我不知道该如何驾驭自己的脚步，夜色如同黑色的裙裾，缠绕着我和我的灵魂。我感觉到，夜色噌着我的皮肤，沙沙的温暖。

白天凹进我的记忆，黑夜却把我凸显在一棵树的顶部。我现在见到的清晰轮廓，很容易诱惑我进入竹子屯的夜晚。一家一户低矮的茅草房，安静地俯卧在山坳里。或许很多年以来，它们都像神秘的影子，白天潜伏在最边缘的树林里，夜晚就和树的影子模糊在一起。它们的呼吸就像炊烟，袅袅婷婷。可惜，我已有好多年没有看到了。

我在睡觉的时候，经常看见我站在一棵树的顶部。我并不知道这是一棵什么样的树，或许我从来就没见过它，或许它是在不经意间闯入了我的梦境。自从离开竹子屯，在我不断行走的过程里，我已经很少看见一棵完整意义的树了。我经常见到的，是一些木材做的桌子、沙发、板凳，这些已经得到升华的树，是不是已经忘记了它们自身的模样？一棵树是什么样子呢？我也不太明白了。

在梦境之中，不经意我就看见一棵树，后来竟然有一群树。我好久没见到树的样子了，就感觉这些树有些奇怪。它们不是桌子的模样，不是沙发的模样，不是板凳的模样，更不是我的玩具车的模样。它们一棵一棵静止地站在那里，大气儿也不出。尤其在这暮色辽阔的一个夜晚，我竟一点儿也感觉不到它们的生长。不过，它们确实越来越庞大，越来越浓密成一团，几乎和夜色一样，辽远得望不到边。

我在一棵树上看见一只松鼠，它的尾巴像一只巨大的毛茸茸的手掌。它蹲在夜色的枝丫上，双手剥着东西，好像是橡子，乖巧地往嘴里送。我不想打扰它，可是它发现我，还是蹦蹦跳跳地跑了。我不知道它为什么害怕我，我这是在我的梦境里巡守我的疆域，我并没有侵犯它的野心。然而它还是消失在我的感觉之外，我再也找不到它了。

然而这些树也开始逃逸了，我有些惊慌失措。一棵树又一棵树不知不觉消失，就像那只松鼠一样，我再也感觉不到它们了。不过，我终究追上一棵树，但是它却和我躲躲闪闪捉迷藏。我终于看清楚一棵树的模样了。它的油绿的叶子，它的嫩黄的芽尖，我真想像甘果一样含在唇吻之间。它秀气的枝枝干干，我真想跑上去，紧紧抱它回家。它简直就是我调皮的小精灵，天上的星星都眨呀眨地熟睡了，它还在我的后花园玩耍。这时候我对它说：“我睡着的时候太寂寞，我很想很想成为你的好朋友。”它凝视着我，点点头，好像答应了似的。

我站在一棵树的顶部，我什么都看见了。我张开自己的怀抱，仿佛夜色一样辽阔的怀抱，我的手指上粘满闪闪的星星和皎洁的月光。我站在一棵树的顶部，我的视线抵达母亲的心窝和父亲的肩膀。我的神经触摸到雪，触摸到白，触摸到根土，触摸到根。

我站在一棵树的顶部，仿佛站在自己的梦境。四季绿了夜色，黄了寂寞，雪地里一只觅食的松鼠，仿佛是我。

（刊于《辽河》，2010年6期）

母亲的炸莲夹

在桐柏山系的一个小山沟里，在我的记忆中，单单我的家乡那一块，水田比较多。所以这个小山沟里的每户人家，都会把闲置的池塘、稻田种上莲藕。当然，山里人种植莲藕，主要不是欣赏夏季漂亮的红莲、白莲，而是到初冬，其他菜蔬吃紧，莲藕就成了新鲜的菜肴了。

莲藕的吃法有很多种，我们那的吃法最简单：莲藕凉拌，莲藕丸子汤，莲藕炒肉片，等等。不过我小时候最喜欢吃的，要数母亲做的炸莲夹了。现在想起来，那种久远的清香和越嚼越甜的脆，也会源源不断地侵扰现在的我。在我的记忆中，最让我难以忘怀的，是这样的情景：母亲一边在锅里油炸莲夹，一边防备着我们姊妹四个偷吃刚出锅的莲夹。那时候，我们几个小孩子的口水，不知流了多长呢。不过莲夹炸第二锅时，第一锅的已经凉了，母亲会给我们每人分一块。母亲看我们的馋样，就会骂我们上辈子是小馋猫。这时候，父亲一直在灶前烧火，他看着我们，一直偷偷乐着。

那时候村子里大凡一家炸莲夹，其他家闻到香味的，也都会跟着炸。直到各家的孩子吃饱了，各自捧着几块莲夹围在一起，比试着谁家的母亲炸的莲夹好看好吃。这时候大人也出来了，评头论足孩子手中的莲夹。有人说二狗妈火候大了，莲夹糊得比她男人的脸还黑。二狗妈就反唇相讥，看你老婆炸的莲夹，切得那么丑，丑到比你都矬呢。

这个比试是没完没了的，不过每次到最后，还是挑选出又好看又好吃的莲夹。这最好的，当然是我母亲做的了。这时候，这一群男女老少，会一起涌进我家的厨房。他们直接下手，每个人也不拿多，就拿一块，叼在嘴里慢慢退到场院的月光下，品尝去了。我记得，要是好年头，父亲还会拿出一瓶高度的烧酒，和几个老爷们喝上几杯。酒一下肚，他们话就多了。三姑七姨八大舅，陈芝麻烂谷子，直侃到月亮躲进云层里去。

一晃二十多年过去了，山村只剩下父母那一辈的老人。那时候的孩子现在都已经长大，他们奔走在城市里的一些角落。我就是其中的一个。我不记得或者我不知道，母亲二十年前炸莲夹的传统手艺。不过我在一个闲暇的周末，还是找回了母亲炸莲夹的感觉。

炸莲夹，首先要选择优质的莲藕。据我童年吃莲夹的经验，粘土质池塘、稻田种植的莲藕炸出来的莲夹，吃起来更香更脆。其中炸的时候，油要选择传统的植物油，以菜籽油或者花生油为最。待莲藕和油选好之后，备料也有几分讲究。

首先切莲藕。把莲藕去皮，去掉两端。第一刀轻轻切入四分之三，第二刀切完，一个莲藕夹算是切成，厚度要适中。其次把切好的莲放入开水中，烫2分钟后捞出来，晾干。再次把备好的肉末涂满莲夹。最后把涂满肉末的莲夹放入勾好的面粉稀汤中，覆盖，然后捞出来，放入烧热的油锅中。

炸莲夹以小火为最佳，这样炸出来的莲夹表面的面粉焦黄酥软，里面的莲藕脆甜清香。倘若以大火，一不小心就会炸煳的，表面的面粉不好吃不说，里面的莲藕也会串味。所以炸莲夹要耐着心，不慌不忙，什么时候看着莲夹的表层颜色纯正了，捞出来就行。倘若消化能力好的，尤其是素莲夹，六成熟七成熟正好。吃过此种莲夹，将会有一种别开胃口的记忆，绵绵不绝地将你覆盖哦。

我烧的莲夹，一般都是作为平时的零食吃。尤其是隔夜，炸莲夹凉了之后，可以作为一种点心。这种吃法，味道似乎比刚炸过的热莲夹，更会令人回味三日。不过现在，我们吃莲夹已不是单为果腹了。宋代周敦颐、清代李渔，都著文大加赞赏莲花与莲藕，而我辈虽不及那些士大夫清雅，但爱莲爱藕，也是爱它“出淤泥而不染，濯清涟而不妖，中通外直，不蔓不枝，香远益清，亭亭净植，可远观而不可亵玩焉”的高雅品质呢。

不过母亲曾说，藕虽断，丝还连，将来无论你们去了哪里，这个小山村仍然是你们的家。很快要到春节了，童年的鞭炮声依稀还在，是的，我又快回到母亲的身边了。

（刊于《散文百家》，2013年2期）

永不弃己的仙人掌

调换办公室的时候，不知是谁的一盆仙人掌丢下了。

我还从来没见过比这盆更丑的仙人掌，半截柱子一样插进劣质花盆里，落魄、寒碜和孤独。它没有旁逸的部分，哪怕连一根刺儿也没有。偌大的桌子上，它就像武大郎一样“矬”在那里，分不清脸、胳膊和腿了。

“这么丑的东西，花不花，草不草的，扔掉吧。”朋友说。

我也随声附和，准备把它清除出去，像扔垃圾一样扔掉它。

不过，我突然看见这个武大郎似的丑东西，竟然全身散发着说不出的绿意。按说，这盆仙人掌长年得不到阳光，一直处于阴暗的办公室里，早该枯死了。听人说仙人掌的生命力很强，那是在沙漠，耐风耐沙耐干旱。不过沙漠也是有雨的，仙人掌只要耐心等待。而在背阴的办公室里，没有阳光，对于仙人掌来说，首先就是灭顶之灾。如果它的主人不爱它，又不给它水，那是一点儿希望都没有的。

世间最残忍的，也莫过于在暗无天日里，独自等待着死，一点点地死——毫无希望的死。

把仙人掌扔掉需要跑到楼下，有人嫌麻烦，都不愿意上楼下楼，把自己累得气喘吁吁。

“就放在我的桌子上吧。”我说。

就这样，这盆“矬”在那里的仙人掌就归我了。

说实话，我真没有想要的意思。只是见到仙人掌散发出来的绿意，我竟然有一丝丝的冲动，莫名其妙的冲动。至于为什么要收留它，起初我也不知道。至今我都承认，起初我也没有悉心照料过这盆仙人掌，哪怕仔细地看看它，欣赏欣赏。不过在想起来的时候，也总是图省事给它浇过一些纯净水。说真的，我没有特意给它浇过自然界的水，也没有给它加过自然界的沃土，更别说施肥了。以致后来，不经意间竟发现这花盆薄薄的土层，一粒一粒的，都沙化了。

我更佩服仙人掌的生命力。我来了兴趣，经过几经打听，才知道这盆仙人掌这样生活三四年了。其间几易主人，到我已是第五任。之间没人浇水，施肥，晒阳光，大概是因为它太丑了吧，也许是因为大家都在忙，竟然把它给忘记了。

尽管我也几乎快把它忘记，我知道我已经伤害了它。世界上的痛苦莫过于被人遗忘，然而这盆仙人掌，大概是自个儿为了活命，艰苦地剥离了空气中的水分，一直还散发着浓浓的绿，油油的绿，澄亮的绿。尽管它没有开过花，也没结过仙人球，不过看到了这身摄人心魄的绿意，我看到了希望似的，竟然喜欢上这个丑八怪了。

后来几经搬家，这盆仙人掌也没什么起色，但还保持着勃勃的绿。有一段时间，由于工作压力我几乎崩溃了，然而看看这盆仙人掌，我总不好意思自暴自弃。两年后的一天，我带着这盆仙人掌进驻了向阳的办公室。第一件事就是把我的这个老朋友安放在阳台上，又亲自从田野里取来沃土。每天上班我的第一件事，就是仔细看看这个老朋友，浇浇水什么的，心里长了眼睛似的，异常明亮。

这盆仙人掌见到了阳光，有了沃土，有了水分，不久竟然发出了嫩芽，这让我由衷地喜爱。又过了一段时间，竟然又长出了一些条枝，向着阳光，不懈地往外钻啊钻。也就是今天，有一会儿，我看着这些鲜嫩的仙人掌，泪水竟然悄悄流了出来。我感觉我沐浴了温暖如翅翼的绿色，生命的绿色——永不弃己的绿色。

（刊于《大河报》，2007年10月3日）

吃　玉　米

路过小吃街，看见一位穿着朴实的老大姐在卖玉米，感到格外的亲切，便凑了上去。新鲜的嫩玉米，招惹了我的视线。生玉米还带着青青的胞衣，精神勃勃地挤满一箩筐。老大姐说一块钱一棒子随便挑拣了，我便兴致盎然，看看这个，瞅瞅那个。待老大姐掀开炉火上钢筋锅的铁盖子，熟玉米就金灿灿地裸露在我面前。一阵阵玉米煮得熟透了的清香浸润在空气里，弥漫开来。老大姐说：“熟的玉米也是一块钱一棒子了。”我似乎没了出息，等不及了，就买了一棒子，先啃了起来。不想这久违的清香竟然不断勾引了我远逝的快乐，我不得不溜达到我的吃玉米的幸福角落里去了！

吃玉米有好几种吃法，最常见最实用的有三种。一种是煮玉米。一种是烤玉米。一种是蒸玉米。

煮玉米最简单，就是把嫩玉米剥去胞衣，放进锅里，加水煮，煮熟为止。煮玉米肉丰味淳，吃起来清香，微甜。有时候略黏，但看着干净，卫生，易引起人的食欲。我正吃着的这一棒子熟玉米，就属于这种煮玉米。

烤玉米，技术含量高，我至今没有学会。烤玉米的时候玉米不带胞衣，我小时候老是烤的满棒子黑乎乎的，焦味甚浓，玉米的味道几乎没有了。那时候烤玉米烤的好吃的，要数爷爷的手艺了。爷爷曾经教我烤玉米，爷爷说，烤玉米火要旺，才能烤出玉米油；叉玉米的棍子转动要快，均匀，烤出的玉米才不被烤焦，玉米棒子的整体颜色才一样；烤玉米还必须心手合一，集中精力，有时候稍微一愣神，玉米就被烤焦了。

我喜欢吃爷爷烤的玉米。爷爷烤的玉米最香，颜色正。又卫生又好看，金灿灿的，油光光的。有时候你正在吃，偶尔你还会感觉到烤的玉米粒在你的嘴里爆出一两颗玉米花。你先是一惊，然后就惬意得微笑了。我曾问爷爷为什么他能把嫩玉米烤得如此好吃？爷爷笑着说，以前青黄不接，还不等玉米熟就必须吃掉了。这样的嫩玉米只有烤烤吃才能有点儿油水，才能很好地生活下去。而今天，我似乎不必要再去为生存而学烤玉米了，或许我会为了乐趣，在某一天，呼朋唤友，才去烤玉米了。

说实话，我最喜欢吃的玉米，不是煮玉米，不是烤玉米，而是蒸玉米。我说的蒸玉米不是在家里的大铁锅蒸的，而是在荒郊野外挖土坑蒸的。我记得那时候年龄很小，同伴们一块放牛，清晨一大早就把牛赶到山冈上，我们顺便把在附近的玉米地里掰来的玉米，在山冈上挖坑埋了，在坑的上面铺薄薄的一层土。然后放上干材，点燃。我们一边烤火取暖，一边惦记着坑里的玉米，好像玉米已经熟了似的，个个都在流口水了。

待太阳两杆子高的时候，牛儿也快吃饱了。这时候村里的人都吃过早饭了，我们放牛娃也饥肠辘辘。这时候我们拔开灰烬，拨开薄薄的热烫的土层，蒸玉米的天然醇香已经飘然而至了。

拨出玉米，把炕焦的玉米胞衣一层层去掉，晶莹的热气立刻汇聚成小水珠，湿润在玉米棒子上。棕黄的玉米仁，一个一个，显得饱满欲滴，你只需用手指轻轻一挑，玉米粒便扣掉了。待把这宝贝儿放入嘴里咬破，一股滚烫的清香，一丝迷人的热流顿时传遍你的每一个神经。有时候我们来不及欣赏或者品味，只想一阵暴殄，把一切的英雄之气都据为己有。

食谱上说，玉米是五谷杂粮中营养最丰富的食品之一。我小时候不懂得这些，吃了那么多的玉米，煮的、烤的、蒸的，似乎营养很丰富了。这么多年来，我没补什么，也不缺什么，并且还这么健壮、富有生机。我想，我得感谢玉米。这时候，我刚买的玉米棒子已经吃完了，不过香味却在我的记忆里萦绕不去！

（刊于《河南工人日报》，2009年12月25日）

辑二／动物志

黄犍牛的眼泪

在某一段时间里，一头脖子里插一把钢刀的黄犍牛，一直疯狂地哞哞叫着，把我追进了梦境。我一直在惊慌失措地逃着，它一直在我的身后时隐时现。直到我逃进现在我居住的Z城，我才稍微喘了一口气。我不知道，在一个闹哄哄的Z城，我能否把它甩掉？

然而，在我躲来避去的时候，我总能够看到一头年轻的黄犍牛，威武地站在川流不息的人堆里。我看到它肥硕的身躯和四根圆柱子一般结实的腿。它犀利的角，一只朝上，一只朝下，并呈弯曲状。这是一对典型的阴阳角，是牛群里武士最锋利的武器。这时候，我第一次发现，这是一头非常健美漂亮的黄犍牛，尽管它把我追得气喘吁吁，但我还是喜欢上它了。

一头黄犍牛从我的竹子屯，哞哞地跑到我居住的Z城避难。我应该好好地安置它，然而我却逃跑了。我看到它脖子里汩汩流淌的血，几乎把Z城的柏油路都给染红了，也几乎染红了我的梦境。我看到它每走一步，它脖子上的一把钢刀，就颤动一下。我看到钢刀的寒光一闪一闪，我的心也跟着一颤一颤。有时候我感觉那寒光一闪，就直朝我的脖子袭来。

我在人群中同黄犍牛捉迷藏，我不能让它认出我，尽管我和它曾经是亲密的朋友。我在小时候，那该是好多年以前，我们村还没有一台机器的时候，我家的二十亩耕地，就是黄犍牛和另一头青犍牛的工作间。它们一年四季都有干不完的活，农闲的时候还要和我的祖父一块，去山上拉木材。我曾经是犍牛们的饲养员，黄犍牛爱吃刚割回家的青草，而青犍牛爱吃洒了盐水的干草，这些我还记得清清楚楚。

这只黄犍牛早都死了。我记得上次回竹子屯，兄弟们就把黄犍牛给杀了，那一天我也在场。我小的时候，黄犍牛正值青壮年，是竹子屯有名的“牛腕儿”。现在我都壮年了，黄犍牛已经老迈。我终于明白，任何人，包括牛这样耿直的大型动物，都难以逃脱时光的冲刷。我看到黄犍牛的毛发好像沾满了灰尘，眼睛也有些浑浊。它的独步牛群的武器，阴阳角呢？也不知哪里去了，或许掉进了某一条长河里，我不知道它激起涟漪了没有？

兄弟们把黄犍牛牵到河边的一棵大树下，一把钢刀在远处的河沿石上霍霍地磨着。黄犍牛好像不知道将要发生的事情，或许它早已经知晓。青犍牛被杀的时候，尽管我的兄弟们把黄犍牛拉到很远的山上，从此之后它就再也没见它的兄长。我想此刻的它，应该知道世界的末端是什么。我真希望它逃走，像猪一样在知道了真相以后，没命地奔逃，直到陷于绝境。然而它不，它悠闲地跟在牵着它的人后面。

我的兄弟们对我说，这是我们村最后的一头牛。杀了。它们已经没用了。耕地拉车用不上它们了。我没有说话。我看着他们把牛脖子绑到树上。然而黄犍牛出奇的平静，它一点儿反抗的意思都没有。

多年后我在梦境中，又一次看到了一把钢刀插进了黄犍牛的脖子。我并且闻到牛肉的香味弥漫在整个竹子屯的上空。那一天的炊烟特别祥和，整个村子的人都吃到了香喷喷的牛肉，而我，还喝到了牛骨汤。黄犍牛面对寒光闪烁的尖刀，它没有挣扎。它似乎在倾听着死亡的脚步声，它只流下两颗硕大的泪水，并晶莹地镶嵌了人的影子。它不闭眼，它看着尖刀。当死亡拉走它的皮，它知道这是最后的痛苦。

黄犍牛已经从竹子屯跑出来，它仰着带了一把钢刀的血脖子，疯狂地向我跑来。在我的梦境之中，我被它追赶到了死角，我不能再逃了。我知道我吃了它的肉，喝了它的骨头炖的汤。然而事实上，我欠它的，还远不止我写的这些。

（刊于《福建文学》，2011年5期；
《西部散文选刊》双月刊，2011年5期）

狼一样活着

在我梦境的蔚蓝草原上，抑或是空旷山谷中，我时常看见一只狼踽踽独行。我喜欢一只狼的孤独、散漫和放纵，所以，在我的梦境中从来没有成群的狼出现。一只狼总是傲慢地闯进我的视野，有时候很让我猝不及防。

在秋天的傍晚，我看到一只狼拐拐瘸瘸插进了我的羊群。而在我的羊群中，即使是一只肥硕的大狼也不一定能够占到便宜，何况一只三条腿的瘦骨嶙峋的狼？我有些幸灾乐祸，暗地里嘲笑这只狼，我欣赏它如何逃离我的羊群。

不一会儿，它就被一只公羊犀利的角，给扎得踉踉跄跄逃了出来。这时候我才看清楚，它的个头不及我羊群中最小的那只公羊大，灰色的毛发卷积在一块，肮脏的尾巴拉在地上，活像一个衣不蔽体的乞丐。不过它跑得挺快，我在后边追了一阵，竟然没追上。

在梦境之中，当我再次看到那只狼，我感觉到我就是它。只不过它生活在荒野，而我生活在文明的城区。我已经跛着脚晃悠了多年，依然瘦骨嶙峋，依然像那只想冲进羊群饱餐一顿的愚蠢的狼。文明城区诱人的不是羊群，而是灯红酒绿中赤裸的牧羊人。

我感觉它浑身是冰冷的，没有一丝的暖和气。它向四周的空气中，不断地嗅着来自远方的美味。有时候，它实在饥饿，就在广袤的草原上，扯开嘶哑的喉咙，嗷嗷地叫上一阵子。很不幸，现在它遇到狮子、老虎，它必须把喉咙收紧一些，把声音更嘶哑一些。它不能让狮子、老虎辨别出它是一只饿得咕咕叫的狼。

或许北方的狼很落魄，我曾看见一只狼孤独地走在山谷里。它像一个离群索居的人，总有无尽的无以言表的内心酸楚。我很喜欢这样一只狼的样子，但我又不能给它鼓掌，不然它会落荒而逃。我曾经真切地听到它的叫声，那是我在山洞的狼窝里，掏走它的三个小狼崽后，它在我家的屋后嗷嗷地叫着，直到黎明它仍不肯离去。直到全村的人都起床了，把全村的狗都集合起来，它才斜着身子离开。

那是一只母狼，以后很多夜里，它都在我家屋后嗷嗷地叫。它是在哭诉我掏走了它的狼崽儿，还是控诉我的恶行？我不知道。不过我确实很喜欢这三只毛茸茸的小家伙，它们非常可爱，没有一点儿成年狼那种令人讨厌的孤独。它们白天在我的脚边跑来跑去，没有一点儿身陷囹圄的悲伤。只是到夜里，它们的母亲在我屋后呜呜地叫，它们才呜呜地用小蹄子，扒着我家的门框。

狼不像狗，只要人类对它有点儿物质上的施舍，就不再提防了。而狼不，它是“养不家”的生命。它不觊觎人类的任何恩惠，即使饿死在我的梦境里，也绝不会屈服于我。我把三只小狼养了三个月，它们就渐渐暴露出狼的坚忍了。

在我的梦境之中，狼是一个悲剧角色。而我在Z城生活，必须忍受着物质和黑暗的重量，即使是悲剧的一生，我依然宁愿像狼一样活着。

（刊于《福建文学》杂志，2011年6期）

我在一个下午放羊

我把一群羊赶入梦境，已经是多年以后的事情了。这时候一个不长胡子的老头儿，赶着一群羊，或者被一群羊集体地牵着，漫无目的地在一片紫色的草地上。它们是在吃草，还是在散步？我不得而知。

聪明的朋友肯定知道，我就是那个老头儿。我放羊的鞭子，很碍事地攥在手里。其实我早就想扔掉鞭子了，羊们不需要鞭子，它们很听话。无论我想去哪里放羊，它们仿佛提前就知道了。它们从来不劳烦我举起鞭子，以至这条鞭子，多年来只能白白地攥在手里。

看着这么多白羊，一只白过一只。

它们跑散了，有的在近处的溪边，有的在远处的开满大紫花的土丘上，一朵一朵的羊装点着蔓延的草原。有的构成了近景，实实在在，一点一点地移动，是浓墨重彩；有的在很远的天际，慢慢地飘，不知不觉就杳出我的视线。它们是远景，是虚无缥缈的白云，几乎成了大草原的飞白。

这是一群我的羊。我把它们赶出羊圈，仿佛我把自己也赶出了羊圈。没有人明白，我在Z城生活一辈子所濡染的狭隘。那是一种心灵的固执和孤独，是一直在某一个点打转的无聊。然而我终于在这一时刻，赶着这么多心有灵犀的羊群，从一条阴森狭长的甬道，吆喝着走进一个自由澄明的梦境了。

我很喜欢这些羊群，尤其喜欢那些长着长长胡子的公山羊。它们总是很不老实，总是翘着独具特色的一撮胡子，眼望着远处的蓝天，出神、发呆，或是思考。它们有时还去很远的地方，追赶飘走的云彩。结果费了我好大的劲儿，才把它们找回来。事实上，我的这些羊群，即使我不去找它们，它们也会回来的。它们只是太喜欢那些走在头顶的云彩，就一直吃着草，向高处走去，以为走上了某一个坡顶，一块云彩就能掉在它们的头上了。

我以为这些翘着胡子的家伙，都是羊群里的哲学家。它们漂亮的小胡子，就是值得它们炫耀一生的著作。这些胡子梳理过多少梦幻，梳理过多少精美绝伦的时光？鬼才知道。但它们长长地挂在下巴上，紧紧地挨着大地，一个枯萎或返盛，它们都能准确地感知大地上即将到来的秘密。

我越来越喜欢这些温驯而古怪的家伙了。这些哲学家们并不跟我嬉闹，而是远远地躲着我，仿佛我会影响它们开始一个完整的思考。我很识趣儿，我只和这些没有长胡子的羊们玩耍。尤其是那些小羊，一个一个娇小玲珑。它们很快就吃饱了，就开始了胡乱撒野，像一个还不太懂事的孩子。有时候我会把它们抱起来，感觉它们毛茸茸的细长的毛发。这些毛茸茸的雪白，给我带来的异样的感觉，或是一种温暖，或是一种信任。有时候它们还用涩涩的小舌头，舔我裹满岁月的脸。它们并不懂得岁月的苦涩，以为那只是一个苦果。它们不像那些长满胡子的老山羊，仿佛懂得了生活，一个个散步在热闹的边缘。

我看到那些长了胡子的老山羊，就像看到了自己。我蹚着羊群随便地走，我被自己设计的羊群，陷进了孤独。我仿佛不能走出羊群，到哪里它们都是低着头吃草。我不吃草，我不必紧挨着地面来感知一个未知的秘密。但是我喜欢它们的胡子，哦，已经不是胡子了，而是一把就能抓完的秘密。

当我捋一捋自己的胡须，这才感觉，我是一个没有胡子的老头儿。这让我更加羡慕有一把山羊的胡子，很漂亮的那一种。它长长地挂在下巴上，一不小心，就结出很多哲学的果子。

从此，我就是那个长了山羊胡子的老头儿，整天在Z城里转悠。

（刊于《华夏散文》，2009年5期）

我被骡子咬了一口

我好多年没见过骡子了。我居住的Z城没有，就连乡下的竹子屯，传来消息说，也没有这种动物了。不过我偶尔听到，谁要骂谁是骡子的时候，我就又想起，在很遥远的某一个时刻和某一个地方，我曾被一头驴不驴马不马的动物——骡子，狠狠地咬过一口。

据说骡子是马和驴子交配的产物。是公马和母驴交配，还是公驴和母马交配，我不太清楚。我曾经问过Z城的兽医，他们也是吞吞吐吐地说不明白。后来我在Z城走访了好多人，他们说他们都没见过骡子。有些人不但没见过骡子，就是骡子的父母，驴子和马，也都没见过。看来，Z城只适合居住人，不适合居住驴子和马啊。

我应该是很幸运的，我不但见过真实的驴子、马，我还见过骡子。我在竹子屯，那时候的骡子就很少了。我那时候放过猪，放过羊，放过鸡，放过鸭子。大一点儿的动物，我还放过牛，放过马。我唯独没有放过骡子。

不过我见过骡子，那是整个竹子屯最后一头骡子。这头骡子个头比马小，但比驴子大。全身灰色的毛皮，有点儿像驴子的外形。我见到这样一个非驴非马的家伙，开始很是新奇。于是我就像摸马和驴子一样，凑到这匹骡子面前，表示亲昵。就在我即将摸到这头血气方刚的骡子脑门的时候，我似乎感觉到有一股温热的鼻息直冲我的脸扑来。根据放牲畜的经验，我已经意识到，这头骡子对我不客气了。我还没来得及缩手，一张黑色的大嘴巴，就像啃萝卜一样，钳住了我的胳膊。

我捋开袖子，我发现这个骡子咬的印痕已经很模糊了。就像这绵长的岁月，带走了所有骡子的生命，而留给我的，只是一个模糊的概念。我已经记不清骡子的具体模样了，更何况那些没见过骡子的年轻一代呢？

我一不小心被骡子咬了一口，我不知道这是不幸，还是幸运？在我放牧动物的历史上，我这是第一次遭遇袭击。我自以为没有伤害它们的意思，可还是给这头骡子误解了。以后我又开始接触这头骡子，结果又被它踢了一脚。还好骡子不像牛羊一样长角，否则我就更加惨了。

有人说马温柔，驴子犟劲。我想，它们的儿女该不会暴躁吧，不想它们的脾气还真是那么坏。除非它的主人，它从不给人们接近的机会。或许正因为这一点，很多人不再让驴子和马相互交配，骡子也就自然而然地少了。或许是由于它的骡子脾气，或许是它自己不能繁衍后代，而依靠另外的种类。总之，骡子越来越少了。

按说，骡子比马更有耐性，也比驴子更有力量，它理所当然应该是乡下耕地、交通、货运的最佳工具。我曾经看见骡子拉车，那是一个地地道道的劳动者。两千斤重的货物，在马和驴子，都是不可想象的，而骡子，只要鞭子一扬，它就嗒嗒地奔出去了。

骡子已经离开了历史的舞台，马也是，驴子也是。不过驴子和马，我在某一些公园，偶尔还可以看见它们的身影。而骡子，不但在Z城，就是在乡下，恐怕也都是记忆了吧。尽管时光已经把骡子卷成了灰尘，不过每当我们说“非驴非马”的时候，在我们的文化因子里，也还有骡子在昂扬步伐。

一个物种的灭亡，在我的广阔的梦境中，使得那些模糊远去的咬痕，继续隐隐生疼。

（刊于《特区文学》，2012年1期）

一只三脚猫

一只三脚猫，不是什么特别的动物，而是一只被打折了一条腿的猫。现在，它拉着一条残旧的腿，正走在我的梦境荒原上。不过，我除了同情之外，再也没有能够安慰它的招儿了。事实上，我比一只三脚猫的处境更加不堪，但我却不能像它一样自由哀号。现在，我只能看着它，在我梦境之中的黑夜和白天，窜上窜下。

有一个叫吴元成的诗人说："谁打折我的腿，今晚我就会在他家屋瓦上叫。"这想法太一厢情愿了，倘若一只猫被一个非诗人的家伙打折了一条腿，你还在他的屋瓦上整夜的叫，他非把你的另一条腿也打断不可。依我看，还是别固执己见，赶快溜掉才万事大吉。

在我的梦境之中，有一只完整无缺的猫，不小心被谁狠心打折了一条腿，或者是自己不小心摔断了一条腿，总而言之，一只四脚猫退化成三脚猫了。难道它不知道，一只猫无缘无故地少一条腿，奔跑、爬行、跳跃、上树就不利索了？我想，它不可能再逮到一只狡猾迅捷的老鼠，即使是一只愚钝羸弱的老鼠，也几乎不可能了。

一只不能逮老鼠的况且是三条脚的猫，就如同一个工厂的工人，因工伤或者别的什么理由，不小心下岗了。我这样比喻，读者朋友就更好理解一只三脚猫的处境了。倘若某一个读者碰巧也遭遇下岗的厄运，请宽恕我不是有心对你挖苦，你也不必在意我以下的行文。现在，一只下岗了的三脚猫，首先要闲置在家里，要靠它的主人施舍度日。

一只三脚猫整天可怜兮兮的，等在一只豁了八处口子的破碗前。它今天只想吃一尾油炸的小鱼，它好多天都没闻见鱼腥了。据说猫是馋嘴的主儿，见了鱼儿就像见了命根儿。可是，今天它却只有想想的份儿了。要知道，它以前的饭碗是铁的，是摔不烂跌不破的金灿灿的碗。而现在，它只有三条腿，它的主人以为，它只配用乞丐的碗。

现在它只有三条腿，另外一条腿已经不见了。它的一侧的身子空荡荡，走起路来一高一低。它早已失去了身轻如燕，也失去了招人怜爱的气质。我看到它的老虎一般的面容，已经无力抵挡来势凶猛的冷眼。我看见，在它刚下岗的时候，它还像以前一样往它高贵的主人身上，慵懒而撒娇地蹭过几回。可想而知，它就像一个无用的瘪气篮球，“嘭”的一声被踢出去，不知滚落到哪个角落了。

一只三脚猫曾经这么想，要是被一脚踢死了，该是多么幸福！但是现在，它得从哪个角落，拾满一身的疼痛爬起来。现在它是一只被闲置在社会上的流浪猫，我经常看见，它同其他的三脚猫、少耳朵猫、瞎眼猫、无尾猫、断爪猫混在一起。有时候，它们为争夺一块发霉的饼干而大打出“嘴”和“爪”，几乎把对方的皮都撕破了，就像我们人类，打架的时候抓破了脸扯破了衣服一样。有时候，它们又沆瀣一气，咬死一只养尊处优的宠物猫。

我曾经在梦境之中，看见一只三脚猫再也无法逮老鼠，或者再也爬不上高耸入云的大楼，就被它的主人从大楼的窗户里甩出来，落在城市的冰冷的水泥地上，摔得脑浆迸裂。之后它又被过往的各种车辆，轧成了一张纸。我想这只猫即使有九条命，也经不起这样的折磨啊。

而那些存活下来的流浪猫，在城市的屋瓦上窜过一个黑夜又一个白天。它们是幸运，还是不幸？但是它们在不断地发出凄厉的哀号，让打折它们腿的人整夜睡不好觉，我以为这是一种隐喻的报复。

既然活得猫不像猫，而像人人喊打的老鼠，我只好以一只三脚猫的方式，整天整夜哀号在社会的屋瓦上。一只三脚猫从此下定了决心，它就从我的梦境之中走进了我们的生活，不过从此以后，我再也没有看见过它。

（刊于《阳光》，2011年6期）

壁虎爬行

在某一时刻盯着天花板使劲儿看，是我消磨时光的绝招儿。我不得不承认，有一段日子我失眠了。这是每个人进入一个特定阶段所必承受的痛苦和经历，任何吃药打针之类的药物治疗都是一种逃避，都是有悖于一个正常人的生命经验的。

我并不是愿意失眠，而是当我生活了好多年之后，失眠就像死亡一样，终究会来的。夜晚睡不着觉，就睁着眼睛生活。这时候我看到天花板上，有一只呆头呆脑的壁虎，正悄悄地从墙的一角爬过来。

我看到一只壁虎，一毫米一毫米地往前爬。它并不着急，而我躺在床上，瞪着圆鼓鼓的眼睛，一丝一毫地观察它，眨都不眨一下。唯恐一个愣神儿，壁虎不见了，整个漫长的黑夜就只剩下我一个人，那就太孤独了，像死亡一样孤独。

雪白雪白的天花板上，我看不出一个黑点。壁虎在不停地挨一厘米又一厘米，我也慢慢放宽了心。我有足够的时间去等待一只壁虎，从这个墙角爬到那个墙角。我整整看了两个小时，现在是子夜零点了。我看到天花板影影绰绰起来，仿佛是起风的湖面。银白的壁顶是一面镜子，我能看到我在湖面儿上舞蹈，我似乎也听到水里的鱼儿的歌唱。

那只壁虎有半个小时没动弹了，在莹白的光线里像一根黑影儿，仿佛有风的时候，它才长出一口气似的。我怀疑它是不是睡着了？我把顶棚的电扇打开，圈圈风呼呼地罩过来，但壁虎仍是纹丝不动。我很想拿一根棍子，把它给戳下来。但是我没有，我要看看一只壁虎的潜伏到底隐藏着什么秘密。

记得很久以前，我总是谈壁虎色变。那时候，在乡下竹子屯的土墙壁上，每一个夜晚我都能看到好多好多的壁虎。壁虎的脑袋长得有点儿像蛇，尽管它不咬人，还能够吃蚊子，但是起初我却异常害怕。我在睡觉以前，总要拿着竹棍子，把每个墙角都捅个遍，唯恐半夜里跑出来个壁虎，不小心掉进了我的梦境。

现在我已经不害怕壁虎了。在我居住的Z城，在我家楼层的天花板上，有一只壁虎出现，我感觉它可爱极了。说实话，在这间屋子里我居住了那么多年，这是第一次，在漫漫的长夜里看见一只壁虎。它和我在竹子屯的墙壁上看见的一模一样。在这个时刻，我不但不感觉它的突然到来的唐突，反而觉得，这是上天给我安排的寂寞长夜的一个伴儿。

我不知道，这一只壁虎是怎么闯入我的密封严实的屋子的。我看见它凝固在电扇吹起的漩涡里，瞌睡似的趴在光滑的墙壁上。我的屋子很干净，一只蚊子也没有。但它仍然想从这个墙角爬到那个墙角，或许它以为，在那个墙角里，有它的美味大餐吧。

我已经忘记了时间，或许是凌晨两点。我更加精神了，我凝神一点一滴听着壁虎悄悄爬行的声音，我看到电扇飞旋的涟漪之中，壁虎如我的影子。天花板是光明的海，灯光是海的梦呓。四周是壁，海的壁，它们无法不存在我的记忆中。一只壁虎，或许是我，我们都失眠了。现在，一只壁虎在攀缘墙壁，而我在泅渡时光。

壁虎可以从这边爬到那边，我也可以从这边爬到那边，然后把所有的沟壑全都省略，那一生的弧线，都刻画在我的梦境。我下定决心，这一夜，即使那边没有蚊子，我和壁虎依然要爬过去。

（刊于《特区文学》，2012年1期）

一条活鱼

一条鱼在一天夜里，突然闯进了我的梦境，不断地和我讨价还价。有一会儿它竟然强迫我买下它，然而这段时间，我闻不得鱼腥，被我婉言谢绝了。但它还是一直纠缠不放，最后，我只得强迫自己买下它了。

我问它：你为什么要出卖自己呢？它说：我已经失业了。我说：为什么不再就业呢？它说：我为什么要再就业呢？我把自己出卖给你，或者出卖给别人，我不用在污浊的水里生活了。我说：生命诚可贵，为什么要出卖身体？它说：我的身体，被你吃后，立刻就又复原了。我还可以长更新鲜的肉。我不再和它说话，我把它带回家，放在桌子上一个有水的盘子里。

我坐在桌子旁，咀嚼着面包，看着这一尾赤裸裸的鱼。它在我的盘子里，我估摸了一下，它大概有五寸那么长。我看得出来，它很年轻，它应该是一尾刚刚成年的鱼吧。我看着它，它仿佛是在表演。它不停地游着，把嘴巴露出水面，同我暧昧地打招呼。有时候我不想看它，它就故意用尾巴翻腾出一些水花。它是在引起我的注意和对它的好感吗？

有时候它赤裸裸地从水中跳出水面，直扑向我的怀抱。我看着它的表演，一边无聊地咀嚼着面包。以前我去大地方消费，一盘子、一盘子的鱼都被我吃得只剩下骨头。而今这一条刚刚成年的鱼，如果以我以前的胃口，根本满足不了我的口欲。我欣赏着它，我几乎没有欣赏过一尾赤条条的鱼。今天是个例外，我竟然有兴趣欣赏一尾鱼的身体。

这是一条长得几乎完美的鱼。它身材梭形，头小，尾长，身体丰腴，皮肤白皙，有些闪闪发光。我仔细瞧着，身体里偶然出现某种不可名状的欲望。我伸手去摸一下它的身子，它没有动，它是我买回来的，当然任凭我处置。它的身子光滑，极富有弹性。我摸了一下它的腹部，隆起很大，且有一种温热传递到我的手指上。我知道这是一种热，而非一种温暖。我和它之间，没有感情。我把它买回来，这是买了它的肉体。

我一边咀嚼着面包，一边把一只手放进水里，和它嬉戏。有一会儿我紧闭双目，沉浸在某一种快感之中。我看见我咀嚼的面包屑轻轻飘落，我看见一尾油炸鱼，裸露着炸得有些焦黄的胸腔。它的一根一根银白的柔弱细骨，像拱着的手一样。它好像是在挽留着生命，也好像是在挽留一个流逝的灵魂。

或许不是油炸鱼，而是清蒸鱼。我喜欢清蒸鱼仍旧保持着鱼肉自然清香的新鲜。我看见鱼眼已经不在它的身体上了。整个鱼头在盘子里高高擎起，它仿佛在清蒸的时候，还在探望一个富有的未来。我用筷子挑动它身上肥美的肉，有时候我下手。我不但用嘴巴来感知这个新鲜的肉体，还要用抚摸的手，来感知一个欲望的灵魂。它的尾巴，还在拨着水，仿佛我给它个好价钱，它就给我跳裸舞似的。

我睁开眼睛，看到这尾漂亮肥美的鱼，着急地探出头来。它说：你快把我吃了吧，我还要再生。我说：要吃的。你肥美的肉，我怎能不吃呢？我说：我要生吃了你，才能抚平我的波澜。我看到这尾年轻的鱼，在水里打了个寒战，盘子里的水开始漫开涟漪。我知道它被我的话吓怕了。但是我想错了。它说：反正我已经卖给你了，你爱怎么吃就怎么吃吧。

我一口一口嚼着这条绝世的美鱼，然后把骨头一根一根吐到桌子上。等到我吐出最后一根鱼骨头，我发现盘子里出现了一条和它一模一样的鱼。我把钞票给它，它扭着腰肢就走了。

这是一条我生吃的鱼，在我的梦境，它再也没有出现过。

（刊于《黄河文学》，2011年6期）

捅牛卵的故事

捅牛卵，对我来说，并不是一件很羞愧的事情。但是，捅牛卵绝对是一门艺术，这一点，我可以打保票。当然，倘若你碰到一个例外的牛，捅牛卵所发生的情况，也该属例外。据我的经验，细心捅牛卵的时候，牛总是摆一种很惬意的姿态。我不担心它会咬我、踢我。

我在竹子屯，以耕种为生。一年春夏秋冬，我都与牛为伴。春夏放牛、耕种，天天都与牛在一起。秋冬收获和过冬，有时候我就和牛同住一屋。直到我居住Z城的前一天，我才把牛们牵到牛市上给卖了。这些牛为我服务了多年，在我进城的时候，又给我换来了一个好价钱。我想，这么多年，我忍辱负重给你们捅牛卵，也不枉费啊。

我是在居住Z城好多年后，才发现捅牛卵是一门艺术。我发现好多人，都在学习一门类似于捅牛卵的学问，并且敢于实践。这一门艺术好像叫拍马学，顾名思义，就是我在乡下，为获得骑马的权利，就到马的屁股后面，轻轻拍几下。这时候马就乖乖地让我骑了。我想，Z城的人，或许就是根据仿生学，对这门艺术进行的命名吧。不过Z城的人不把这门艺术叫拍马，而是叫关系学。

别以为我是乡下人，学问不多，就不懂得这些了。有些人总是说我脾气很坏，不懂得逢迎老板，否者早就直步青云了。其实像我这么大年纪的人，对Z城的这档子烂事，早就不耐烦了。对于这档子捅牛卵的事，即使我是白痴，也早就谙熟于心了。

我在竹子屯，和各种动物为伴。大的说，有猪、牛、羊、马、驴子；小的说，有兔子、鸡、鸭、鹅等。对鸡鸭鹅，我只要嘴巴里发出“啧啧”的声音，它们就像疯子一样，向我冲来。它们知道我要给它们开饭了。兔子呢，只要我把一把青草，在它们眼前一晃悠，它们就对我表达出极大的好感。我现在想，这些小动物，太好糊弄了。

然而，对猪、牛、马、驴子之类大型动物，可不那么省心了。对于马和驴子，只要我轻轻拍几下它们的屁股，把它们屁股上的灰尘拍掉，它们就乖乖任我骑了。而对于猪和牛，在费尽了心思之后，我终于想出了讨好它们的绝招。

我发现牛和猪，都是很懒惰的家伙。有一天我无意间看到，它们垮下的卵子都很脏，并且还有小虫子什么的。我想，它们一定很痒痒。它们没有长手，尾巴也甩不到卵子上，即使在泥里翻滚，也不能驱除它们生殖器上的瘙痒。我想，如果我不给它们用药物一下子清洁，而是用棍子漫长地捅它们的卵子，类似于人类挠痒痒，我相信它们会很舒服的。

为了和猪牛搞好关系，我愿意忍辱负重，为猪、牛服务。我常常用很长的小树枝，捅它们的卵，轻轻地捅，一点一点从外往里。我几乎是在用一种艺术的手法，完成每天一次的捅卵的行为艺术。我捅猪卵的时候，它舒服得伸直四腿躺在地上。它让我看到它所有的隐私，有时候它还像模特一样，摆好几个造型给我欣赏。我捅牛卵的时候，牛爽得连尾巴都不摇了。它不像猪那么无耻，牛们对我的谢意表达得很含蓄。牛们舒服了之后，总是更拼命地为我干活，算作报答。

它们都不知道我包藏祸心，或许它们早已知道我用心良苦。这时候，我正从居住的Z城走出来溜达。我想，倘若我想让我们的友谊天长地久，我用一根小树枝，捅一个冠冕堂皇的人的卵，他会对我微笑吗？

（刊于《牡丹》，2010年3期）

一头驴子

一头驴子，经常奇丑无比地出现在我的梦境之中。它的习惯性的动作，就是在我的面前就地打滚，滚得尘土飞扬。然后一骨碌爬起来，冲着我吭吭吭地大叫。直到我听烦了，腻了，顺手在它满是灰尘的屁股上狠狠拍一巴掌。我说，驴子，这是不文明的，它才一溜烟跑了。但我没有看清它跑出去的方向。

就在刚才，我狠狠一巴掌拍在它的屁股上，我的感觉确实不像是拍马屁。拍马屁我得顺着微笑、舒适的方向拍，倘若我紧绷着脸，出手又很重，这马非踢我一蹄子不可。我还得小心翼翼看清这匹马的毛顺的方向，拍马屁者倘若是个冒失鬼，不看清楚马毛的纹理走势，把马毛拍断或拍乱了，这马还要顶你个仰八叉不可。我还得搞清楚这匹马今天的心情，倘若一匹马没有吃饱或者过好性生活，它肯定不会有好心情，这时候你去拍它马屁，它会毫不犹豫咬掉你的卵子。所以，拍马屁苦难重重，在我的生活里，早已经不存在了。

现在，我确确实实感觉到，我是在拍驴子的屁股。从生物学的角度考虑，驴子的屁股要比马的屁股软和，手感要好。拍驴屁时发出的声音，也不是拍马屁时钝钝的啪啪声，而是像乐器打击出的清脆的乐声。所以拍驴子的屁股，尽管像拍美女的屁股一样很不文明，但我还是很愿意拍一拍的。

有时候我愿意是一头这样的驴子，只要人们喜欢，他们可以在我的屁股上随意拍上几下。我不会像高贵的马一样难伺候，他们拍完我的屁股后，他们只要感到心情舒畅，我就心满意足了。我还会给他们表演驴子打滚，然后再吼几嗓子流行歌曲。这时候我过得非常充实，我相信，这是一头驴子一生价值和意义最彰显的时刻。

我第一次看到驴子打滚，是在我五岁生日的时候。二舅从他的村子把一头驴子牵给了我。二舅对我说，娃，这就是二舅送你的生日礼物。起初我很不喜欢这头驴子，它傻傻地站在我面前，一声不吭。它只是偶尔打个响鼻，好像示意我它不喜欢待在屋里。我就把这头驴子牵到了打谷场上。

这时候，这头奇丑无比的驴子，一声不响地就倒在地上。它不再搭理我。它开始在打谷场上不停地翻滚，它从打谷场的这头翻滚到那头。它几乎把我一辈子的笑声，在我五岁生日那天都给翻出来了。然后我和它一起翻滚，我们俩在打谷场上，一个上午和一个下午，一共翻了一千八百个滚儿。

我记得是在太阳落山时，这头驴子突然站起来，拍一拍身上的尘土，对着我就吭吭吭地叫开了。这时候我也耐不住寂寞，在一个空旷的时刻，我开始学起了驴叫。后来，我的父母和二舅听见我学习驴叫，就从村子里跑出来，接着整个村子的人都跑出来了，它们围着我和我的驴子。我的父母异常愤怒，他们一个人拎着我的一个耳朵，就把我拎回了家，狠狠怒斥了我一顿。

但是我的二舅，在那个时候从人群里挤到我的面前。二舅说，娃，驴子的行为是一切行为的标准，驴子的歌声将是这个世界最动听的歌声。驴子是唯一救赎我们的神。但是在我父母的强烈反对下，我还是抛弃了驴子，抛弃了我的神。现在，在我的梦境之中，我看到了我以后的生涯。没有了驴子的存在，我是多么寂寞和无聊。

有时候我真想用我儿时向驴子学到的打滚、驴叫这种最民间的方式，来救赎我的迷乱的心灵。但是，这时候我看到一头驴子，正在一个我不知道的方向上开始消失。

（刊于《牡丹》，2010年3期）

一群羊奔跑在我的麦地上

每一个人的一生都会选择一种动物，作为它的天然的敌人。有人选择了猪，有人选择了狗，有人选择了耗子。他们一生都会同它们作战，他们这一生波澜起伏已在所难免。而我选择了羊，那种形体较小、奔跑迅速、四个蹄子像钉耙似的羊。这一生我们相互为敌，将不共戴天。

这些事情是早些年发生的。

我与生俱来特喜欢吃麻辣羊蹄。直到现在，我在Z城的某个小吃店，仍能一口气吃下十个麻辣羊蹄。对我来说，吃麻辣羊蹄不但是一种快乐和享受，而且还隐藏着我对羊积蓄多年的仇恨。

我和羊注定是冤家，这一辈子我都不会否认。

就是在昨天夜里，一群无赖的羊又闯入我的梦境。它们偷啃我家麦地的碧油油的麦苗，它们一伸舌头就卷走好几棵。它们不停地吃，之后又啃，简直把我心疼出了眼泪。它们根本不把我放在眼里，无论我如何驱赶，它们都不离开我家麦地。

它们越来越肆无忌惮，它们吃完我梦境的麦叶，又开始用它们的四个铁钉似的蹄子，踩踏麦根。待它们闹够了，它们还咩咩炫耀着它们天然亮丽的嗓音。我忍无可忍，但毫无办法。

说实话，我并不真的恨羊群。我是恨每一只羊身上长着的四个钉似的羊蹄子。它们的每一个羊蹄子都插进我的梦境，我隐约感到梦境有些大面积的生疼。四根铁钉一起插在丰腴的皮肤上，那是一种怎样的感觉？此刻，我仿佛看到大地瑟缩了一下身子。如果一群羊，有四倍于一群羊的铁钉一起插进我的麦地里，把麦子的根都给刨断，那么，我所有的麦苗就都死在我的梦境了。

我再次发誓，我将与羊蹄子势不两立。

我站在小吃店的旁边，向店老板要了二十只麻辣羊蹄。我现在不只是吃羊蹄了，而是内心充满着对它们折磨的愿望，我希望消灭掉它们。我将把我所有的恨意，都通过我的嘴巴的撕咬，胃的消化，然后排泄出来。我恨羊蹄子，所以，与生俱来我就喜欢吃麻辣羊蹄。先吃羊蹄筋，再吃羊蹄壳里的鲜肉。这是一项可以炫耀于世的技艺，如果抛开恨意的话，仅仅“吃羊蹄”的“吃”这个动作，都是一门艺术。如此一来，我想该是够本了。羊们在我的梦境吃我的麦苗，而我在现实中吃它们的麻辣蹄子。

世界上再也没有比这更公平的了。

我清楚地记得，我还在竹子屯种地时，春天麦苗猛长的一段时间，防范羊吃麦苗是我的主要任务。那一段时间我会经常拎着石头，蹲踞麦地的一角。一旦看到有一群羊偷偷摸摸溜进我家绿油油的麦地，我就像开弓射出去的箭，不打瘸一只羊腿我会死不罢休的。

有一次，我在追赶一群羊的过程中，把鞋子跑丢了，结果我的脚被竹签子给扎了个窟窿。现在我的左脚还有点儿跛，就是那时留下的。

时间证明，我就是在那时候和羊们结上不共戴天之仇的。在以后的几十年，我只要见到羊蹄，哪怕是在奔跑的羊蹄，我都会感觉到一种麻辣羊蹄的麻辣味，弥漫着我心旌摇荡。

一块钱一只的羊蹄，质优价廉的羊蹄，攀缘和奔跑都很迅捷的羊蹄，光这质优价劣的形势，对我来说，就有一种极大的快意。

我把麻辣羊蹄拎在手里嚼在口里，一顿又一顿地暴吃。看着如此之多的羊蹄，将被我一个一个消灭掉，这让我在失落多年的心灵上，终于有了些许的安慰。

（刊于《牡丹》，2010年3期）

雪花下面的麻雀

雪花越飘越白，我从来没见过的白。雪花藏着不忍，藏着移动的刀刃，几乎把我击倒了。这时候，我在一步一步走进梦境的城堡。我在雪花的原野逶迤，是多么自主自在和独立敞开。当我回首，看着留下满世界我的印章，我仿佛能够听到呼喊，整个世界的雪花都是我的了。

我继续往前走，我感觉雪花已经淹没村庄，淹没所有的城区。这些宏大的雪景，砸花了我的眼睛。但我更相信一瓣雪花，给我带来的是内心微小的震颤。我看到一瓣瓣雪花，毛茸茸地耸立在草尖上、枝条上，没有风吹和鸟扰，它们僻静得有些孤独，有些难过。不过，雪花一瓣一瓣会继续落在同一个制高点，那些枝条或草尖，偶尔一个哆嗦，一瓣一瓣的雪花，打着团儿就滚落到我的脚边了。

这个时候，我会以为是一只冒失的麻雀，不小心从树上跌了下来。我会急急忙忙跑过去，看个究竟。我找了好大一会儿，仍旧不见麻雀的身影，就有些愤愤。从此，我不再对麻雀有好感了。我正一边往前走，一边想着竹子屯的麻雀，碰巧一团雪花受了惊吓似的，从枝头跌进我的脖领里。

雪花越下越紧，我还在梦境的雪域一步一步往回走。我已经好多年没回到故乡，趴在土院墙前的大黑狗，我想它已经不认识我了。路上，我看见越来越多的麻雀，我知道我已经走进了村庄的氛围。开始有麻雀叽叽喳喳地叫，开始有一些凌乱的脚印。我正迟疑地摸索着被雪覆盖的路，一只麻雀就径直朝我撞来。我以为是一大团会飞的雪花，待我伸手抓住它的时候，它的翅膀上也沾满了晶莹的雪花的凉。

它似乎很冷很冷，它似乎被雪花的重量，埋藏了飞翔。我看见它的两只圆鼓鼓的小眼睛，闪出纯净的光，仿佛沐浴在世界最纯净的身子上。我想，我不能侵犯它，我必须匆匆逃离它。我想让它继续在沉重的雪花里，练习洁白的飞翔。我知道，白色的味道袭击了我的寂静，我的脚步开始慌乱了。

在雪的夜晚，我又踱出来看雪，我希望能够看到，那只对雪花充满梦想的麻雀。可是我只看到了雪花擦亮的下弦月，我看到它的脸和它一脸的不高兴。我顺着村庄的墙根走着，琢磨它的心事，但我并不明白，它在想什么。

我不知道雪花和麻雀的关系，我也不知道下弦月和麻雀的关系。当我从城区一步一步逼近乡下的村庄，当我看见更多的麻雀，我的寂静的生命已经开始萌动。一个有着松软的雪花做地毯的夜晚，我听到了那一只麻雀的啾啾声。我仿佛感到，下弦月一下子照亮了我的胸膛。

（刊于《文学与人生》，2009年12期）

和狗一块晨跑

在深秋的某一个早晨，我发现一个有趣的问题。原来跟我一块晨跑的伙伴，因天气越来越冷，一个个都不见了。最后只剩下我一个人，顺着通往郊区的水泥道路，在失意地奔跑着。

我发现这个问题，同时我也发现了另一个问题。通往郊区的水泥道上，狗却越来越多了。它们有衣食无忧的狗，有无家可归的狗。它们都聚集在这条通往僻静乡下的水泥路上，打闹着，奔跑着。

我不再感觉失意了，有一群各色品种的狗，跟我为伍，与我志同道合，我发现了晨跑的前所未有的意义。我跑到郊区的旷野，大口呼吸夜幕过滤的新鲜空气，时而大吼几声，吼散了整个梦境的黑和乌云。当黎明到来，一切都显得清新可人，我再也不自怨自艾了。我看到远处正在交配的狗，我立刻感觉到，生活是多么美好！

之前，我对狗并没有好感。那时候，我以为人比狗高一等，在路上碰面，我从不给狗让路。但竹子屯大多数的狗，都不给我计较，因为它们要吃我手中的白面馒头。然而有一条狗，大概是宋狗蛋家的大花脸，总是对我凶相毕露。有一次差点儿把我的指头咬掉一个，当家里的大人赶来，大花脸早已不知去向了。

我刚到Z城时，经常碰见各种各样的狗。其中一条大黑狗，让我对狗愈加仇视了。那是去年的盛夏，大雨下了三天三夜，终于浇灭了城市上空的火焰。在大雨滂沱之中，我和这条凶悍的黑狗狭路相逢。这时候，我想起狗在酷暑的天气，把舌头伸出口腔的狼狈。我不禁对之冷笑几声。而现在，这条大黑狗的的确确又已经落水，因为滂沱大雨，它在浑身战栗。

我们开始对视、打量，估计对方的身份、底气和前途。我明显感觉到，它的眼神越来越霸气、凶狠。一阵恐惧从我的心底油然而生，我几乎不能支持战栗的灵魂了，只好落荒而逃。那条满身水淋淋的大黑狗，大摇大摆地横过去了。它还几次对我回头，把一脸冷笑挂在发着冷光的牙齿之上。

我在Z城已经住好多年了，现在人性狗性都了然于胸。狗也并不是我认为的那么歇斯底里。我记得在某一个村庄，或者在我的梦境里，在一个习以为常的早晨，我多次听到一条刚满月的小狗嗲声嗲气的呼救，这让我感到有一股温暖的激流，直逼我的心底。从此，我知道了狗妈妈聒噪的狂吠，也充满了举世的关爱。

在深秋的晨跑中，我在狗群里看到迎面扑来的阳光。

那是在奔跑的路上，我夹杂在一条黑狗又一条白狗，一条花狗又一条黄狗中间，它们又咬又闹，不断地争风吃醋，不断地挑起事端。它们公然在我的面前接吻，更有甚者，它们公然在我的面前做爱。我知道这不是道德败坏，我们在为它们暗暗喝彩。此时此刻，我为它们的真诚感到骄傲，我知道它们在探求生命的动力，它们在揭开生活的真相。

在这一个秋天，也许到冬天，我一直都在坚持着与狗一起晨跑。有时候天蒙蒙亮，我便夹杂在一群狗中出发了。狗矫健的身影在寒冷的晨曦中越来越多，也越来越激情澎湃。

这时候我想到，此刻还在蜷缩在被窝里的人们，真是悲哀的一个物种。不过幸运的是，我已经第一个，从酣梦中惊醒了。

（刊于《牡丹》，2010年3期）

狗一样走路

生活在Z城这么多年，我已经习惯两条腿走路。当我看到四条腿，或者更多条腿走路的生命，我总感觉它们太愚蠢了。这时候，我总能感觉到两条腿走路的优势。

用后两条腿走路，把身子直起来，我的个头立刻就高了。前两条腿腾出来变成了胳膊，走路的时候插在裤兜里。这时候，我的头高抬着，我的眼睛总要看那些入云的高楼和远处的红花。

我每天都匆匆忙忙穿梭在城区和工厂之间，这样生活了好多年。有一天我突然感觉，我已经看厌了这个世界。在我从工厂匆忙回家，或者说从家匆忙去工厂的途中，我感觉我变成了一条狗。

故事是这样的：

我看见一条狗，趴在一个拐角的墙旮旯里，秋末的阳光慵懒地斜在它的身上。这里没有一丝风，这一条狗，肯定是在享受它的梦寐以求的温暖。在这个宁静、温馨的旮旯里，我也有一种晒老爷儿的渴望。我看到它舔舔毛发，沐浴着梦幻似的光辉，它沉睡在惬意里。它眯缝着狗眼睛，很温和地看着匆匆行人。它仿佛看穿了每一个行人的秘密，包括我。我很想趴在那墙旮旯里，如此一想，我就再也控制不住自己，就和那条狗趴在一起了。我将和它一起，来发现每一个人行踪不定的诡秘世界。我不再去工厂或者回家了。这个墙旮旯，将是我幸福生活的起点。

当我变成一条狗，我就又用四条腿走路了。我把身子矮了下来，我不再看远处和高处的东西。我低矮了身子走路，把目光就放在我脚下的大地上。我不再好高骛远，因此，我的生活质量大大提升。我发现我低矮了身子走路，就没有了趾高气扬；我观察任何事物的态度，也就更加虔诚；我看任何事物的程度，也就更加精细。

过去，我从来没有认真看过自己两只脚下的土地。现在，我用四条腿走路，我的个头矮了很多。我有足够的视野和耐心，仔细观察脚下的大地，以及大地上各种各样细微的生命。我看到一只小小的蚂蚁，在扛运一粒比它个头大几倍的大米。它吭哧半天，才走完了一米远的路。可是它没有放弃，它还在不停地一点点地往家里搬运它的果实。天黑了，我打算明天再来看这只蚂蚁，是不是走到了家？

我看到一些小毛毛虫。我看到蛛网上的蜘蛛。我看到一只“吊死鬼”在几乎看不清的丝线上荡秋千。我看到蚍蜉的生命，一个瞬间就是一个千年。我还看到射阳里飞舞的尘埃，在我的眼前飞来飞去。我以一条狗的眼睛，看到了以前我从没有看到的大千世界。

作为一条狗，我相信我不会羡慕两条腿走路的人。他们看似潇洒的举止，却隐藏着落伍的身体结构。他们看似幸福美满的生活，却藏匿着无奈的恐慌。而我是一条狗，我却看尽了他们忽略不计的大地上所有生命的美丽。

（刊于《牡丹》，2010年3期）

马路上钓鱼

钓鱼是一门艺术，之前我没研究过，之后我还真得好好揣摩。

一般人钓鱼，仿佛都要用鱼钩、鱼竿、鱼线等组成的钓具，外加可口的鱼饵。而姜太公不同，他也用钓具，但他的钓具的钩是直的。换句话说，姜太公的钓具没有钓钩。据我所知，姜太公的鱼饵也与一般人不同，一般人用蚯蚓、鱼料等，而姜太公用的是时间。

一般人钓鱼也就是一个上午或者一个下午，倘若碰见隐逸的钓客，大概也就月儿四十的。可姜太公不，他一钓就是几十年。短钓客钓的都是小鱼，我们回过头来，看看长钓客姜太公，几十年的努力，一下子钓来了周文王，钓来了周王朝八百年，也钓来了姜太公三千年的英明。

我不是钓客，也不想像姜太公一样钓成神仙。自从从竹子屯搬迁到Z城，我已经不用再去河边钓鱼维持生计了。除了工作日不停围绕工作转悠之外，我其余的时间，就是在Z城的某一个水塘边钓鱼。大概有好多年了，我记不得了。

但我最喜欢的，还是在马路上钓鱼。倘若马路上有一些水坑，那将是我的“快乐大本营”了。倘若没有水坑，即使是光滑的水泥路面，也无所谓。倘若我继续钓鱼的话，不过多了一些无聊的隐喻罢了。

我的钓具同一般人的没什么两样。我钓鱼也不用鱼饵，我也不用时间去做饵。有时候我的钓具的钓线坏了。没关系，不要钓线。有时候我的钓具上的钓钩丢了。没关系，不要钓钩。有时候我的钓具上的钓竿被谁家的孩子拿去打狗了。没关系，我随便找一根棍子就可以应付了。

我搬着一个小木凳子，斜挎着一个“解放牌”泛白的绿包，戴着一顶露着头顶的草帽，出发了。我会在城区人群密集的马路上，找一个阴影坐下来。我慢悠悠地把钓具架上，有水的时候，我就把钓钩放进水里。没水的时候，我就把钓钩放在地上，有时候悬在空气里。反正把钓钩放在哪里，好像都没什么关系。然后稳稳当当地坐在木凳子上，我一天的垂钓，就这样平淡而伟大地开始了。

我坐在马路上钓鱼，绝对和姜太公钓鱼无关，也绝对和一些想钓鱼的隐喻无关。我坐在大马路上钓鱼，并没有特别的想法。家里不需要鱼，即使需要鱼，鱼市卖鱼的到处都是。大鱼、小鱼，鲫鱼、鲢鱼，甲鱼、乌龟，多了去了。那些鱼市上的鱼也都通过检疫部门，严格检查过了。它们都是某家的大鱼塘，养出来的鲜美的放心鱼，你就安心地买吧。

我钓鱼是在钓一种快乐。我在竹子屯衣不蔽体食不果腹的时候，是为了吃鱼，才天天去钓鱼的。我记得我曾经钓过一尾三十余斤的鱼，一家六口人一共吃了六天。想起那时候钓鱼和吃得喷喷香的嘴巴，我就更加快乐。不过现在，有时候去公园的水塘钓鱼，钓到几尾鱼，我并不感到快乐，反而有些惆怅了。

我在Z城，待的还不够久，有些人还不认识我。当我走出居住的小区，来到川流不息的马路，开始进行一天垂钓的时候，我不是在钓鱼，也不是钓人。我自己也不知道，我究竟要钓一些什么。我看着熙熙攘攘的人群，我我知道我坐在那里，不是大隐。我坐在那里，我只想坐在那里，慢慢地甩线，慢慢地拉鱼竿，完成一个钓鱼的动作，完成一个我不可言说的过程。

我完全理解过路人看我的眼神，然而你们理解我吗？我安静地坐在水泥路旁，我只想坐在那里，待一个下午，顺便钓一些好奇和嘲笑的目光。尤其是一下午，看我两次以上的目光。

（刊于《散文》2011年2期）

飞走的麻雀

一只飞过来的麻雀，撞上透明的窗玻璃，突然从我的窗户上掉下去，也从我的菲薄的梦境之中掉下去。我以为，它肯定给撞懵了。直直地掉下去，毫无悬念，它只能重重地摔在地上。如果它够幸运，或许可以迎着暴雨，飞向另一个透明的窗户。

这是一个令我有些揪心的细节，它一直在我的脑海里，也许是在寒冷的梦境之中，反复地演示着。它仿佛在不断地告诉我，你要把窗户打开。

外面的暴雨仍在下，一只麻雀仿佛穿越了窗玻璃，栖落在我的肩膀上，也栖落在我的心里。我感觉到它抖落了一身的雨水，一身的冰冷。它用灵巧的尖嘴，在啄着羽毛的尘粒和伤痛，它想忘却窗外的风雨吗？

这时候，我感觉到它颤抖的身躯里，隐藏了一种尖刻的怨恨与绝望。

我看见它——一只湿淋淋的麻雀，从我的窗外的玻璃上，直直地掉下去了。

我无意间看到一只淋个透心儿凉的麻雀，没头没脑地飞过来。它几乎不能振动翅膀，也不能看清前面的障碍。我想，它肯定是被雨水溢满了眼眶。它几乎就是从高空俯冲下来的，一头扎在玻璃上。

我除了听到哐当一声沉闷的撞击，我还听到了它的某根头骨碎裂的吱吱声。它根本没有反应过来，就重重地掉下去了。它掉得无怨无悔，也掉得毫无知觉。

整个暴风雨已经都与它无关了，它沉睡在被雨水浇透的废墟里。

它确实是一只麻雀，而不是一只灌满神秘的青鸟。一只水淋淋的麻雀，不会给我太多的美感。它太过渺小和单调，即使在你的黑白的梦境，它都显得多余。

因此，我不会相信一只丑陋的麻雀，还会给我们带来浪漫和希望。

我看见它，从一个紧闭的窗户上，把自己抛到另一个紧闭的窗户上，之后又经历过几场白眼。在白蒙蒙的大雨里，它好像一粒从天而降的废纸片儿，被自己求生的欲望和暴风雨甩来甩去。

对它来说，一方紧闭的窗户就是一个世纪的寒冷。我想，它经历了多少炎凉的世纪呢？

它在极短的时间里，沉默了一生。它在暴风雨之前，还在叽叽喳喳地和众多兄弟姐妹唱着锣鼓喧天的大戏呢！

风雨来临之际，如兽散，如鸟飞。这是一个普遍的自然规则，只是这只麻雀不明白，而我似乎也是在跌跌撞撞之中，继续飞行。

一只麻雀在它的世界里，没有自己的巢穴。但我告诫它，温暖的屋子是不能进的。它冲撞在我的窗户上，它给我带来的是一种寒冷和陌生的眼神。

我知道它原初的眼神，贮藏着明亮和温暖。然而，不知道它在何时何地，把一种孤独的绝望藏匿在了眼底。它想把这种不尽的悲哀，传染给每一个看见它的麻雀吗？

但我感觉这是一只倔强的麻雀，它撞击了我的玻璃，又掉在了地上。但我仿佛又看到，它挣扎着飞走了，或许是一步一步，迎着暴风雨，无助地蹚着水走了。

我记得雨过天晴时，我去过窗户下，并没有看见一只麻雀的尸体。

此刻，我感觉到一只麻雀的坚忍和伟大。

不，是一种微小生命的坚忍和伟大。

而在梦境之中，我每每抬头看窗外面的风景，都仿佛看见一只淋湿的麻雀，从窗户上直直地掉下去。

每当这个时候，我又看见一只麻雀，倔强地飞走了。

（刊于《文学与人生》，2009年12期）

走过那些鸟窝

上班或者下班，我都爱透过高楼上的窗户，瞅一瞅Z城那些幸运的大树上，兀立的鸟窝。尤其是喜鹊的窝，在深秋或者寒冬的傍晚，总是很显耀地闪烁在你的面前。呈圆形或者椭圆形，用褐色的枝条编织而成。一般来说，一棵大树上只有一个这样的鸟窝，但也有两三个的。这时候大树必须足够大，它们的窝也分上下几层，仿佛我们住的楼房。Z城的大树太少，一棵大树上搭建一个鸟窝，显然有点儿浪费空间。

有时候你看到一个鸟窝，会感到它很孤独。倘若一棵大树上有几个鸟窝，就有了抱团的意思。这时候，这些鸟窝总会在我的脑海里像灯笼一样醒目，使我过目不忘。这时候我会想，偌大的Z城就剩下这几棵大树，几棵大树上就这几个鸟窝，这几个鸟窝就在我的面前，我该是多么的幸运。

当仰望Z城的上空，我想看到的不是飞机，而是这几个鸟窝。我知道，它们一直像红灯笼一样挂在我的头顶上，让我在很久以后还感觉到一种耀眼的温暖。因此，我时常会看到一只喜鹊又一只喜鹊，从这几个鸟窝里飞出来。只要我一仰脸，只要我想到有一只喜鹊，将要从鸟窝里飞出来，就准能看到一只喜鹊，从它的温暖的窝里飞出来。它叫着，扑打着翅膀。有时候它优雅地停在树枝上，有时候它绕个圆弧飞向了天边。

有一段时间，我特别喜欢看喜鹊从窝里飞出去。我一二三地数着它们。我一直地看，那喜鹊便一个接一个地飞出来，像玩魔术一样，一直地飞出来。这几个窝的喜鹊好像永远也飞不完。更奇怪的是，我从没有看到过同一只喜鹊。尽管它们每一只都像孪生姐妹，但我能够感觉到，它们彼此总是有点儿不同，至少它们的眼神，是因阅世的不同而迥异。我看见它们一个接一个地飞出去，却从未见它们飞回来。我到现在还不知道，它们都飞到哪里去了。

给它们起名字，曾经是我最大的愿望。我希望把它们区分开来，并给它们名分。这个叫张三，这个就叫李四。我说，那个眼神有点儿忧郁的，就叫王五吧。我还记得我给它们起的名字，一个个俗里俗气。但它们毕竟有属于自己的名字了，我感到了从未有过的兴奋。它们就像我一样，都有自己的标识了。它们继续从窝里飞出来，我就继续给它们起名字。我用遍了所有的标识，它们还是一个一个地接着从它们温暖的窝里，优雅地飞出来。

我从其中一个鸟窝下走过，并没有要停的意思。我知道梅花开放的季节不会有鸟蛋，喜鹊不会在这个季节繁衍。这是我多年来的常识，我当然不会停下来掏鸟窝了。记得在竹子屯，我曾经掏过很多鸟蛋。那时候，我爬到荒山或河床的大树上，不仅掏喜鹊的窝，各种各样的鸟窝都掏。我把各种型号和花色的鸟蛋轻轻攥在手里，总会有一种温暖传遍血液流经的穷乡僻壤。有时候我会把鸟蛋带回家，油煎了。这鸟蛋的香，仿佛只有前生才品尝了。这是一种绝世的温暖和香味，然而在我的心里，也是一种日益增长的羞愧。直到有一天，我不再掏鸟窝了，这羞愧才平息下来。

我从一个鸟窝下走过，我已经不敢打扰它们了。即使我感觉有喜鹊的眼睛在窥视我的脊背，我也不敢停留。若是多年前，我将上树看个究竟。可是现在我不，将来也不。我会让这个藏有秘密的鸟窝，永远也不知道，我早就发现了它。

（刊于《诗歌月刊》，2010年7期）

辑三／器物志

孤独的火

在我梦境之中，总有一根火柴不断地练习点燃自己的动作。它或许在阳光下，或许在暗角里，它鼓动着自己加速心跳。它的脸涨红了，越来越红。它在等待着点燃一个白天或者黑夜。

我想，一根火柴孤独活在一个角落里，要等待什么样的时机，它才点燃自己呢？现在，它只是不断地练习，一下下把自己划行在滞涩的墙壁上。我相信这是一个单纯的动作，而不具有生活人的隐喻。它的能量不断地增加，白天有阳光，它在划行；夜晚有月光，它在划行。多年前我看到它，它已经划行好多年了。

我试图逐渐走近它，可是这么多年之后，我仍旧不明白它在等什么。这使得我的接近有点毫无意义。我只能在远处，偶尔瞥它一眼。这时候，我突然感觉到，一根火柴的孤独远比一个正人君子的孤独，要大得多。

这是在子夜零点，温度在摄氏零下五度以下。从城区回家，我看见一堆野火在路边燃烧。周围没有一个人，它在那里独自燃烧着，孤零零的，似乎在等着某一个人的到来。我在远处就看到它了，一团火苗忽忽悠悠，或明或暗，仿佛是一种沉寂的冷火猝然燃起，也仿佛是一种从野外跑来的鬼火准备勾引行人。

我以为，不管是什么样的火，在没有人迹的地方自燃，都是野火，都是不幸的。我把脚步放慢了，这时候我相信它是在等待我的到来。正是寒夜，正在某一条我不熟悉的路上，突然有一堆火，在前面等待着我，也等待着燃烧，我们不约而同地密谋在一起，各求所需，我想这是一种孤独之后的缘分。

这时候我再次看到梦境之中的那根火柴，它好像在某一个时刻已经点燃了。现在它只剩下焦黑的一截，不过我好像看到它在燃烧的那一刻，看到了它一生的孤独。它不断把积聚多年的热，以豆一般大小的火苗，点亮瞬间一小块的黑暗。它在点燃一群等待多年的燃料，这一堆路边的野火，它把我燃亮了。

我已经走近梦寐以求的一堆野火，它在那里兀自燃烧。再近一些，我最终不能抵抗温暖的诱惑。我径直走过去，把冻僵的手伸进一堆野火的胸膛。我迅速嗅到一种火焰的炙热，嗖的窜进我的血脉。一团又一团火，在我的血液里横冲直撞，它们所到之处，暗角就不存在了。亮与热就像一盏灯笼，不断在我的身体里走着。

我把烧开的干柴、牛粪又拢在了一块，野火就越烧越旺。这时候，我闻到了火堆里有烤红薯的香味。我伸出去的手好像不是取暖了，我伸出去的手是在做拨红薯的动作。我想火堆里肯定有好多好多香甜的红薯，那是小时候就扒好、埋好的红薯，在这里孤独了多年，终于在这个夜晚被我发现。我想这堆野火，也该是在我小时候就生好的专为我烤红薯的火，它在这里已经等好多年了。

我不想离开这堆野火，我一旦离开，我们接下来的岁月将会各自孤独。我愿意把这些火装在我的口袋里，送给我以后的岁月，送给别人。从此，一堆火的燃烧救了希望。而我也把它们高举过头顶，从此不再感到孤独和寒冷。

（刊于《青年作家》2011年6期）

蛛网的秘密

我并不喜欢蛛网，但它老是出现在我梦境的某个角落。在一些僻陋的地方，在某个墙与墙之间，或者在某一些行人少去的树林或竹林里，一张扑面而来的蛛网，一不小心就把你粘得蓬首垢面、狼狈不堪。它虽然不是我的陷阱，但它提醒我，在我们的生活里，陷阱随处可见。

一张蛛网，几乎就是设计得近乎完美的陷阱。它晶莹剔透，似有似无，若一张无形的天网，横亘在一些小生命的面前。之前，蚊子、飞蛾、蜜蜂，都不会把它放在心上。可是，一旦命运之网向它们一点一点地收拢，即使是一只更有力量的蝴蝶，有时候也会在劫难逃。一张蛛网，有时候就是很多小生命的命运之网。

一眼精妙绝伦的陷阱，总是不断地挑起我挑战的兴头。它会散发出蛊惑人心的气味，比如灯盏之于飞蛾，它会冒着烧死的命运，疯狂地向火苗扑去。一张蛛网也是如此，它在不断散布着小虫子们喜欢的诱惑，一旦你把持不住，便葬身囹圄。

我在乡下竹子屯，看见并做过最原始的陷阱。我和爷爷去打猎，有时候就在狼、野猪等大型动物经常走过的地方，挖掘很深的坑，并在里面下上竹签子。只要狼或者野猪一掉下去，它们就再也逃脱不了。有时候狼或者野猪比较精明，我们就放一些它们爱吃的食物，尤其是那种气味很重的食物，比如猪油涂过的面团。在很远的地方，它们就会循味而来。

还有一些动物，比如狐狸、松鼠，这种原始的陷阱已经不行了。那我就做一个笼子，分两格，一格放一些很有诱惑的食物。待猎物钻进来，不但吃不到食物，也无法抽身了。

还有一种比较残忍的陷阱，就是在动物经常走过的路上下铁夹子。这种铁夹子非常隐蔽，猎物的一条腿一旦跳入铁夹子的口中，就再也难以拔出来，除非自己咬断自己的腿，否者，第二天就得毙命。

猎人给动物下的各种各样的陷阱，总是致命的。而一张蛛网，尽管看起来华美之至，但也是要取之性命的。我以为，但凡陷阱，本质上都在于把你消灭掉。

而在梦境之中，我不知道，一张蛛网不知何时已经完工。或许它早已存在，潜伏在一个秘密的边界。它在要着什么手段？我也不知道。这时候，我看不到蜘蛛藏匿在哪里。我在仔细地观赏它，一张被织得密不透风的大网。我真是佩服一只蜘蛛的美妙手艺和生存技巧。它们把特质的蛛丝缠来绕去，竟然能缠绕出一个诡异的战场来。

一张命运的大网已经撒开了，而我并不知这是个秘密，直到我闯进童年的树林，寻找闪光的贝壳或者捉长尾巴鸟，它才噩梦般扑面撒来。我想，算它不幸啊，像我这样大的家伙，它能够网得住我吗？我只是顺手一抹，就能把整个蛛网给撕裂得体无完肤。

我停留在这张破烂的命运之网前，看一只蜘蛛如何收拾它破碎的家园。我看见一只蜘蛛匆匆地窜出来。它在周边匆忙地奔跑了一圈，就毫不犹豫又吐出蛛丝。它像一叶孤舟漂浮在大网上，忙忙碌碌修修补补，然后又销声匿迹了。

一只蜘蛛在它的世界，风风雨雨，但它根本就不知道我的存在。它并不搭理我，但我还在观赏着它。直到有一只小虫子，终于掉进了它的圈套，它这才趁我不注意，噌地一下冲出来。这时候，我几乎有一阵莫名的惊慌，我以为那只虫子就是我了。

幸亏那只虫子不是我，现在它被一个老练的猎人给拖走了。整个蛛网又恢复到了平静和安详，没有一丝涟漪。我几乎看得入定了，仿佛就是一只小虫子。但我仍旧以为，只要我走出梦境，突然就会有无边的大网，不知从什么地方撒来。如果还有一只黑甲将军从天而降，毫无疑问，我就是一个猎物，立刻就完了。

（刊于《散文》2010年1期）

鸟　窝

我经常去楼顶，看那一棵大树上的几个鸟窝。冬天，树都脱光了身子，那些鸟窝在枝丫之间格外耀眼。我只要一站到楼顶上，就能够轻易看到鸟窝里的秘密。现在，空荡荡的天空里只长着几个鸟窝，而那几个鸟窝里却长满了空荡荡。

我尤其喜欢在冬天爬到楼顶，看那些孤零零的鸟窝。鸟儿都不在窝里了，但我以为，它们的影子还在，它们栖息留下的温暖还在，它们孵化的孩子明年还会回来。或许鸟儿们一直还在，只是冬天把它们告了秘，它们已经无法信任一个残暴的季节。我相信它们是转到地下去了，就在我找不到的地方。

我曾经想，这些鸟儿在春暖花开时，趴在窝里一动不动，认认真真地下蛋，然后又是一连数天，趴在鸟窝里孵蛋。我想这些鸟儿须有足够的耐心和精力，有足够的热情和爱，才能让小鸟儿破壳而出，这个世界才会有鸟语花香啊。

而在梦境之中，我真的趴在鸟窝里，下了一次蛋，孵了一次窝。我感觉到从枝叶的缝隙里漏进来的阳光，顷刻之间照亮了我的世界。我在温暖安全的巢穴，我在温暖安谧的蛋壳，我在温暖我的安静的影子。我在呼吸温馨的未来，我看见了第一只雏鸟，它的眼睛乌黑乌黑，它顶开了秘密的大门。我在呼吸快乐的歌声，我听见一只又一只雏鸟，啄破一个又一个黑暗世界的墙，它们开启了百花盛开的春天。

我在冬天的一个傍晚爬上楼顶，仿佛仍旧看到一只又一只鸟儿，从四面八方赶回来。一个窝就是一个家，我以为它们不会轻易就放弃一窝的未来。然而，这鸟窝确实是空荡荡的，满窝里都灌满了冰冷的风。有时候，仿佛我坐在楼顶上，就是一个飞空了的窝，什么也没有装，只装满已逝世界留下的孤独。有时候我希望我不是我，而是那鸟窝，不是装满孤独，而是装满空荡荡的等待和希望。

有时候，我感觉那些在空中飞行的鸟儿，就是我在冬天的荒原放飞的风筝。这时候我感觉，这孤独的鸟窝就是一根牵动着它的线。有时候我以为我又是那飞出去的鸟儿，飞出山坳，飞进Z城，就再也没有飞回去。我不知道该怎样表达我的难言之隐，尽管那是一个少年一生的起点，尽管那是一个青年避风的港湾，可是我还是没有飞回去。

一只鸟儿就是一颗抛出去的流星。现在，我看到好多好多的鸟儿，都被抛到了Z城。它们在空中划出流星一样的弧度，而我们在津津乐道它们的美丽。然而在风中，在雨中，或许在不可预料之中，它们早晚都要栖落在大地上，而不是天上。我以为，它们只有沿着一根线，一根它们从来没有忘却但仿佛已经没用的线，才能找到飞行的秘密。

现在，出去乱飞的鸟儿太多了，它们有的飞出去就再也没有飞回来，那鸟窝就永久空荡荡了。它们有的飞累了，就回到窝里歇一歇，接着飞。我开始明白，飞是一个世界的姿态，窝才是一个世界的支撑点。

有些鸟儿越飞越远，它们把鸟窝孤零零地抛弃在城郊的荒野里、冬天的枝丫上、遥远的山坳里。我感觉到它们的窝里没有一丝的热气，已经冰冷了。我将告诫它们，世界不在前方，而是在它们出发的窝里。

（刊于《中华文学》2010年3期）

陶罐之外

如果在僻远的乡村走一圈，你偶尔还会看到某家门口的墙边站立着一两个陶罐。这些陶罐会从庸常中凸显和突兀出来，一下子抓住你的眼球。不过你总感觉哪里有点儿不对劲儿，哪一点呢？一时你又说不上来。怪怪的，你不得不驻足，留心观察，仔细琢磨。

陶罐还在墙边站着，涨着圆鼓鼓的肚儿，收着细小的口儿。倘若是陶盆、陶碗、陶缸，是没有鼓肚子的，只有敞开没有牙齿的大口冲着你笑，傻笑。所以陶类，我只喜欢陶罐。且说这陶罐，红色的闪着淡淡的红光；青黑色的，便阴森森地望着你。

阳光走在陶罐的身上，如果耐着心细瞧，时间的裂纹就会炸在你的眸光里。见到这样的陶罐，我会拿着放大镜欣赏它们的时光纹变。丝丝条条，枝枝丫丫，像一个人的遍布全身的血管，更像一幅意蕴深含的抽象画。倘若它是一个古件，比如远古人使用的陶器，你便可以从这上万年的纹变里听到时光流淌的汩汩之声。

还说这纹变，有时候只有几条纵横在陶罐上，像大动脉，清水就会从罐里渗透出来，有时候是漏出来。正是这样的陶罐，主人用之不能，弃之不忍，就把它搁在自家的土墙根下。倘若主人翻新了房屋，盖了青砖大瓦房，别的旧物早扔掉了，唯独这陶罐物以稀为贵，虽然旧了不用了但并不碍眼。主人看了看陶罐上的沟沟壑壑，感觉这些陶罐记录了他的旧日时光，就依依不舍地把它搁在青砖大瓦房的墙根下。

当你理解了陶罐的主人，再看见墙边站立着一两个陶罐的怪异感觉，就霍然不见了。陶罐原是农业时代的器皿，站立在远古的茅棚边不怪异，站立在土坯矮房前也不怪异。这种小农心理仿佛是人类的顽固基因，让我们一直偏执地认为陶罐是粗陋的，是小国寡民的，是登不了大雅之堂的。

可是陶罐不知道什么时候就有了文化气息，应该是在它的主人欣赏它时，应该是在远古的某一个收获季节。在田地里劳作的人歇工时，拿起陶罐猛喝一通水来解渴，于是心胸舒泰了，就开始琢磨这陶罐。劳作的人发现这陶罐因为实用，就越看越爱不释手，越看就越觉得像一个丰满的女子，肥硕而美。远古人都喜欢这一款，即使现代的偏远乡村娶亲，大都也爱娶肥硕的姑娘。

自从陶罐有了文化气息，它就一直暗藏在劳作的人的心里。在这一点上，陶罐一向是很低调的，它不主动向它的主人宣扬。直到它的主人和它相处得年深日久了，它才慢慢散发出自己的文化味。这时候它的主人自己发现了陶罐的与他命运相关的文化底蕴，就越发爱惜它了。这时候，陶罐无论是站立在青砖大瓦房前，还是城市的柜台上或展厅里，都不再显得怪异和鄙陋。这并不是陶罐自己提升了品位，而是人们自己摆脱了思维的偏狭而已。

陶器往前发展一步，就是瓷器。一般来讲，瓷器因高温烧制又上釉色而成瓷，且坚硬如石又光彩灿烂。自从有了瓷器，陶器就显得暗淡无色。俗语“没有金刚钻，不揽瓷器活”，似乎是在证明烧制瓷器是一项高大工程。因此，陶器一路回避着瓷器，直至完全退守乡村，而今从实用器具退居到精神文化，从而彻底退出了历史。

陶灌的粗糙和简单，已经不适应以“精、细、快”为特色的工业时代和信息时代的生活。即使在乡村，各种精致的瓷器和不锈钢器具充斥于日常，而陶罐之类，早已退居某个黑暗的角落闲置起来了。即使是站立在青砖大瓦房的墙角下，那也只是古典的乡村生活的一种守望和挽歌。城市里的人大多没见过陶罐，便“物以稀为贵”，再附庸风雅点文化，所以只有在一些展厅或者艺术爱好者的工作室里，你才能看见一两个陶罐了。

陶罐本是属于乡村的，可是乡村却越来越不能容它。只有一些形制好的陶罐，才能站立在某家青砖大瓦房的门墙边，而绝大多数陶罐只能待在屋后的背阴里。我喜欢陶类器物，是因为它虽粗糙简单，但不鄙陋。我住在僻远的乡村时，总是走到一些人家的屋后，从那些破碎的陶灌中拣上几个陶片，捏在手里总感觉沉甸甸的。如果幸运的话，你还能捡拾到一两个陶制的酒壶、酒盅之类。

陶罐越来越远离我们，就像越来越走远的乡村生活。这种感觉，在我紧张的庸碌生活中，越来越强烈了。赶在一个下雨天，我便去了省博物院看了看那些静静躺在时光中的陶罐。一个瓦蓝色装水的陶罐，标明是汉朝仿制品，我姑且认为它就是汉代的文物。

我静静地站立在柜台前，在白炽灯下仔细观察它。陶罐瓦蓝的色彩仿佛就是火焰的气味，不时向我呼呼袭来。我能感觉到汉代的阳光，在陶罐的边缘嬉戏和奔跑。我看见一个劳作的人，在辛苦耕作的间隙，从田间地头走向陶罐，高高举起它，让清水从陶罐里奔流成一根水线，那一线清亮的甘甜汩汩地流进他的喉咙，也流进他幸福的展望里。

这一个陶罐，它孕育了离奇曲折的旧日故事，都陈列在博物院里，都陈列在你我的想象里。或是凄美，或是粗犷，确实再也不会上演在这个世界了。陶罐是乡村最后的象征，却被乡村甩在了房前屋后，摔成了斑斑驳驳的历史碎片，也只能陈列在我的记忆里。再也不用去想它了，我知道一个时代正在渐行渐远，它将彻底消失在大机器时代的轰鸣里。

（刊于《草原》，2016年6期）

一只小黑碗

一只小黑碗闯入我的梦境，它被一只无形的手稳稳托举着，盛装我满目的期待。它像一朵上色浓密匀稠的黑莲，时常盛开着，穿行在时光的夹缝里，穿过我过滤的手指，轻松地停留在一块手帕似的阳光里。

一只小黑碗，唯有它的黑让我看到流逝的白。它的黑包裹着一个立体半圆，包裹着一小块时光，包裹着一小块水域。它把所有都容纳在凹陷里，哪怕喧嚣，哪怕寂静，它紧紧地把不属于这个世界的东西，统统拒绝在外。唯有颜色，唯有黑如铁的黑，釉在它的肚子上，釉满它的里里外外，釉黑它的时间和空间。至此，它是一个名副其实的小黑碗。

一个小黑碗不再单独盛一碗水，而是盛满正在渴饮的一种姿态。一碗水在小黑碗里，就是一小黑碗黑夜。一个半圆的世界，我还欠缺另一个半圆，我把小黑碗神圣地端在洁净的双手上，我看到我自己在小黑碗里。一小黑碗的水，将不断弥补正在流逝的光阴，还有正在到来的世界。

一小黑碗的水不见了，它流进了我们的深渊。这时候，永不褪色的黑，铁器的黑，仍旧在包裹着一个时代。没有人能够把烧进小黑碗的气息，像消磁一样消掉，小黑碗自己也不能。一碗水只是在遵循小黑碗的意志，去完成一次流逝的动作或者情节。

而酒在小黑碗里，会醉翻整个历史。我看到清澈澈、碧悠悠的光阴，洇着小黑碗钻进岁月的纹理，滑进我的口腔，滑进世界的起源。它在我漫长的推演之中，消化在猜想之胃。当初我看见小黑碗的碗里，浑圆的酒液婀尽千媚娜尽多姿，尘世的光影掠进它的起伏和跌宕。

一小黑碗又一小黑碗潺潺而至的空谷绝响，把一个个惟妙惟肖的画卷都埋进碗底，把一节节虎虎生风的招式都淹没在轻吟。一只鸟飞落进小黑碗里，一只虎啸落进小黑碗里。当我举起一只充溢酒液的小黑碗，我仿佛就举起了一碗神秘的历史和延伸的未来。

我在梦境之中，抚摸一只小黑碗，我以为它应该装满历史和世界的风。这样，它可以轻而易举地装满我无法穷尽的奥妙。风，来自大自然的风，来自地狱的风，来自天堂的风，来自我心灵的风。它们带着各自的气味和酸涩，各自的宿命和乖戾，统统装满这一小黑碗，它们在感受一只小黑碗的狭隘与宽广。以小黑碗的边沿为界限，任何人都不再妄自尊大和妄自菲薄。小黑碗就是风的中心。

小黑碗在阳光下沉默无语，这时候我想，小黑碗应该装满阳光。那些漫漫征途的阳光，或者说它是光阴，我以为它们已经穿透了小黑碗的黑。它们和小黑碗本质里的火，接上头了。它们吱吱地在小黑碗的灵魂里检查裂痕、修补残垣，它们仿佛也在修补我遗失很久的记忆。

当小黑碗木呆呆地沉寂在黑夜，它就和夜融为了一体。它仿佛把整个夜的重量，都盛在我看不见的容量里。我看到，小黑碗在不断释放藏匿一生的黑，坚硬的黑，冰冷的黑，外来的黑。它是在驱逐包裹着它的茫茫无际的孤独吗？我不知道。

小黑碗倒扣在夜里，就像一只光亮的乳房，密封了一个永远也打不开的诱惑。当我在一遍一遍用手指，蘸满烛光抚摸它，我是在寻找一把开启宝藏的钥匙。这时候，我感觉到了小黑碗的孤独，我想，这也是我的孤独。

小黑碗在哪里呢？在我梦境之中的小黑碗，也肯定在我的生活里。一只小黑碗已经支离破碎，或许我只见到了它的一块残片，或许我只见到类似的一点釉色。但我知道，它经年在某一个我意想不到的角落，包裹着我的世界，丝毫不动声色，就像一双明亮的眼睛，静静地注视着我。

（刊于《青岛文学》，2009年7期）

一只花瓶

一只花瓶的制作工序，远比世界上任何其他造型艺术，都更具想象力。这是我亲眼所见，我也没有任何理由编造它。我亲眼看见，那些比乳房的洁白更细腻温润的熟泥，在一双白皙的手上浸淫，并在一种理想的渴望之中，慢慢成为一个随心所好的形状——一只精巧的花瓶的形状，已经呈现在我的面前。

这是一只怎样的花瓶？现在还只是毛坯，它还没有烧制、釉色、画工、打磨，已俨然亭亭玉立。它仿佛正在绽放，在浓密的阴凉里，它逐渐生动、凸显，它在完成一道自足的风景。它避开阳光，避开繁复的色彩，现在它只呈现本质的黄土色。淡黄转暗，明亮转暖，它在调息内在的气韵。

一只毛坯的花瓶，悄悄走进我的梦境。修长的瓶底，隆起的腹部和胸，适中的脖颈，圆润的樱桃小口。它俨然是貂蝉的抽象，嫦娥的延伸。我看见它迈出一寸一寸的小步，小口抿紧了，逶迤过来。每一小步，仿佛都暴露了它的凸起和凹陷的弧度。无法藏匿的渺渺情韵，流遍它的每一寸纯净的肌肤。

一只花瓶还在向我走来，我的手指蘸满了希望的阳光，在为它引路。它在素衣起舞，它弹落了色欲，弹落了渴饮。一瓶清凉的水，仿佛与这只花瓶融为一体。它在若有所思，它在若即若离。我的手指轻轻触碰了它，我在细细品。它没有酣甜，没有热烈，只有静静的浸淫，悄悄的平静。

我的手指在它的腰间，这是一个难以挑剔的实体的弧度。它在无忧无虑，它在醉心于单纯之美。它在不停地前进，而我在不停地退却。我害怕一个闪失，会让它玉碎，会让我百无聊赖。我不知道该怎样捧它在双手，是把它引入梦境，还是把它带回我的一生?

现在，我正在制作一只只属于我自己的花瓶，不给它釉色、烧制，也不画工。我只爱它的单色，仿佛不着妆的乡间美女，不施粉，不涂红，一段天然风韵就在它的神气之中。我把一团和熟的泥巴，按在原始的制作木架上，用脚蹬动给它动力以高速旋转。我的手按照我想要的花瓶形状，把多余的泥土剔除，花瓶就渐渐成形。整个制作梦幻一般，仿佛雀鸟们叫醒的黎明，把黑暗一点点叫破，黎明就到来了。这花瓶就在高速旋转的加速度中，不经过心思而是放手一捏，瓶口就完美地出现了，樱桃小口，咕嘟嘟的，仿佛小姑娘正在生闲气。

制作瓶口的一刻是最幸福的，当一只花瓶在我的手中，在我的心中，都已经完美无瑕了，也是我赋予它灵魂的时刻了。这时候，我忍不住的幸福，在最后的一捏，一只比乳房更精致花瓶，我稳稳地托在手心了。

一只花瓶，有时候不需要插花。倘若一只花里胡哨的花瓶，再插入一些花里胡哨的花，我以为，简直就是一个不可饶恕的妓女。我喜欢仅仅一只优雅的花瓶，孤独地站立在离我三米远的地方。倘若是一只毛坯花瓶，我愿意把它放在我的书桌上，赋予它更多的品德，赋予它更多的爱。

在我梦境之中，这样一只花瓶，还有待我心境沉淀之后，它才会闯进我的生活，我才配爱惜它，珍藏它，和岁月一起阅读它。

（刊于《中原》，2009年3期）

疾驰的鞋子

在某一个无奈的时刻，也许是一个眩晕的时刻，我在闭目养神或者闭目梳理走向未来的道路。这时候天空就像一口漆黑的铁锅，把我盖在了宇宙的模型里。我的眼睛什么也看不见了，但我的身体却看到，我所在的天空，有漫天飞舞的鞋子。

我的鞋子逐渐缓慢下来，这一点只有我自己知道。它会在某一个时刻和我一起彻底停下来，永远待在某一个点上。这个点我并不清楚在哪里，上帝也不清楚。我在漆黑的锅底下独自行走，从此不再参与追逐的游戏。这时候我终于安静下来，完全走在自己的路线上。如果我的鞋子足够舒服，我并不担心我会在哪里做永久的停留。

这是一双永远陪我远行的鞋子，然而它早已连同我一起，流失在某一个旮旯里了。我知道，我已经不能把它捡拾起来，珍藏在将来的纪念馆里。但我已经永远记住了它的温暖和舒适，它已经珍藏在我内心的柔软里。一双百纳底儿的粗麻布鞋子，它纳进了母亲青丝霜白的岁月，它纳入煤油灯下母亲闪闪烁烁的希望，它也纳住我一生的脚步。这是我的竹子屯，在某一个寒冷冬天的夜晚，已经永久铭刻在我梦境的水槽上。

我必须闭上眼睛或者说闭目养神，才能看见自己在锅底下行走，我并不以为这是一种世上罕见的疾病。我在竹子屯的某一些大雪纷飞的冬天，首先看到各式各样的脚印，周密地镌刻在雪地里。我清清楚楚地看到，地面上的脚印是那么生动、实在。它们确确实实是一个不可或缺的存在。然而，大雪纷飞的夜晚，或者第二天，那些我曾经为之骄傲自豪的脚印，早已经不存在了。存在与不存在，它们同时烙印在我的梦境。

是上帝在我睡觉的时候，偷走了人世间可爱的脚印吗？我不敢怀疑。但它们确实已经不存在了，或许它们存在另一个世界。它们会在我闭眼或者酣睡的时候，悄悄溜进我的梦境。在以后的延伸之中，我又曾真实地看到过它们。那些变幻莫测的脚印，今天又变成了变幻莫测的鞋子。它们同样在我的一个世界突然消失，又在我的另一个世界兴奋地出现。不过，我已经顾不得它们了。

一口铁锅把我倒扣在一个自足的心灵世界，我可以看到一双又一双鞋子，从我的面前疾驰而过。就像我当年，穿的百纳底儿粗麻布鞋子一样，涂画着深邃的天空。那些飘逝的白云、乌云、彩云，已经覆盖在我自己的大地上。而正在飞来的白云、乌云、彩云，它们在涂画未来的天空。

我看到各种质料的、各种号码的、各种款式的鞋子，它们活泼、生动地飞舞着，它们重重叠叠，争先恐后，抢占着历史的制高点。我知道我是它们中的一双，在摆成阡陌纵横的时候，也摆成永久凄凉的荒野。

我逃不脱的，后面的也逃不脱。我听到前面的鞋子，唰唰流向远方，后面的又唰唰冲过来。在走向某一个点的损耗中，它们有的并不成一双，而是只有一只。它们有的我很熟悉，有的我从来都没见过，也不可能见过。它们有的飞累了，就像我一样落在地上走路。就像我一样一步一步地，迈左脚迈右脚，缓慢地挨近某一个未知的点。

（刊于《青岛文学》2010年7期）

一只杯子

在很大一部分的生命里，我都感觉自己是一只劣质的茶杯。仿佛是塑料做的，被放置在桌子上。有时候它装满茶水；有时候它有一个吸管，插在里面。这么多年了，在这张桌子和那张桌子之间，来回地被一只白皙的手，拎来拎去。毫无疑问，这只手就是我的。

在某一天清晨，我按部就班地去上班。我缓慢地爬着楼梯，而没有乘坐电梯。这是我一直以来养成的习惯。只要时间允许，只要不被指责迟到，我不想提前一分钟走进办公室。

我喜欢大楼以外的空气，当仰望天空，我看到一只翱翔的鸟雀多么自在地捕捉着身边的白云。我宁愿在楼下多待一会儿，也不愿意走进一座大楼的胃里。我知道我一旦进入大楼坚固的影子，无形的喘息就像印章一样，会深深扣进我的灰白的脸。

这是一个周末，我突然意识到今天不上班。不过我已经在上班时间的最后一分钟，走到办公室的门口。当我窸窸窣窣地想打开门锁，却突然听到屋子里有争吵的声音。我很是纳闷，今天是休息日，怎么员工们还在开会？不能，绝不可能。门锁还没打开呢。我的好奇心越来越大。我听见争论中，还有我非常洪亮、果断的发言。这让我更加摸不着头脑了。

我想看个究竟，尽管我没有偷窥癖，但开会的人里面竟然有我，这不能不让我想弄个明白。一个偌大的办公室，二十多个员工，我也算是一个重要角色。每一次开会，或者说每一天开会，我不发言说两句，你不发言说两句，会议就没法子进行了。有时候我们争吵，一个个就像一只只快乐的鸭子，在早晨下水之前，先呱呱地大叫一番。

每天开会是每天工作的开端，倘若要碰见重要的会议，我们就不在办公室里了。我们会把几个办公室的人，叫到会议室，呱呱、呱呱地开上半天会。这时候，我们每个人手里都拎着一只杯子。当服务生忙得不亦乐乎时，也是我们的会议开到兴高采烈了。

这时候最让我感兴趣的，是每一个人手里的杯子。它们不停地被灌满烧开的纯净水，然后在茶叶里濡染成红糖水一样的颜色。过一会儿，茶水稍微凉了，开会的人一小口、一小口吮吸。我这么说时，大家继续发言，大家的话语在这种茶水刺激下，就像情欲一样迅速地膨胀在每一个人的体内。每次开会，我都会走上讲台，和众多的员工一样，把自己的情欲弥漫给每一位员工和每一位员工啜饮的杯子上。

这时候我听到自己在慷慨陈词，便急不可耐地把门轻轻推了个缝隙。我惊呆了。我看到我那只久经沙场的塑料杯子，在我的办公桌上挥舞着手臂，在为公司下一步如何发展而振振有词。它极具感染力的语言和富有磁性的声音，使得部门的大小领导，都鼓起了掌声。这让我感到震惊。它简直就是我的“另一个”。以前我从来没有倾听过自己发表意见的发言，也没有见过自己发表意见的那一副德行，这一次我算看清楚了自己。

等我的杯子发言完毕，一只优化钢质杯开口说话了。我知道它们在兴高采烈地开会，水果玻璃瓶改制的杯子，带奶嘴的杯子，带小勺子的杯子，镶有小猫小狗图案的杯子……它们一个一个接着发言。它们群情振奋，它们各抒己见，它们正在探讨一个关乎整个公司前途命运的话题。

我实在耐不住寂寞了。我打开锁，走进办公室。“呵呵，大家好！”我说。我一进门，办公室里顿时就爆发出热烈的掌声。看来我必须讲两句了。

（刊于《散文》，2011年2期）

在一段消失的城墙上

走在荒芜的土埂上，如果不知道这是一座古城墙，如果不是知道它经注视着我们三千六百年了，我绝不会小心翼翼。我会像在任何一方古老的土地上一样奔跑，肆无忌惮。可是现在，它在我的梦境之中，像一条巨蟒一样，抽搐在隐隐约约的岁月里。

这是一座曾经坚不可摧的城墙，三千六百年后，我们才在它黝黑的脊背上，迟迟蹒跚而至。这是一座怎样的城墙？我只能看到一堆狭长的黄土层，蜿蜒着就不见了。无论如何我都难以接近它，这座城墙和那个辉煌的王朝，都已经飘落成尘，早已经不存在了。

而在我的梦境，我硬是看到一条巨蟒围拢成一座古城。我是城堡的主人吗？一个走在一条巨蟒脊背上的追梦人，想挽住不可阻挡的时光吗？我并不清楚自己的身份。三千六百年了，我抬头看看天空飘着的雪花，我没想到，它还是以那个旁若无人样子飘落下来。我伸出舌头，想舔一舔雪花。我仿佛舔到了历史远离的凉，我仿佛感觉到它在一点一点地融化。

走在城墙上，我的散光眼什么秘密也没乜出来。黄土上的黄早已经埋藏在厚雪的下面了，它们已经不能告诉我，在它们记忆中的那个神秘的世界。我只能靠自己的眼睛，把脱落的黄土一层层地扒开。我看见城墙的几个眼睛，那几个修筑城墙时由于疏漏而留下的小洞。我从这几个眼睛里感觉到，奴隶们在痛苦呻吟。我已经走过去了，就像我翻了另一张书页，可是我依然能听到，他们在悄无声息地倾诉。

我把一段古城墙留在身后，自顾自地寻找另一些秘密。但是我总感觉，我看过的前一段城墙，就在我的身后，悄悄地拽着我的尾巴。三千六百年了，它们还是能够把手伸到我的屁股上，拽住我的心灵，让我不能很快地走过去。三千六百年，我的一条尾巴也太长了，竟然延伸到三千六百年前。不过我还得继续往前去，它们能够拽得住吗？

我在一座古城墙上，什么也找不到。之前我并没有想好，我要在城墙上找些什么。现在，我漫无目的地走着，脚在不停地记忆这段路程。

我想我不知道寻找什么，而我的脚应该知道吧。我只要跟着脚走就是了。我在不停地往前走，走了城墙一圈又一圈，我几乎慢慢走成了一个点，几乎消失在自己的视线里。我知道，一直这样走下去，我会走成自己的画外音，就像这座古城墙，已经是它自己的画外音了。

我在城墙上看到一只石雕的乌龟，它伸长了脖子。它仿佛从三千六百年前爬过来。在我的面前，它仿佛要带上我，又要爬向远方。看来我得加油，我要跑得更快。我要把我的梦境中不如意的地方，全都修正过来；把单一的色彩，全都涂满新世界的色块儿。我相信，我的历史，还没有走远。乌龟大哥已经爬得很远了，我必须围着三千六百年的城墙，走上一圈又一圈，走上一个三千六百年，再走上一个三千六百年。

我一走就在梦境中走了几个三千六百年，我仿佛捡到了历史的甲片。其实我在城墙上走走，只是想走走而已，并没有什么严肃的意义。我只是想同古城墙留几张合影和几声感叹，让以后的岁月，不再荒芜。

城墙是一个生命的见证，也终将是我的见证。

（刊于《航空旅游报》，2010年12月）

漂亮的尾巴

我在一部童话里读到过一条浪漫主义的尾巴，但谁也没想到，我自己也长了一条这样的尾巴。经过仔细研究，我发现这是一条不但浪漫，而且非常实用的尾巴。在梦境之中，我越看它越像一只松鼠的尾巴，总是高高地蓬松起来，像一顶开着的毛茸茸的花。

在Z城，我发现很多人都长着一条漂亮的尾巴。我的亲人、朋友、同事、领导、陌生人，都有着一条蓬松高擎的尾巴。男人的尾巴粗壮，呈现单色，女人的尾巴如七彩虹霓。黄种人的尾巴如阳光灿烂，白种人的尾巴如雪花一尘不染，黑种人的尾巴如油墨明光闪闪。有时候我们集会，所有的人都把漂亮的尾巴摇起来，各色的尾巴，各种性别的尾巴，各种族的尾巴，都飘浮在空中，真是云蒸霞蔚，气象如虹。

我终于有这么一条实用主义的尾巴了。在竹子屯，我就一直在幻想着它。那时候，我看见好多好多鸟雀，有喜鹊、孔雀、长尾巴野鸡，它们都托着漂亮的尾巴，从这棵树飞到那棵树，我就从这地儿，追到那地儿。这些鸟雀在干什么？在谈恋爱吗？我不知道。有时候它们从天空飞过，就像飞过的各种花朵。我追着它们看，希望它们的尾巴掉下来，长在我的屁股上。那时候我还看到过松鼠的尾巴，在温驯的小动物里要数它最可爱了。

住在这个尾巴城里，我越来越爱我的尾巴了。无论我在大街上，还是在办公室里，我都能看到每个人都把他们的尾巴，搞举过自己的头顶。毛茸茸松散的尾巴，像一朵朵国色天香的牡丹，在我们的头顶盛开着。如此一来，我们的Z城就更有生活的情趣了。

现在，美女们就有事可做了，她们天天梳理着、摆弄着她们的色彩绚丽的尾巴。她们在走路的时候，就把尾巴摇成了漂亮的飞鸟。她们在勾引着我，不过我也长了一条实用主义的尾巴。我想我的爱情就是从这条尾巴开始的。我看见一个美女从树上飞过来了，我看见她的尾巴，就是我梦寐以求的那一条，我就把我的尾巴也摇开了。

后来我们继续恋爱，我记得我的第一首情诗，也是从我们的尾巴写起的。现在，我们的尾巴越来越实用了。我们相互爱抚，已经不用手了。我们只需要把尾巴摇起来就够了。

我记得在夏天的时候，天太热了我们就摇尾巴纳凉；有蚊子了，我们就用尾巴驱赶。尤其是在无聊的时候，我们把它拎在手里，男人可以把它当作一个玩具，女人可以把它当作一个坤包。如此一来，我们的手里就不那么空荡荡了。当然，我们还可以牵着异性的尾巴逛街，这似乎要比手牵着手，更显得人们心连着心呢。

我们有了不仅漂亮而且实用的尾巴以后，我们的手就腾出来了。在我们的文化里，像“黑手”“罪恶的手”“残忍的手”“第三只手”……数以万计的对手的诅咒的词汇就消失了。代之而来的是一条纯净善良的尾巴。我们见面，只需彼此摇一摇漂亮的尾巴，即使苦恼的心情也马上云开雾散。我们再见的时候，也只需摇一摇尾巴，花一样的祝福就悄悄捎进了每一个人的心头。

我想，即使有解决不了的问题，非要打架，我们也不用动手。大打出手，实在伤人伤心太重。以后我们打架就用尾巴，你抽我一尾巴我撸你一尾巴，打得像人民内部矛盾，不会伤筋动骨。有一天连上帝都说，看，人间的仇恨不过如此。之后，我们仍然摇动着漂亮的尾巴，咿咿呀呀地走了，何乐而不为呢？

我在梦境之中，就对自己说，有尾巴的人间真好。这时候有一只大尾巴狼跑过来，对我龇牙咧嘴。我只对它摇了摇我的一条大尾巴，我们就成好朋友了。

（刊于《鲁北晚报》，2011年8月16日）

寻找丢失的脸

我看见Z城所有人的脸，却唯独没看见自己遗失的那一张。

在Z城，我找很多年了。一张张脸，所有的脸，我都翻几遍了，我愣是没有找到它。这一张脸，那一张脸；娃娃的脸，成人的脸；微笑的脸，布满阴云的脸；精致可人的脸，妍媸毕露的脸，都在我的面前晃来晃去。

尽管它们各有不同，但是走在路上，我要把它们分辨出来，也不是一件容易的事儿。

一张脸又一张脸，像街头的粘贴小广告，贴满Z城的每一个角落。有时候你不想看到它们，它们却迎面扑来，殷勤地向你打招呼。我真不知道该怎样回避它们，我唯一的办法就是很少出门。

有时候我站在我家的房顶上，俯视整个Z城，我也会看见一张又一张的脸，在出出进进这个城市。它们仿佛自动行走的货物，被一种不可抗拒的力量推拉着。

我居住在Z城，不知道多少年了。自从我把自己的那一张脸，丢失在Z城的某一个角落，我就再也没有离开过这里。只有找到它，我才有希望出去走走，我才能像一张普通的脸那样出入这个Z城。

这是一座用脸沉积的城市，脸就是我们每一个人的通行证。一个丢失了自己的脸的家伙，就只能是一头困在笼子里的兽。

我不是兽，但我已经走不出Z城了。别的城市是什么样子，我无从知晓，也没有人告诉我。我曾经因为没有了这一张脸，而不得不偷渡多次。可想而知，一个没有脸就在大街上行走的人，不仅逃脱不了守门人的检查，而且还会招来众多拥有脸的人的围观。

这种围观是不友善的，它们会在我的脖子上，挂上写满各种口号的牌子。我以为这不再是一种单纯的戏弄，而是对丢脸的家伙的极端愤恨和不满。我宁愿被守门人捆绑，定我违反Z城身份认证法律的罪。我宁愿为此蹲半年大牢，也不愿意被抛在街头，被愚蠢的家伙围观了。

所以，第二次偷渡不成被逮着，我直接对检察官说，把我扔进大牢吧。我既然是一个没有认证的家伙，蹲在大牢里应该更安全一些。在第三次和第四次，以及后来的好多次偷渡，我都被逮住了。这时候检察官已经不用审判，它们早已经知道这个没有脸的家伙，就是我了。它们总是异口同声地说，把他投进大牢半年。

我忘记了岁月流逝，所有发生的事儿就仿佛是在昨天仍栩栩如生。有时候我很想放弃出城的远大理想，默默待在Z城，等到老死。可是一旦我进入自由的梦境，很多脸就又围拢过来了。我被一张张奇形怪状的脸扒光了衣服，它们想看看我的脸是不是长在了别处。可是没有，我从头到脚，没有一片有点儿像脸的地方。

我还要在Z城寻找那张遗失的脸。我找到了很多死去的脸，也找到了很多未出生的脸，然而，就是没有我的那一张。我看到一些死去的脸挂在树梢上，它们面带微笑，仿佛这个世界到处充满着爱和正义的力量。我看见一些未出生的脸，还在它们母亲的子宫里，就像一张张白纸，什么表情也没有。

这些脸都不适合我，也不是我的。

我又看到一些活着的脸。有很多贴着地面飞行，有很多踟蹰在大街上，有很多在我寻找的当儿，突然而至，也有很多脸不翼而飞。

一张张脸迷路了，很多很多的脸标着标签又回来了，但都不是我的。

我继续寻找我丢失的那一张脸，我的岁月也在丢失。不过，Z城丢失脸的人越来越多，我从此也不再孤独。

（刊于《散文世界》，2009年2期）

肢体散落在大地上

某一段时间，在我未来的梦境，我的肢体像是被吹开的鹅毛，纷纷从天空散落在大地上。也许是春天的大地上，也许是冬天的大地上，我看到我的肢体或静静地躺着，或孤独地走着。有时候，它们好像听到集合铃似的，慌乱地奔跑起来。它们根本无法聚集在一块儿，它们相互看不见，有的越跑越远了，有的跑着跑着就不见了。

我看着它们就着急：我的腿晃荡着走向梦境的西边了；我的胳膊咯吱咯吱跑向梦境的东边了；我的头颅，我的躯体，也激烈地争吵着吸烟喝酒等鸡毛蒜皮儿的事儿。我搞不明白，它为什么要分家，要从我的身上各自逃离呢？

我看到我的肢体越来越没有了水分，它们开始枯干。我梦境的大地也开始荒芜，河流也不见了。岁月的大风刮起漩涡，把所有的人都吹走了，我的梦境已是人迹罕至。那里只剩下我和众人留下的一截一截荒凉的枯肢，掩埋在黄沙里。

有时候我看电视，看各种各样漂亮的脸蛋。有一些脸蛋，举世独遗的光洁和漂亮，它们会把我从梦境中一次又一次叫醒。还有一些脸蛋，全世界就那么一张，引得全世界的男人女人欣赏了一遍又一遍。不过，有些脸蛋并不好看，但它们的微笑足以让世界的阳光弯曲。当然，电视里也有一些丑陋的脸蛋，让你看一眼，就可以记住一辈子。这时候这些脸蛋还不是单独的存在，它们和它们的躯体，尽可能占尽世界的风光。

有时候我看情色片，看各种各样的肢体。有美女的腿，有美女的乳房，有时候还有男人的物件。我看着它们的时候，感觉世界就是这些美丽的器官组织起来的。它们一个个都有生命，一个个都紧密相连。每一个器官都充满骄傲和自豪，这个世界就是它们的。

我感觉它们就像一个又一个机器零件，从生产线上刚刚运送出来。这一个螺丝质量合格，那一个铁臂粗壮有力。这一块钢板质地优良，正适合做铁腿。这些漂亮的零件一件件在我的大脑中组合起来了，一个有生命的机器人就出现了。它和我一样，毫无顾忌地走进我的梦境。

我知道那些器官无论多么充满着生机和美丽，它们必须聚合起来，组成一个又一个的我。即使是那些国色天香的脸蛋，也必须配合在它们的肢体上。然而我们的肢体一旦逃离“我”这个中心，就再也聚集不起来了。它们会在各自的梦境里，混战起来，或者大规模地迁徙。总之，它们慢慢都消失在我们的梦境之外。

我在长沙马王堆汉墓博物馆，看见过一个两千年前贵妇人的躯体。自从出土被解剖后，她躺在文物馆的玻璃橱里，一动不动。她的胳膊、手、胸、肚子、腿，都是文物，都被装置在真空玻璃罐子里，供游人参观，并永久记忆。我就是看见了这个贵妇人的肢体之后，我们每个人的，尤其是那些品种良好的俊男娇女的各种器官，才开始在我的梦境之中飞起来的。

一个贵妇人的肢体两千年后，被我们从时光的夹缝里截留。而我们的肢体呢？我不知道，在时光的流逝里扮演着什么角色。即使纹上各种春色的脊背和漂亮的乳房，终究也会在我们的记忆中消失。我们所有的肢体，最终不过是一团团血肉，干肉，尘土，风，空气，真空。

我的肢体在梦境中已经走失了。还有很多人的肢体，在他们各自的梦境中也走失了。我无法阻止生理意义的走失，也无法阻止道德和精神意义的走失。这个世界就是一个不断走失的过程。

（刊于《散文世界》，2009年2期）

辑四／事物志

一个不见的村庄

一个又一个传统意义上的村庄不见了，但它们都会出现在我的梦境之中。它们在一个看不见的隐秘拐角，凝固成一个点，在我的地图上时隐时现。尽管它们已经遗失在通向未来的道路上，但我不用去寻找它们。它们藏匿在一个空旷的原野里，或者一个一个隐秘在孤独的山脚下，守护着我留下的脚印和过路的风。

一个又一个传统意义上的村庄，会自动地出现在我的眸子里。有时候它们仿佛在与我捉迷藏，只是藏匿得太隐蔽了，一时半会儿我不能够找到它们。我以为只要我用心地去寻找，不停地去寻找，总有一天我会找到它们的。它们会排着整齐的队伍，向我招着手，会不断地从我的梦境之中走出来。

一个村庄，我住过的村庄，我把我所有的时光都交付给了它。我在不停地长大，它却在不停地遗落。一个珍藏了很多宝藏的村庄，好像在不断地穿起各种各样的外衣，在一点点挨进时间的深渊。我知道，它载运的我的欢声笑语，也不能幸免消失于茫茫夜色。

我看见我的村庄，以残忍的速度，在白色的夜幕里顷刻不见了。它是在我转身准备出发的那一瞬间，竟然杳无踪迹。我猜想，它肯定覆盖在大雪之下，覆盖在我的还在睡眠的意识里。我要把它挖掘出来吗？如果我像一个考古学家，一小铲子、一小铲子，一毛刷子、一毛刷子，清理所有的积雪和深不见底的脑膜，我想这将是倾我一生的事业。

这样的一个村庄，我不能让它出土。在我还没有精密的保养设备以前，我宁愿让它们埋藏在地下，埋藏在我的记忆里。我害怕一个村庄像古代的兵马俑，一点一点地脱落，一点一点地氧化，一点一点地支离破碎。我不能让我的善举毁灭我的村庄，倘若有一点点的、一个小角的损坏，都将是我梦境的脱落和损坏，都将是我心灵的失真和流逝。

在白茫茫的一片荒原上，我看不见了我的村庄。我踏出去的脚步，会在白茫茫的夜色里，顷刻不见。我不能回头，因为我知道回家的路已经不复存在。它们去哪里了？它们被蜂拥而至的夜色，它们被现代化的积雪，它们被我浮躁的心灵，严严密密地覆盖了。或许，它们已经被遥远的山口刮过来的风，顺路给捎走了。

我不再听见村庄里狗叫，它们的声音也被卷进了沧海桑田。它们都知道我是个出远门的人，包括我自家的狗，包括它的蹄印和声音，我也辨不清了。现在，在我的脑海里，白茫茫一片，什么都没有。

我看见大雪还在下着，我的村庄越来越沉寂下去。最后，在这个荒原上，连一点曾经是一个热闹村庄的迹象都没有。这时候，我以为我的村庄冬眠了，它们在厚厚的大雪下面，正在享受雪给它带来的温暖。尽管整个雪域荒原一派沉寂，我感觉它们的心还在跳动。

我终于像探险队员一样走进地下的村庄，竟然发现村庄里每家每户，都有一条打通的雪道相连。即使每一个村庄之间，它们仍旧伸直了胳膊，相互挽着，无声无息地睡眠在我的深渊里。

我想把每一个村庄都拍摄下来，印刷在我永久的心灵地图上。然而一只可爱的松鼠，突然窜进我的镜头。我想，一只灵性的松鼠会不会叫醒我的村庄？

（刊于《诗歌月刊》，2010年7期）

梦境的阳光

我在梦境之中，仿佛在一个遍地都是日光的极地。极地上没有一粒尘埃，没有一片阴云，从早到晚，我都在最纯净的沐浴中。我面对日出，它缓缓上升，以至日中它缓缓下降，以至日暮我背对夕阳。我感觉我是在用这样的姿态，接受着阳光的慰藉。

朝露中的阳光就像婴儿的眼睛一样明亮和纯净，它没有任何流俗和不洁。一缕又一缕的阳光穿透椭圆欲滴的露珠，就好像穿越最薄透的灵魂，不带有任何祈望和隐喻。

这时候我是最简易的一个人，我满身都写着轻松。我没有奢望，也就没有不能承受之重。这时刻我只想在一条乡间小道上走一走，倘若有一只最丑陋的麻雀，我也以为，它也有天下最美丽的灵魂。

日中是一个顶峰，它拥有繁复、叠加的意象。我以为每一个人的身体，都隐藏一个最炽烈的日中。这是一个极端，刺眼的日光让人无法承受。它太过集中，它把所有的能量只在这一时刻爆发出来。它是一个尤物，诱惑着我，却又不断损害着我。日中太过强大，它只是阳光的锋刃，它比昙花一现更短，它只那么一瞬。

只有薄暮的那一抹斜阳，悄悄从墙根爬上我的脊背。它一点一点地蠕动，仿佛怕惊扰我。有时候斜阳穿过我的影子，爬上对面的墙壁。它一点一点地爬，把一天最绚丽的光彩合成新生的淡黄。它的暴戾一点一点地消失，把一生最强硬的热化作最虔诚的温暖。我很喜欢此时此刻的斜阳的安静，它在偷偷侵染我的梦境。

直到一个夜晚来临，我仍旧看到空中弥漫着日光。那些细微的光粒，有可能藏匿在我身边的每一个缝隙。我在童年，在一个漆黑的夜晚，一个人曾在小村子的石堆上，扒开一块一块的小石头，我这是在寻找夜晚藏匿起来的阳光。我每扒开一块小石头，我都能够看见藏匿在下面的一粒光。我把它们一粒一粒拾起来，装进我的衣袋。我把一衣袋的阳光带回家。妈妈帮我把衣袋的盖子打开，一粒一粒的阳光瞬间都飞了出来，我们的屋子即刻明亮了。

即使是现在，在我的睡眠里，我仍旧能够感觉到，阳光在透过种种障碍，在不辞劳苦之后，顺利抵达了我的梦境。我看到那是来自隔世的阳光，最纯净的阳光。倘若和我所处在的空间相比，我在现实之中所拥有的温暖，是否还真的那么洁净呢？

我越来越感觉到，在我三十年的生活里，有越来越多的羽毛插进了我的血管。我知道，在一个世界里不可能有纯粹阳光和温暖。那些羽毛搅浑了阳光的路径，也让温暖迷失了方向。我最初的阳光已经不存在，谁也逃脱不了自己设置在路上的障碍。我以为那是生命的扒手，抑或是生命之中的厄运。有一天我会认识到，一个世界的存在，只是我的一个假设。

倘若一个人的一生连一个假设都不存在，温暖和阳光也就不存在了。而此刻，我已经不断地发现假设中的生活的美妙和阳光的温暖。此刻，我唯一在梦境的理由，就是告诉你，我的朋友，我是多么爱你，就像那一生的沐浴。

（刊于《岁月》，2010年3期）

堆雪人的小孩

一个小孩孤独了，就会出现在我的梦境雪域，不断地堆雪人。一个雪人又一个雪人，充实我越来越苍老的梦。有时候我会从门外推开虚掩的门，把我雪白的胡子，挥洒在飘舞的雪花里。和一个孩子一起堆雪人，这样我就把人生两头的快乐，都埋进了一个快乐的雪人里。这时候，我们都是快乐的人了。

雪花一年一年落在相同的地方，而我一年老过一年，却在另外的序列上。即将三十岁的我，不知道梦境中的我，是在哪一个年轮上，哪里的雪花，又会降临在什么样的岁月里。时值大风裹走了我眼前的雪花，但我脚下，雪也不会稀薄。我知道，一个人岁月里的雪花永远不会减少，即使今年它们飘落在了别的地方，但是会有陌生的雪花，也会从别的地方捎来它们的快乐。

在乡下竹子屯，我被一个冬天的雪花挤满了梦境。我们围拢在火塘周边，啃着刚从火堆里扒出来的烤红薯。如果你细心，就能尝出来钻进烤红薯中的火的味道。这是一种撕心的热和香。也正是这个时候，有一些雪花破门而入，它们径直钻进我的脖颈里，钻进透红的火塘里。我立刻听到一种吱吱的声响，我感觉到脖颈里有着裂肺的彻底儿的凉。我在顷刻间感受到火，感受到雪，我在一种透心的凉里感受到雪花的舞蹈。

我仿佛一直都在堆着雪人，从小时候起我就这么堆着，一直堆到现在。我回头看看笨拙的童年，正在一铲子、一铲子挖雪。我的红围脖裹着我的皮帽子，把我的脑袋罩得严严实实。厚厚的棉袄、棉裤、棉鞋，把我装扮得像一个太空人。我在雪花的天地里，一个人玩耍。那些雪花轻轻抚摸在我的帽子上、棉袄上，偶尔一两瓣雪花钻进我的脖颈，它们就是昙花。有时候我在雪地里打滚，滚得雪像被子一样展开，仿佛大地就是我永远的床。有时候我在洁净的雪地里，踩出拖拉机轧过的印迹，仿佛世界就在这印迹里走出山去，走到Z城，走到海边。那时候我没见过海，我仿佛就在印迹里走向未来。

有时候，一个冬天我能堆上几十个雪人。一个雪人一个模样，仿佛《水浒传》里的英雄，各个都有自己的性格。它们会在一个冬天的时光里，给我讲述各个的故事。我不再寂寞了，我看到那个小孩，在每个堆好了的雪人面前，都要吹一口气。这时候我感觉，我的这些雪人都活了。它们在围着我，仿佛我是它们中的一员，我们在雪地里玩老鹰捉小鸡的游戏。

每一个雪人，我都会用冻得像红萝卜一样的小手，在雪地里滚动出一个最干净的脑袋。这时候我都会把冻得不听使唤的小手，放在自己的腋下取暖，放在自己的腿弯里取暖。如果我的手，这时候仍旧没有温暖的感觉，我就会把冰凉的小手捂在自己的脸上。我这是在捂一捂一双赋予一个雪人智慧的小手，干净的小手。

我看见一个又一个雪人，和我的童年一样高了。我给那些雪人画上微笑的眼，咧开的嘴。我还用木炭给它们制作漂亮的眉毛，安装高鼻梁。当我远远地望着它们，眨眨眼睛，跺跺小脚，我会感觉我一生都在完成这一个美好的使命。我在雪地里玩耍，有时候我被大人不由分说给呵斥哭了。这时候我总是用手捂住眼睛，从指缝里窥着那些活生生的雪人。它们总是偷偷地对我微笑。

一个少年的孤独就是一个时代的孤独。当我从大人的呵斥里溜出来，不再给他们作谈资，我就要和我的这些雪人说话。现在，我看到了一个孩子童年的孤独，我看见我在和一些会呼吸的雪人说话，说自己的话。我总是感觉到，这些雪人就是我生命的一部分。

有一天，我看见我在给一个雪人吹一口气。我这是在给它吹进一缕温暖的阳光，我给它吹进了灵魂。我们很快成了朋友，它在我的屋子里，开始和我一块长大。

（刊于《文学与人生》，2009年12期）

雪夜归来

已经是入夜时分，大地上的雪光依然很强硬，暮色好像永远地迟到了。雪早已经不下，大地上一派白茫茫的空寂。整个小路上，异常恐怖的干净。我听着自己咯吱咯吱的脚步和心跳的咚咚声，不免有一些孤独，一整块冰一样的孤独。

我不断地倾听脚下的秘密。每一脚踩下去，都感觉有一个生命在我的脚底下，轻轻地抱怨。也许是一株枯草，也许是一粒正在萌动的花籽儿；也许是一只冬眠的青蛙，也许是一只藏匿的蟋蟀。它们仿佛就跟着我的脚步，探着我的声音，嗅着我的气味，只要我的脚一落下来，就仿佛踩碎了它们的骨骼，踩疼了它们的心灵。

那一层厚厚的雪，均匀地铺盖了我要抵达的路。在我的梦境，任何一条路都没有尽头，任何人也走不出大雪覆盖着的困扰。我不知道脚下的路去了哪里，也不知道这一场大雪向哪里绵延了。不过，我的脚在不停地摆动，在不停地踩踏在满地的雪花银上。

我走在回家的小道上，我仿佛踩疼了理想的肌骨。我多么疼爱这满地的洁白，我想从脑海里挖掘一匹白绸，给它寻觅一套合身的比喻。我想在梦境之中采撷几片音符，给它著一袭温暖的蝉翼。可是我越走越单调，越走越趋近于无聊。我不能想明白，一个世界的纯净仿佛就是一个世界凝固的孤独。而我在行走，渐趋于沉寂，将留下满地的脚印，孤零零地告诉后来人有关我的隐秘。

我走在路灯下面，我看见白花花的碎银子。不，天一样大的一块银子，照耀得我睁不开眼，我的心灵也睁不开眼。一路上我都在选择，我不要银子，我不要银子。然而撵不走、甩不掉的银子，白花花的银子，天一样大的银子，撵得我的华美的修辞无处藏匿。

我的修辞在哪里呢？我在哪里呢？我停下来，贯注全身的气力狠狠地踩在一层厚厚的雪上。我顿时豁然了。这个无意的动作似乎让我找到了证明自我的秘密。这是一个很简单的策划，我很小的时候就学会了。我不在别处，我就在自己的身上。

我把自己狠狠地摔在地上，一尺厚的雪地上。正身的、侧身的，前倾的、后倚的，一个又一个的我，活脱脱地印雪地上。我给它们吹上一口气，它们一个一个“噌噌”的就立了起来。像我一样，开始在雪地上行走。它们并不和我打招呼，站起来就朝着四面八方走去了。

一个我又一个我，从雪坑里爬出来，拍拍屁股就走了。它们消隐在我的眸光里，但我不知道它们都去了哪儿。我把他们从我的身体里释放出来，我不知道他们会干些什么。他们都不像我要做一个流浪者，他们都有远大的目标，他们都有干一番大事业的梦想。

在那些一个又一个冠冕堂皇的我走后，身后又只留下我和他们走出的雪坑。我们呆呆地相互凝视，不说一句话。这时候我又感到一种莫名的孤独，悄悄袭遍了我的身心。这时候我仍旧不能找到理想的修辞，我不知道它在哪儿。我仍旧在空寂的雪地上，犹豫、徘徊。

而在我的梦境之中，我终于看到我从雪地和小路上突围出来了。我在我释放的每一个人的雪坑前，给他们名字。一一登记造册，它们永远也跑不了。最后我写下所有的名字，在洁白的大地上，他们不再孤独，这些名字将熠熠生辉。

（刊于《文学与人生》，2009年12期）

寂静的时光

接近暮色，接近最后一抹斜阳的消失，我背对着它们，望着渐渐暗淡的东山。我感觉那一抹斜阳，悄悄消隐在我的身体里，也隐秘在我的内心深处。我感觉到了一抹斜阳的宁静和清闲，幕布四合了，舞台上开始空阔起来。

坐在寂静里，我一言不语。而在梦境之中，我突然就置身在好多的热闹里。蝉嚣躲进树荫，也躲在我的身体，一浪接过一浪地疯长。这时候只是初春，蝉分明还没出来。这些在我体内蛊惑的，该是过往的海市蜃楼吗？又分明不是。

坐在初春的暮色里，我分明感觉到我同时坐在两个截然相反的世界，触摸到一热一冷的两只美丽的乳房——世界的乳房。

坐在一抹斜阳里，我在等待一只蛊惑之手的到来。没有谁能够理解此刻我的妄自多情，也用不着谁来理解。一阵初春的小风，先来通知大地上沉睡的草木和人，说是要做好生长的准备。我想它的意思是说，春天的大军就要嘈嘈杂杂地开过来了。

一只蛊惑的手，也会从春天的暗门里探出来。不过我暂时还没有感知它，但它毕竟要来，要在我的身上寻找一个世界的秘密。这时候我仍旧坐在寂静的时光里，我用不着谁来安慰和爱抚。即使有人妄自多情地对我怜悯，我以为也只是增加一些无意义罢了。

在不知不觉之中，我等待一只手的到来。这是一只什么样的手呢？它能够梳理我感知的两个世界的混乱吗？两个世界的秩序，都已经不在我的掌控之中。一个世界在走向深渊，另一个世界却喧嚣。如果那是一只春天的手，它挥一挥，两个世界都会填满绿色。山河都躲避起来，鸟兽都躲避起来，这时候只有一只大手，在我梦境的原野，像无形而巨大有力的钉耙，一下下重新梳理崭新的世界。

但是，我隐约感觉到，这只我等待的蛊惑之手，并不是春天的。我真切感觉到，它不属于幻觉的世界。它不是上帝之手，而应该就是我自己的某一只手。如此一来，我顿时一派澄明。梳理我自己的手就长在我的身上，我看左手，又看看右手。我发现，无论哪一只手，都不次于上帝造人的那只手。

我在等待着一只手的爱抚吗？我并不知道。我在梦境之中，整个世界一下子就黑了。天空，并没有明月。我不知不觉被埋进空了荡荡的暮色，这里还有另外一个人吗？这时候，我在自己的身上，仿佛感觉有一条泥灰在缓慢地移动。我要捕捉它，它应该就是我自己。

我知道从我自己身上摸出来的一条贱土，如果吹上一口气，它就变成了一个人儿。我在琢磨，他会是谁呢？我唯恐是我自己，也就不敢吭声了。我在心中忐忑几回，只好把我的那只不安分的手装进口袋。

这个世界有一个我就足够了，再有一个就是多余。或许有一个已经足够多余，我想，那只手将永远被我甩在等待之中。

（刊于《岁月》，2014年6期）

离开我自己

我一直走在一个稀奇古怪的街道上。狭长、狭长的脚步，没完没了。一个又一个我看不见的人影，正在杳无踪迹。我不去追赶它们，但我能感觉到它们从不回头。

我孤寂的时候，便在这一线宽的街道上横冲直撞。我很想从遮蔽的幕帘里，赶出几个无聊的鬼来。我很想和它们玩耍。我想，在一个阳光斜不进高墙的傍晚，几个开心鬼偷偷从阴影里窜出来。我想和它们捉迷藏。我静静地待在一片翠绿的树叶下面。我时不时放出一只蚂蚁去提示它们，去给它们捎信，说我就在一片落叶的阴影里。

我必须从遗失的阴影里，出其不意地蹦出来。那几个开心鬼年龄太小了，它们从来不知道人世间的秘密，它们藏匿在不为人知的狭小空间，藏匿在阳光拐不进去的地方。几个小鬼叽叽喳喳，在街道微弱的折光里，追赶那些走不动的残阳。它们像一只只笨拙的熊，走起路来就像摔跟头似的。它们好像不想与我玩耍，它们自顾玩着自己的游戏。

几个开心鬼忘记了我。

我从树叶下面，“噌”的一下就蹦了出来。几个开心鬼，吓得“嗖”地钻进了墙壁，它们所有的乐趣一下子被恐惧覆盖，而我的乐趣却被无聊淹没。我看到它们两股战战兢兢，寂静如白纸。我看见我自己陌生的颈项，四周孤独如烧过的灰。

这么多年来，我一直想离开我自己。我想从我的背后看看陌生的自己。我曾经摸到的那个后脑勺的疙瘩，人家说是一个瘊子，我想亲眼看一看我自己身上，那块宝贝疙瘩的模样。我一直在看别人的背影，膀阔腰圆者或细腰削肩者的背影，或富贵安泰者或贫如佝偻者的背影，也都不过那斜斜的一张纸的大小。我害怕自己的背影也是一张纸那么大小。

我看过别人的屁股，和我的屁股也没什么区别。屁股的一生都是用来坐的，不过坐的东西不同，似乎屁股也就有了贵贱。有人坐板凳，有人坐沙发；有人坐板车，有人坐轿车。不过这些于我，好像都没有什么了不起。我知道，我还不至于蠢到拿屁股和别人计较。

但是我津津乐道于我的后脑勺的一颗大瘊子。一有空我就摸摸它，圆鼓鼓的瘊子趴在我的脖颈上，这就与人不同了。这也是我要看看自己背影的最佳借口。我加快脚步或者放慢脚步，只有这两种可能，我才能看到自己的背影。然而在这个稀奇古怪的街道上，缥缥缈缈的人影、鬼影都被晚风吹乱了、吹散了。青石板街道记忆了我的甩远的步伐，我看见了前面那个人的后背。他在匆匆地走着，我并不知道他要去哪里，也不知道他准备干什么。我真想悄悄地追赶上他，拍拍他的肩膀，在他回头的一瞬间，给他一个鼓励的微笑。

我想和这个“我”说一些心里话，但我不知道说一些什么。在时隐时现的街道上，我仿佛一直都在跟随着他。在一个远去的地点我们分手各自赶路，也在各种歇脚点我们相遇；我们也将在一个遥远的陌生的地点，握手言和。在这样的一个街道上我们相遇，我并没有打扰他。

我学会了陪伴自己，还有那颗趴在我脖颈上的瘊子。

（刊于《岁月》，2014年6期）

嗖嗖地往前跑

路已经逃逸了，我还在继续往前跑。扑扑扑的脚步，招惹了几只小狐狸一路尾随而来，我仍旧嗖嗖地往前跑。任何诱惑的侵袭，都不能使我停下来，直到我骑在小毛驴的背上，想起小毛驴那双蓝幽幽的眼睛，放着幽暗和忐忑不安的光。

我知道这是一头刚满一岁的小毛驴，只有它才能把我带入一个嗖嗖奔跑的意境。灰色，但不暗淡的毛发，厚厚覆盖在臆想里。四只滚圆有力的蹄子，生气地踢打起路上的尘土。我听到小毛驴吠吠的渴望，它的鼻翼翕动。尽管它的眸光有些胆怯，但我已经意识到，我们该出发了。

小毛驴四蹄如飞，它跨越我的岁岁年轮。我们顺着你意想不到的大路，或者在一个追逐的游戏里，我们嗖嗖地往前跑了一个梦境又一个梦境。直到我有打驴儿扬鞭的想法，这头小毛驴已经走到了暮年。我不能把小毛驴留下，我看到三十年的光阴刷洗的它的毛发，依然带着它奔跑时特有的光亮和灰色。

我把小毛驴的躯体深埋给大地，埋给我向前奔跑的路边。我只带走小毛驴的一张皮子，继续往前跑。往前跑是小毛驴的灵魂，也是我的灵魂。我们的腿和脚就是为奔跑而生长的，其他已经别无用处。

我不能往回看。在我嗖嗖地往前跑的时刻，我听到留给昨天的脚步。那些脚步在逐渐埋在路上，已经再也捡不起来了。有时候，我会想念刚刚迈出的一个脚步，我不知道它的厚度和力量。但是我知道，它已经深深印记在广袤的大地上，它已经毋庸置疑地雕刻在不断延伸之路的面皮上。

有时候我会听到风声，但我什么也看不到，我只管嗖嗖地往前跑。有时候我会看见那一只小狐狸，它们一代代地追随我的奔跑。我认识它们的爷爷、父亲，我认识它们，还要认识它们的子孙。我们会在温暖的风和寒冷的风中，一直往前跑去。

我嗖嗖地往前跑，给人以为我的后面有老虎追我似的。我知道这是不可能的。有老虎追我，有坏人追我，我嗖嗖地往前跑，这未尝不可。没有老虎追我，没有坏人追我，也没有好人追我，我继续嗖嗖地往前跑。为什么不呢？我找不到理由。

我换了一双又一双鞋子，而我的双脚依然是那两只脚。我不是用鞋子来丈量这个世界的长度的，而是用赤裸的双脚来丈量这个世界的宽广。当我不再穿鞋子，当我抛弃了这个世界给我的所有补偿，我的双脚就像我的那只小毛驴的四只蹄子。

我逐渐意识到，我必须有足够的虔诚，用小毛驴的加法来走完我们的余数。我嗖嗖地往前奔跑，以后的长度，都是赤裸的长度。我的小毛驴走不完的梦境，我必须替它延伸。即使在将来的某一天，我依然会携带着小毛驴的皮子，或者小毛驴的皮子携带着我，继续嗖嗖地往前跑去。

小毛驴不知道前方在哪里，我也不知道。

（刊于《中华文学》2010年3期）

冰　凌

很冷很冷的冬天，偶尔想起冰凌，我会习惯地抬起头来。那是天空，那是天空中矗立的高楼，而我的那一方舒服的鸟窝，在某一座楼的第二十层上，安稳地悬挂在半空里。

我抬头看到的是壁立入云的墙，却不见屋檐。屋檐在哪里呢？那冬天里倒挂的冰凌又在哪里呢？我向天空伸出的手掌，抓到的不再是冰凌，而是时光荏苒的落寞。那是空无的，再也没有充实的敞亮和拥有。

沿着花园路走上一个冬天，也许走上以后的所有的冬天，那些冰凌只会在我的梦里，只会在我幼年的槐草屋檐上。二十年前我八岁，那时候的槐草屋仿佛也是八岁，我感觉它像我一样低矮，像我一样满心欢喜。当大雪覆盖整个竹子村，大人们都成了冬眠的胖熊，而我们一群七八岁的小孩子，竟然成了满村子乱飞的叽叽喳喳的麻雀儿。

而我注意到冰凌，是在大雪融化后的第二天早晨，那顺着槐草屋檐滴落下来的雪水，在屋檐下明亮地闪耀着，闪耀出了阳光的七彩虹。我看着这一尺多长的冰凌，从屋檐上垂下来，我以为那是挂着一排白花花的老冰棍儿。那肯定是甘甜的，我这样想，就敲下来一截儿，放进嘴里。

我很想它是甘甜的雪糕，可惜它不是，它只是有些像雪糕罢了。我家的槐草屋子是灶房，历经数年烟熏的槐草屋顶，在它上面融化的雪水，也满是烟熏味道了。直到嘎嘣嘎嘣咬碎了冰凌，我才尝到槐草里蕴含的烟熏味。可也有不含烟熏味的，它们都挂在堂屋的高高的屋檐上，我是够不到的。那需要拿了竹棍儿，高高地敲打，把它们都敲落，方才能够到手。

我曾经这样猜度冰凌：雪开始融化，雪水开始顺着厚厚的槐草屋顶顺势流下来。尤其是在午后，雪水滴答滴答就像不断线的雨，从屋檐上流下来。天黑，我在盼望着天黑，天一黑就冷了，这些滴答滴答的雪水儿就像魔术一样变成了晶莹的冰凌。它们挂在屋檐上，挂成了千姿百态的装饰。一开始，屋檐开始凝固一滴水，随着温度的降低，越来越冷了，一滴水又凝固了另一滴水，以至无数的水滴聚拢起来，凝固起来。当屋顶的雪不再融化了，从屋顶流下来的雪水也就逐渐减少，直到最后一滴水，在冰凌的尖端凝固了，那凝固的声音虽然细微，但却是无比的动听。也就是这一刻，整个冰凌形成的这一刻，整个世界也凝固了。那是一个凝固的夜晚，只有一些树木的朽枝被冻折的咔嚓声。在这样一个寒冷而又沉静的夜晚，我的梦也被冻结了，只停留在那屋檐冰凌上。

直到第二天清晨，一起床我就跑到屋檐下，那真是一个冰雕的梦幻世界。一排冰柱整齐地排列着，莹莹透着暗白的光，有些阴气沉沉的，让人不寒而栗。起初我以为是寒冷，后来才想明白，让人不寒而栗的是暗淡的色彩。直到第一缕纯净的阳光射进冰凌，也射到我的面前，我所看到的已经是一个光彩夺目的璀璨世界了。

一丝丝光线缠绕在冰凌上，也许那些光线又折射在我的脸上，我感觉到它们已经融化在了我的心里；那光线又是柔软的，像一丝丝的暖风，探秘着无限的快乐。这时候我会拿起丈把儿长的竹竿儿，轻轻地敲击着颀长的冰凌，它们发出奇异的脆生生的声响。一排的冰凌敲下来，高中低每一段音阶都有了。

我在仔细地敲击着，那声音不是来自冰凌，那是来自哪里呢？八岁的我，被这个想法吓了一跳。那是阳光射在冰凌上的声音，我告诉自己，那声音是金黄的，是有尺度的，是有形状的，也是有感觉的。叮叮叮叮，叮叮，叮叮，我是在和冰凌说话，冰凌在告诉我什么？我不知道。

母亲看见我幼稚地耍把戏，就要求我多使出点劲儿，把冰凌敲下来。我不明白，为什么母亲要我把漂亮的天然乐器敲掉？我依旧自顾地敲打着，变换着姿势，也变化着劲道儿，疾疾徐徐，不疾不徐，但是我不想把它们敲下来。

母亲不满地看着我说，泥鳅，把屋檐上的冰凌都敲下来，房子就不积水了。母亲这样说，我是不得不遵命的。不过我说，等我要上一阵子，再去毁掉它。毁掉？母亲说。我说，是啊，耍一阵子我再毁掉它。母亲不解，说，这冰凌挂在屋檐上，融化时掉在头上，会伤人的。我知道母亲说得很有道理，后来我就被那正在融化的冰凌砸过脑袋，疼痛极了。

敲掉它们吧，我想，那些快乐的声音是缥缈的。我这么想着，就把竹竿儿高高举起，狠狠地砸向冰凌。“啪”的一声脆响，一根冰凌的下半截儿掉在地上，摔得粉碎。这冰凌承受不了重击，那“啪”的一声，是一种自然的决绝，也是它告别我的绝响。“啪啪啪”，我一口气打掉了堂屋一排的冰凌，它们绝望了，那“啪啪啪”是敲击在我心中的绝望。它们都被敲落在了地上，摔碎了，也仿佛是我被敲落在了地上，摔碎了。不过我想，它们第二天还会长出来，还会长出一尺多长的嫩嫩的冰芽儿。

我这么想了，心里也就不那么不快乐了。这些敲击在幼年的绝响，一直持续了很多年，直到现在，一想起那冰凌落地的声响，我就感觉那是一种点燃人生的天籁。在我的心底，这种诗意的绝响一直潜藏着。

（刊于《草原》，2014年5期）

一弯弓满的月亮

我在梦境，总会看见一弯弓满的月亮，盈盈金黄沐浴着我奔走的理想。无论我在平原抑或在山地，无论我在竹子屯抑或在Z城，我夜晚游走的思绪都会被它的敞亮俘获。一弯在弦上挂满朝露的晨月，它总想告诉我一些白天的秘密。记不清多少年了，我一直没有放弃拯救一弯月的清白。

这是一个深秋的晨曦，我发现一弯明月离我更加遥远了。在我通往郊区的晨跑中，它一直向我招手。在我这么多年的晨跑中，它可能一直都在向我招手，或者试图做别的什么瞩目的动作，以至我能发现它。可是，直到今天的这一时刻，我才领悟到多情的一弯明月，它一直在陪伴着我。而我很多时候，却忽略了它。当然，也忽略自己。

我明显注意到身体的变化。远逝的不仅是身体，还有倦怠的灵魂。而我的脸颜，越来越围满时间的皱褶。在如此巨大的深沟海浪，我只能是一只奋力抗击的蚂蚁。这个时候，再没有什么会比一弯亘古的月色，更忠诚与温暖。亲人和朋友最终都会深埋在时间的粉末里，我也不例外。我有一些肥胖了，在这暗淡黎明的月色之中，我的奔跑已经有一些笨拙。这些，它全看在了眼里。

我一直都在寻找一条通往月亮的途径。在竹子屯，有一天夜里我在池塘边逮青蛙，发现月亮不小心掉进了池塘。它在池塘里，离我那么近。它看着我，我看着它。它满身的清辉使整个池塘通体如一块温良的玉。我想它是迷失了回家的路，才走到池塘里来的。我必须把它送回家。我跳入池塘想逮着它，但那一刻它不知躲到哪里去了。等我从池塘沮丧地爬出来，看到粼粼的水面上，有一千个一万个月亮。那一夜我的心也碎满池塘，我把打碎月亮的愁怨，都倾吐给了夜幕。从此我明白了，一弯月的清辉是孤独的。

一弯月的孤独，如同沙漠千里的凄凉，但是一弯月的忠诚，会陪伴我走过好多年。我发现了一弯浓浓的月色鲜艳，我才发现了我自己的孤独。我没有置身沙漠，但我在雨夜聆听过重重的雨滴，一下一下，漫不经心敲打在宽大的芭蕉叶上。我的心似乎在芭蕉叶的另一面，是一滴缓慢的疼痛。

当我知道，人类在某一天已经登上了月球，我的所有的幻想，都被击成数以万计的碎片。它们漂浮在漆黑的空中，着不了地儿，似一个个悬浮的物件。一些人从月球上攫取了几块石头，而这些人也攫取了我内心的童话。因此，我的披星戴月的晨跑，不仅仅是为了拯救我的身体，也是对梦境破碎的祭奠。

不过，我还是能把那弯遥远的月亮捞出来的，我会把它装进无限大的心里。我在营造自己的童话，我是童话里一群猴子中最聪明的一个。对于梦境中的月亮我从不动心，也从不像别的猴子那样，把所有月色都拢入自己的怀抱。我只是在岸上、树上，来来回回欣赏它、爱抚它，我不想度它上岸。

我不想度一弯弓月上岸，我不想娶一弯弓满的月色。尽管它的美能蛊惑天下所有的人，但我知道它的一生，只能在我乡下的水井中，在我Z城的忧伤中，零碎地度过。我知道它一旦上岸，就会衰老，就像我们的心一旦脱离了爱，就会死亡。

我必须阻止那些愚蠢的猴子潜入水中捞它上来，把它占为己有。这时候，我朝竹子屯的水井里扔下一块石头。我已经把月亮驱赶到遥远的地方了。然而在我的梦境之中，我看见一弯忠诚的月亮，她依然幸福地朝我微笑。

（刊于《南飞雁》，2010年11期）

晒 月 亮

没有人知道他自己和月亮的关系，我也不知道。在我多年的孤独里，一轮月亮，或圆或缺，或阴或晴，它都一直照亮我的夜晚。只有一轮月亮和我，才是不离不弃的，才是生老病死的。一轮月亮，或是古典，或是先锋，它都是治疗我失眠的一片特效阿司匹林。

一轮月亮从小就跟定了我，我们一起趟过几条大河，翻过几座大山。在越来越远离竹子屯的路上，当我多次回头，我都看到它一直跟在我的身后。我走一段路，它就走一段路；我停下来，它也停下来；我歇息的时候，它陪我一起歇息。一路上，我说给它很多故事，念给它很多诗，它都一一记录在它的亮堂的心里。

而在我的梦境，一轮月亮永远固定在天空之上。它俯瞰着我的大地，而不会走下来。它仿佛就是我用蜡笔，画在童年的草纸上的那个月亮。我不断地想起它，它不断地出现在我的梦境之中。有一天，我终于明白它的意图，它是要走出毫无生机的天空和草纸，它是要来到我的生活里，和我的另外一个月亮合二为一。

还有一轮月亮在我家前院的水井里，每当我出远门，我都要从井里取出来一瓶水带上。我知道，我的一个朋友就隐藏在这瓶水里。当我在异乡想念它，就把它取出来，和故乡那些年的月亮亲密对话。这时候我会感觉到，我还在我遥远的乡下。

我抬头望一望天空，一轮月亮依然生动地向我微笑。这些年过去了，无论我在人迹渺茫的路上，还是尘埃密布的Z城，它都像我的一条尾巴一样，一直在我的身后跟着。任何人都不能破坏我们的感情，我总是很自信地告诉自己。一轮月亮，将是我一生的伴侣。在我行走的孤独里，它把我讲给它的故事又讲给我听；在我唉声叹气的阴云中，它把我念给它的诗又念给我听。

我终于相信，这是一轮我童年的月亮，它在和我一起长大。然而我的孤独也跟着长大，它就像那树的影子，不断地长大而沉沉地覆盖在我的心底。月亮长大了，在广袤无垠的世界里，就更加耀眼和风姿婆娑。而我长大了，世界的空间就小了，我那与生俱来的寂寥就无处盛放。我宁愿一直是个孩子，让那寂寥只是一个还没开始成长的小芽。

一轮月亮，我亲爱的月亮，她一直在我的头顶上。它把思念倾洒给我，把问候捎来给我，也把没头没脑的孤独一点点地浸透进我的心里。一轮与我举案齐眉的月亮越来越有自己的主见了。它把我的一切转个身就告诉了母亲。

我和一轮月亮，已经融为一体。我哈哈大笑，她眉飞色舞；我一蹦一跳，她跟着舞蹈。我要是痛哭流鼻涕了，她就咬痛我的耳根。如果我被击倒，她会俯下身子，并把这个消息通知我的故乡。我和它几乎是天生的一对，天生的冤家。

啊，月亮，我亲爱的月亮。我有些生气，我不想理你了。你不能把我的挫折告诉母亲，这些苦涩的烈酒我只能自己喝，你知道吗？你要让母亲安心，要让我安心，就不要和我捣乱了，好吗？哦，乖乖的月亮，你已经答应了。

现在，一轮月亮栖息在我的身体里，也栖息在我的心灵和岁月里。

（刊于《思维与智慧》，2009年9期）

夜　游　人

我喜欢在阴雨连绵的天气，开上越野满Z城乱跑。尤其在午夜时分，一个人自由自在地开着车，在辉煌的空无一人的大街上，仿佛在追逐浓浓夜色中漂泊的鬼魂。而橘黄的街灯潮湿了孤魂的睡意，夜就越显得宁静了。

在梦境之中，我停下车来，呆呆地凝视玻璃外的夜晚。

我看见细细的雨水不停地飘落在挡风玻璃上，一丁点儿声息都没有。刮雨器还在不停地旋动，只有它还在聒噪着。这一会儿有丁点儿声音我都心烦，索性把它也关掉。

尽管我爱这样的一个夜晚，但我不想被凉风苦雨敲打。车内的照明灯有些昏暗，我有些似醒非醒的睡意。

雨丝渐渐迷糊了挡风玻璃，有些地方已经积成水珠。这些水珠顺着光滑的坡度，纵纵横横流出了江河。我的挡风玻璃，顿时就是一张水珠们描画的中国地图。这里是长江，那里是黄河。江河包围的部分，正是我们的山川大地。我在九百六十万平方公里的大地上、天空中，仔细地看了个明白，找到了Z城。而我的想象似乎有些凌乱，仿佛就是空中掉落下的一粒雨，莽莽撞撞跌落在一个不知道的地方。

我是一滴雨吗？我是什么样的形状和德行？当我坠落人间，当我被淹没在众多的雨水之间，我不明白，除了我是一滴雨，我还是谁呢？我还能和谁说上一句话？我自己要做一些什么？大片大片的寂静里围拢着我，它们仿佛叽叽喳喳的麻雀，一个劲儿骚扰着你，让你进入混乱。

听见敲击车门的声音，我的眼睛轱辘了几圈，但没有看到一个人影。当我再次沉寂在梦境的追逐游戏之中，我又听到了“当当”的敲击声。这次我听得清楚，一定是有人在敲击我的车门。我打开车门玻璃，却连一个人影儿也没看到。正当我把玻璃摇上来，我看到一个模糊的影子，站在我的车门前。我一看就知道，他不是一个人，而是一个人夜游的鬼魂。

车外面的雨还在不停地飘着，尽管不是太大，但我看到，这个薄如纸张的鬼魂早已经淋个透心凉了。深秋的夜风一吹，他几乎站不稳，一只手拉着我的车把手，就像风筝一样飘飘欲飞了。我看着他的可怜相，真有点儿怜悯他。

在一个寂静的深夜，在一个没有人影的地方，能够找到一个鬼魂聊聊天，也是蛮不错的。我打定主意，就把他请进车里来。反正他只是一个鬼魂，又不占据我的空间。即使他有重量，我想，也不过二十二克，这对于我来说，也没有什么坏处。

这个鬼魂一上车，就对我感恩戴德。我看他哆哆嗦嗦的样子，就找了一条毛毯给他围住。我问他，你也喜欢夜游吗？他并不理我，而是抓起车内的饮料，咕咚、咕咚喝开了。之后他又向我要了一支烟，我给他点上。他悠闲地吸了几口，然后给我说，我是上帝派来给你读几首诗的。然后他不顾及我的反对，就朗诵了我年轻时代写就的一些诗篇。

我打心眼里拒绝再做一个诗人，可是这个鬼魂，竟然让一行行的诗句，一个劲儿地向我围拢，把我团团地围住。然而，我在诗句中间，开始感觉周围亮堂多了。

我想，这个鬼魂肯定知道，只有这些不死的诗行，才会陪我度过慢慢长夜。

（刊于《岁月》，2014年6期）

我挤在人群里

我习惯站在三十层高的楼顶上，看蓝天澄明，看白云流浪，看街道上缓缓走动的两只脚的虫子。三十层楼的高度，是我忘记一切的高度，也是我离开自己的高度。

站在三十层的楼顶上，天空穹窿得如一顶舒适的帽子。我可以在帽檐下，把斜射而来的千万温暖，偷偷揽入怀中。我可以从帽檐下，将那一弯月亮如玉的脊背，窥视个明白。有时候，我在三十层的楼顶上散步，我会同时看见一轮红日和一弯皓月，在广袤无垠的想象中，相伴一个梦境又一个梦境。

这是一个无缘无故的夜晚，所有的人都不知去向。一个人站在三十层的楼顶上，我感觉到风从我的身上，把我多年来所有积蓄的理想和热量全部偷走了，而沐浴我心灵的阳光和月辉，却抵抗不住风的诱惑而微微战栗。我仰起头，看那红通通的日头和涓涓的月色，它们同时在一个平面上背向而驰。它们把我忘记了。

这是一个只有我一个人的高度，只有我才能记起自己。站在这个秘密的三十层的楼顶上，我很想小解。我不是找一个角落，而是要在一个居高临下的位置，向着楼下的地面撒尿。我知道这是很安全的，夜幕将消弭所有的冠冕堂皇的游戏规则。我会在绝对自由和文明的空气里，完成一次对未来文化的探险。

在竹子屯后山的悬崖，我和一群少年正向崖下撒尿。这是一个我永远不能遗忘的记忆，我越是走进时间的末梢，它仿佛就越是在昨天。我并不能回答这是一个什么样的预言，但我知道，它同我站在三十层的楼顶向下撒尿，有着一种我意想不到的神秘的关系。

楼顶上的风呼呼地刮歪了我的影子，我感觉浑身仿佛有些脱落。我在等了很长的时间以后，才等到了没有压力的尿液。这时候的看客，就只有那梦境中已经不耐烦的日头和月亮了。我想不会有人指责我、骂我了，这个夜晚的楼顶是我一个人表演的舞台。

一柱在月光下闪闪透明的液体，爆发出它特有的威力，像一把利剑直直地刺向地面。我听不到银河之水汇入大地的声音，但我知道，这将是大地上最绝妙的撞击乐。偶尔一阵风急，把我持续的高度刮得东倒西歪。这将是一场华美表演的插曲，使得这凝固的世界无意之间又多了一些天籁之音。

然而，这是一个寂寞的夜晚，所有的人都沉睡在自己的角落里。如此一个惊心动魄的场景，我的表演除了我和影子，就再也没有人观赏了。这让我不但感到遗憾，而且还感到巨大的孤独，正在迅速地吞噬我。

这就是我和我的寓言吗？在一个晚饭后的傍晚，我像往常一样在楼顶上散步，或许这个散步的家伙并不是我，我正在楼下的人群里。我向三十层高的楼顶张望的时候，我看到那个人在楼顶向下张望。一群人都在看着那个人，有一会儿我感觉他就是我。

我辨不清那个人的性别，也看不见他的脸、他的眼睛。三十层楼上的他，在想些什么呢？他是不是害怕？他在凝视着我和我们。我屏住呼吸，我们都屏住呼吸，宁静的我们就像平静的湖水。

我知道他就是那颗石子。

人群已经忍无可忍了。跳吧，跳下来。众人高声说完，一个人撒腿就跑，众人随后紧追。三十层楼上的我，无可奈何地看着地面上跑散的人群，只好乘电梯下来，加入追赶的队伍。

我以为，这个寓言永远不会结束，它将会改头换面，重新出现在我以后的秘密梦境。

（刊于《岁月》，2014年6期）

早　　春

转脸就是三月，牢固的意念松动了一下又一下，一种湿漉漉的喜悦在膀胱之下漏了几声。我必须说，我匍匐在光阴的拐点上。一种流逝汩汩响彻耳鼓，是警策的金玉良言。我必须说，我匍匐在经纬的原点上。一种固守恹恹而成陋俗，进逼一颗心扬蹄嘶鸣。

三月的我还没有展开叶脉，还只把气根摸进黑土里，探知春天的抚爱。冬小麦不能苏醒，就像我一样更不愿意豁然开朗。冬小麦多想把自己坚固在三月，坚固在一片青葱之中，就像我千方百计想把内心之壳造得更坚固一些，最好也不让时间挤进来。让我永远是我。可是三月的暖意叫醒了千百万粒种子的梦，根须开始抓紧土壤，我看见的麦地已经敞开心扉。

容不得我不长大，容不得花草不开花，三月以慈爱之心催开了上帝之门。敞开俗世饱满的身体，请好好沐浴这来自天国的光辉。我的不齿的欲望，会在明媚之中绽放纯净的花儿；我的肮脏的行为，也会在滋润之下茁壮成有用的枝干。上帝会原谅我，三月会洗礼我；我不晓得，我会不会原谅自己？

一切都不在，一切都还在。

一切都在记忆之中，我是说山川与河流，我是说妖艳的花朵与飞翔的鸟雀。一切都是彼时的兴奋和美，是彼时的发现。也许只是一个梦境，我深陷于激烈的涡旋，是它撕裂了我的意识和身体，也撕裂一层永不愿点破的薄纱。也许只是一个想象，在每一个罅隙之中都有闪烁的触动，不可捉摸，不可轻信它。

一切都在触摸之中，我是说身体的柔软和温度，我是说器官的性感和蛮横。一切都是此时的希望，是焦虑和不满。也许只是一个忐忑的想法，葡萄酒杯渗透的红艳和你的乳晕，以及深入的众妙之门，都在三月的此一刻醒来。先是饱满，潮湿，再是骚动蔓延进弧度的光彩上，疯癫与平静，快乐的苦，幸福的疼，光滑的眉眼流转。

绷紧琴弦，运若琴弦，三月还带着硬脾气的风儿，轻轻一拨，竟然是一道圣谕。赶早的白玉兰已经耐不住撩拨，竟然羞羞涩涩地开了。桃花红，但还未红；梨花白，但还未白。假以时日便铺展春天一堆儿的花开，此一刻憋足劲儿忍耐着。淡然而香，浓烈而甜，这是时间的香槟缓缓淌进三月我的身体里。

没有动物，也没有珍禽，只有麻雀平凡得像我一样，飞跃楼群之间。

不想平凡的我，也是不想平凡的麻雀，从乡村的荆棘丛林、低矮的麦草垛子里，追着跑向远方的电线，终于落脚在楼顶之上。这是梦，还是理想？三月的骚动令人不安，电线杆上栖息的雀儿曾经是抹桌子布，丑陋地吊在渺茫的高压线上。鼓足劲儿，抵达在远方，但翅翼噗噗的声音也会令自己感动。

一切都不在，一切都还在。

接受器官、接受身体的想法。湿漉漉的花园路绵延进我的三千多个时日里，记忆或梦，此时此刻的我，还有明天，空虚与充实，一切都不在，一切都还在。脚步摩擦着光阴，沙沙的声响像是滴漏，灰白，暗淡，偶尔踉跄。

花园路一侧，有梨树千百棵，花开时白云飞渡。

黑色枝干，湿漉漉的，还没有冒出芽尖。或许和我一样，是一根神经末梢幻想了一下，肤色就有了一点儿活力。几百棵或者是上千棵，矮矮地蹲在乍暖还寒里，不寂寞，但也不热闹。我知道它们忍着，是爱的煎熬，血液的奔流而外露。

冲出固有的梦，梦里的偏见；喊醒沉默，沉默里的怯懦。一起等待着，即使是不结果实的梨树，也得白出一片云彩。我仿佛嗅见梨花即将盛开，嗅到自己的味道，膨胀，饱满，隐喻的快乐。

一切都不在，千百棵梨树早已不在；一切都还在，花园路一侧是千百棵垂柳。

回眸这万千垂柳，透着浅淡的青，我感觉是生命的汁液在艰涩地淌，或者偶尔滑过一滴。体温开始孵化一颗蛋，萌动和潮骚，是再平凡不过。我突然想，人们不过是春天的胡须，大地的阴毛。

逃离季节的侵袭和某一个原点，我想我觉醒了。

你看，是柳丝，而不是柳絮，随风扶摇，袅袅娜娜。一排排袅娜过去仿佛水中涟漪，涟漪尽处，葱绿的冬小麦一波波杳远。当我觉醒，冬小麦也觉醒了。是糖果般的泥土，是金子般的阳光，让冬小麦的心灵动而飞，千万麦苗绿过三月。

（刊于《岁月》，2015年11期）

墙壁雪白

我一直告诫自己，城市的墙壁很白。我也常常暗自观察我居住的四围墙壁，它们白得透亮，白得能渗出来我的灵魂。我看着从白得光滑的墙壁上走出来的我，蓬头垢面，我能感觉到一丝丝的恐惧，从后脊梁一路油然而生。除吃饭睡觉外，我不愿过多待在家里，这是雪白的墙壁逼迫我的吗？

我吃饭的时候，时常感觉被一双眼睛盯着。这让我不时抬头，四面寻思，却只看到这锃亮的墙壁。我竟然发现四面的白墙，旋转了起来，它们牢牢地把我围在中间。我仿佛就是一只白胖胖的蚕蛹，在无声的茧壳里，无聊地瑟缩着。

我继续吃饭，一双黑亮的大眼睛依然盯着我，盯得我浑身不自在。我想起来了。那是两只我昨夜拍死的蚊子的尸骸，他们牢牢地粘在了雪白的墙壁上。它们注视着我，仿佛一对要报仇雪恨的冤魂。

我不得不停下吃饭，用指甲轻轻把它们刮下来。它们已经和墙壁融为一体了。无论我怎么细心，怎么轻巧，那两只蚊子的几条细腿，还是永久融进了这墙壁的雪白。它们将是一个记忆，在雪白的墙壁上，埋进纯洁，或者埋进一段灰色。

我睡觉的时候，昨夜也是这样，我感觉四周的白墙，仿佛在抬着我奔跑。这时候我在梦境之中，我看到我在雪国里迎着风雪流浪。我在不停地被野猪、豺狼、老虎、狮子吃掉，然而我却总能活过来，接着流浪，继续流浪。直到我在一个雪天里埋葬了死去的父亲，直到我把一包稻谷撒在父亲生长的那片泥土上，我才心安理得地回来了。

是在昨夜，我从沉睡中醒来，发现四周黑魆魆的。我听到有两只蚊子，在吃饱喝足之后交配的呻吟。它们的甜言蜜语，让我这个化外之人感到恼怒。我不能美美地睡觉了。它们太胆大妄为，竟然在我头顶上，炫耀着做爱的舞姿。

我决定消灭掉这对蜜月中的情侣。事实上，我已经消灭了它们。

为保持墙壁的雪白，它们的尸骸已经被我清理。这让我每当夤夜醒来，一个人静坐的时候，对这对并没有伤害过我的蚊子，总感觉到一丝愧意。这时候我会想到很多，可是我却无法对无辜的异类生命做任何补偿。我什么也不能做，什么也没做。

我独自被黑暗装在袋子里，我感觉从楼上偶尔流下的哗哗的污水，会让我彻夜难眠。我住在三楼，从四楼或者以上的所有楼层流下的污水，都流经我卧室内壁的管道。我相信那流下来的水是污水，绝对的污水。我想象不出的各种类型的污水，哗哗地流着，带着那些生活的脏，从我的思考的大脑里不知去向了。

尤其是这个时候，我很想走出屋子，走到大马路上。我不愿意再看雪白的墙壁了，四周只有星星点点的灯火，它们镶嵌在每一个窗子里，诉说着生活的秘密。

我想起在乡下竹子屯，我拿起石灰块在水泥墙壁上乱涂乱画。我写阿拉伯数字，我写小朋友的名字，我画乌龟。有时候我还用毛笔画，整个墙壁已经涂满了我最初的理想。我也正是从这些永远擦不掉的涂鸦里，走到今天，走到明天。我想我会一直走下去，它们将永远楔入我的每一天。

（刊于《黄河文学》2011年6期）

辑五／历史志

喊　　疼

我姑且叫他亚丁，三千年前的一个非本土的战争俘虏，一副被疼痛扭曲的骨架，被考古学家从地层的深处惊喜地发现和挖掘，又在久远的时光里不断打捞和补修，他终于在毛茸茸的洗刷中露出一脸惊愕，仿佛是重见天日之后的困惑。

我也感到困惑，这是我见过的最长久的表情，正仿佛一点点悄无声息地剥落，然后像缓慢的一声叹息坠落进泥土里，永远看不见了。我更是惊愕，想象着沉寂里猛然的一声大笑，仿佛带着惨白的粉末一样的笑声，从他的胸腔里喊出来，迅速弥漫在博物馆的展厅里，让我仿佛真的看见了他的难以忍受的疼痛。

自从五年前，看到博物馆里这样一副被疼痛折磨的骨架，他就时时刻刻疼痛在我的梦境里了。他的上颚骨与下颚骨狠狠地张开，坠落成一个类似深渊的洞。我知道这样的一张嘴巴，不是想咬我，可是我被这样的一个喊疼的口型吓坏了。在梦境之中，我被这狂风一般喊疼的形状给撞翻了几个跟头，然后像易碎的玻璃，哗哗啦啦了一地，我还没来得及喊叫一声，就撕裂出无数个疼痛的碎片了。

这样说我仿佛回到了三千年前的某一个时刻，一个叫亚丁的奴隶不知何故要被砍去双脚。况且斧子又不是那么锋利，狠狠一斧子剁下去，只剁断了骨头，可是皮肉还连着；再一斧子剁下去，只切开了皮肉，可是鲜红的筋脉还连着。看啊，热气腾腾的血，已经淌一地了，他掬出一捧送到嘴里吮吸；看啊，他拽出一片小腿上的肉，放进嘴里咀嚼。他只能用自己的血和肉，来消解钻入骨髓的疼。这种疼会顺着血液流进他的躯体和他的心，他的躯体麻木了，他的心也就碎了。

心的疼痛不是一种形而上的疼痛，那是切肤的实实在在的疼痛。这一刻他用尽了全身力气，把那憋在身体和心中的疼痛全喊出来，狠狠地喊出来，那一望无际的疼痛，会弥漫在以后三千年的时光里。直到我目不转睛地看着他，感受着他，这样一声三千年前的呼喊悄无声息地钻进了我的皮肤深处里，更是钻进了我的血液里四处狂奔。我知道，这一绝望到死的挣扎，也将永久地埋进我的梦境之中。

亚丁是一个奴隶吗？在梦境之中，我常常对史料的记载发出这样的质疑。一个奴隶，一个战俘，也许他是一个贴身的侍卫，我常常注视着他，想象着他，他的两只脚骨不见了，头盖骨也不见了。他在中原大地的泥土深处，这个一米八的男子躺下的，是一个内心深处的文化符号，是一具凝固了的时间浮雕。我静静地看着他，迷惑地看着他，以一种悲悯的情怀看着他，看着大商王朝的两只腿骨上渐渐暗淡的刀口。我感叹，残忍就这样远离了我们，但它却在用一种令人绝望的魔术警醒世人。

亚丁哑口无声地躺在雾蒙蒙的历史深处，而我们会不断地告诫自己：只有悲悯与爱，才是历史的伤口上开出的凄美之花。

亚丁是谁？我不清楚。在梦境之中，我却一厢情愿地以为他是一位英雄。我希望他与美丽的妇好——大商王朝武丁王的一个妻子，有着美丽动人的爱情。在博物馆的展厅里，亚丁紧紧握住标枪，青铜枪尖足有半尺长，闪着像鬼眼一样的绿毛光；刺槐枪杆：八尺长，已经炭化成一条淡黄的土痕，就像痉挛的血管匍匐在土壤里。

这是一把英雄的武器，亚丁紧紧地抓住它，把它投向寂寥的三千年的时光里。是脱手的标枪，解脱了他的双手，他终于勇敢地张开双臂，环抱妇好将军的短暂的爱情。可是他知道，他投掷标枪的锋利不足以抵抗一个王朝的阴影。当战争结束，他们回到京师，亚丁再也不能用鼓埙的丽音清响献出他的爱，他的仰天怀抱只能抱着满腔已经远走的青草香味。

这是在青草更青处，妇好躺在亚丁的臂弯，眼望着白云游弋在深远的蓝天上，她多么希望这一刻是静止的，永远就这么静止在这云梦大草原上。可是战争已经结束，她以胜利的姿态荣耀武丁王，从而荣耀一个叫“妇”的家族，然而却不能荣耀自己。她带着胜利的忧伤，沉浸在自己湿润的幻想和身体里。

悲剧英雄的结局只有一个，那就是勇敢地献出自己。

在梦境之中，我看见亚丁把一只标枪的青铜枪尖，狠狠地扎进了自己的胸腔。他看着自己的血在阳光下闪着红艳艳的光，他没有了躯体的疼痛。也许他大声喊出来的疼痛，只是一个哑默的口型。

在梦境之中，我始终以为那一个凝固了三千年的喊疼的形状，是一个男人对一个女人的最后呼喊。他们的挚爱，只能以骨骼的洁白不朽于世。我知道，这是恒久的渴望，注定是一个人心底的最深处的伤口。

（刊于《鸭绿江》，2016年9期）

莲鹤方壶

莲鹤方壶盛满清澈的水，是盛满了她两颊绯红；莲鹤方壶盛满醇香的酒，是盛满了她一腔柔情。时光流转两千三百多年，这一只莲鹤方壶盛满的不再是水和酒，而是《诗经》里或是直白或是婉曲的爱情往事，关关雎鸠或桃之夭夭，盛满了大时代的阴晴圆缺与悲欢离合。

莲鹤方壶是一九二三年河南新郑“郑公大墓”出土的青铜重器，据传是郑国国君子婴最爱的器物。莲鹤方壶原是一双，本是一对恩爱情侣，可惜历史颠簸，一只藏在故宫博物院，一只藏在河南博物院。

我见到的是河南博物院的那一只。壶身扁方，腹部饰有蟠龙纹和竖立龙角。四面又各饰有神兽一只，兽角弯曲，肩生双翼，长尾上卷。圈足下又有两条卷尾兽，身作鳞纹，头转外侧，有枝形角。再远观莲鹤方壶，承托壶身的卷尾兽和壶体上饰有的龙兽，攀缘向上，这让凝固的青铜，让死的物件，立刻活了，立刻孕出精气神，一下子龙腾虎跃了。再顺龙虎之势而上是壶盖，壶盖莲花瓣状，莲花圣洁，也是龙虎之气的升腾。再看冰清玉洁处，一圈双层花瓣守护之花蕊处，夺器欲出的双龙，护佑一只洁白的仙鹤，欲振翅而飞。

在大郑国，在子婴的金碧辉煌的宫殿，两只青绿色莲鹤大壶相向而立，同声共气。在我的梦境之中，一只仙鹤同另一只仙鹤，从雾蒙蒙的云层敛翅而来，又展翅而去。它们在雷雨里，彼此梳理亮闪闪的羽毛；也在闪电中，用细长的脖颈缠绕出爱的花朵。我听到它们的凤鸣凰唱，这是它们幸福时刻发出的最美和声，仿佛长一声、短一声的清音丽句，散落在一万亩翠幽幽的荷塘里，荷叶田田，水波澹澹。

从莲鹤方壶里飞升的是青铜器的魂魄，现在它们就栖息在我的一万亩清水荷塘里。正是这一万亩的清水，清洗去仙鹤顾影自怜，从此它快乐地生活在俗世；正是这一万亩亭亭玉立的高挑荷花，与仙鹤同争造化之美，从此它幸福地生活在人间。

在梦境之中，一万亩荷花就是一万亩飞翔的仙鹤，它们生活在尘世，也生活在仙境。是这一万亩荷塘，是它不喊叫、不争夺、不虚妄，才开出举世独遗的洁净之花。这花清澈、清冽而不清淡，是它的洁身修行，圆满了一个名字，由“荷”而“鹤”，一万亩荷花飞过水面，飞升而去。

在梦境之中，一万只仙鹤从天而降，相互唱和，或彼此诉说，像大片大片的雪花，翩翩然落在荷塘里。那唱和是从仙鹤最诚挚的心底，发出的大爱之声，它是我的天籁之音。那诉说是仙鹤的相亲相爱，是永不离弃的耿耿之心。这是仙鹤的洁净，是仙鹤的兀自不动的修行，才是这盛开的一万亩荷花。

莲鹤方壶不再是一个盛器，它盛不下老子的“无为”，也盛不下孔子的“仁政”。春秋末年太过风云变幻，战国已显端倪，莲鹤方壶盛不下政坛动荡和烽火狼烟。在梦境之中，莲鹤方壶盛满了莲的高洁与鹤的忠贞，才会使一百二十八斤重的青铜灵动而飞。在春秋一代里，莲鹤方壶还盛满了中华儿女高洁和忠贞的爱情，或是热烈昂扬，或是凄然忧伤。

是一壶“巧笑倩兮，美目盼兮”的美好和爱怜，是一壶“求之不得，辗转反侧”的焦虑和忧愁，是一壶“执子之手，与子偕老”的坚贞和笃定，是一壶“有女同车”的欢乐和热情，是一壶“一日不见，如三秋兮”的思恋和煎熬……正是这一壶壶最原始的单纯而坚定的爱，被时光发酵成真爱的美酒，被莲鹤方壶濡染以高洁的品位，洁净了两千三百年后互联网时代的喧嚣和庞杂。

在梦境之中，莲花盛开在青铜的身体里，盛开在仙鹤清丽的鸣唱里。一个栩栩如生的器物上，刻上一个时代的梦想。我看到一朵洁白的莲花芳香千年，而一只仙鹤遨游在永恒里。只是一声长鸣，让我的爱情哗哗然盛开，让我感觉到醍醐灌顶的力量。可是我相信，纵使我有十万亩荷花，莲鹤方壶里再也没有一只仙鹤向我飞来了。莲鹤方壶会抛给我一枚孵化不出的爱情之卵，它不想让我伤心绝望。

在梦境之中，我会回到十万亩荷塘，在十万亩荷花中我自个儿给自个儿浅吟低唱。仙鹤不来也不要紧，只要荷叶田田，荷花擎天，我自斟一杯淡茶，看月色，望莲影。我突然想到，今夜皎洁的月光，会照亮满塘的莲心，也会照亮方壶的莲心。

我知道，莲心清似水，彼心是我心。

（刊于《鸭绿江》，2016年9期）

永远的诗魂

在大唐以后的千年时光里，久负盛名和最具审美价值的草堂，莫过于成都的杜甫草堂了。这让我每次出差成都，无论多么急促、匆忙，都要抽取罅隙时光，往杜甫草堂里盘桓半日，以感受这位诗中圣贤的沉郁之风，也是在自省中感悟他诗艺的顿挫之美。

冯至先生说：“人们提到杜甫时，尽可以忽略杜甫的生地和死地，却总忘不了成都的草堂。”我以为杜甫草堂，在后世人的心里越来越成为一种文化符号，它在遗传诗圣最优质的生命和诗学基因。

杜甫是一个以燃烧生命来写诗的人。这么多年来，诗圣仿佛在引领我，是他让我明白，只有用生命镌刻的诗，才是永恒的大诗。这么多年来，每当我心浮气躁时，我都翻一翻《杜甫诗歌选本》，厚厚的一本杜诗，它会让我内心安静下来，让我细细思量当代诗歌的使命。

在一个深秋的傍晚，我以为这是拜谒诗圣最好时光。这时候，草堂里古朴、自然的甬道上，苍柏翠竹依然葱郁，溪水淙淙一如当年。这时候，草堂里不再游人如织，只剩落叶簌簌，正蕴了《登高》苍茫深邃的意境。踩在青石板上，我在左张右望中，踟蹰徘徊。我看到的苍柏、绵竹、楠木、桤树、松树和香樟，已不再是庸常的植物了，而是诗圣跃然飞动的华章丽句，而是嚯嚯生长的平平仄仄，而是苍茫辽阔的水墨梦境。

在这样一个深秋的傍晚，当我再次走进草堂，走在坚硬的石阶上，仿佛就是走在杜甫七律的硬气和俊朗里，那是一种我从未有过的诗性自信。我感觉的是一种大唐的气韵，在绵延千年的时光里，缓缓倾注我的血脉。我更感到一种正视现实的伟岸诗风，正绵延万里徐徐吹来。我的心胸豁然开朗了，杜甫的诗句像长了翅膀一样，在我的心里飞翔了。

回想那个战火连天的年月，杜甫草堂不过就是一个简陋的茅屋，还是一个经常被秋风吹破的茅屋。这样的茅屋，我在僻远的乡村曾见过，如今都是农民养牛、养羊用的。茅屋四围多用泥土垒砌，屋顶用木料作梁和椽，然后编织茅草。就是这样简陋的几间草棚，在诗圣飘摇的岁月，为漂泊的大爱之心构筑了一处宁静的家园。

杜甫，这个从巩义出发，到洛阳求学，再到长安出仕，再到成都避乱的诗人，正走在大唐帝国的下坡路上。最糟糕的是，杜甫到成都时，他已经只能勉强搭建几间草棚棚了。我以为，这是杜甫的宿命，可是杜甫不相信宿命，他坚信能够“致君尧舜上，再使风俗淳”。我知道，只有“致君尧舜上，再使风俗淳”，这才是杜甫的使命。毫无疑问，正是这高贵的使命，决定了杜甫不可能过得轻松自在，他只能穷其一生，弓着腰、低着头，一点一滴地细数着黎民百姓的苦难，蘸着浓于墨的悲哀，记录一个时代的苍凉背影。

在文学里，浪漫主义可以让人愉悦，诗人的浪漫主义诗作，更是在愉悦自己；而现实主义的诗人，要心忧炭贱，要关注他人和民族的命运，更多是不平则鸣，理所当然是伤心、伤肝的。浪漫主义诗人多放达豁然，可以放歌纵酒，比如杜甫的大哥李白，有“谪仙人”之美名，活得多么潇洒自在啊。杜甫要正视国破家亡，要正视饿殍满地，要正视茅屋所破……这些怎么会不伤心、伤身和伤神呢？

现实主义是崇高的，一个现实主义的诗人更是伟大的。我感觉，上苍是有意让杜甫一生背负穷困流离这种痛苦的。所谓“文章憎命达”，“命不达”仿佛要就是杜甫的宿命，而诗文千古则是上苍赠他的荣耀。毋庸置疑，杜甫的命运就这样确定了。不过在杜甫眼中，个人遭际算不了什么的，此时他只想到“安得广厦千万间，大庇天下寒士俱欢颜”，也正是这个时候，诗的伟大现实主义，在他最穷困饥饿里，一下子完成了熠熠生辉的终极跳跃。

在这个深秋的傍晚，我在草堂里寻觅，总感觉杜甫就是一棵大树，而我赢得了大树的庇佑。这不是梦境，这是我脚踏实地的圣地。现实主义，我根深在这肥沃的土壤里，我感觉我蝶变了。浮躁、矫情和夸张、造作，我正在远离它们；安静、踏实和朴实、深邃，我正努力抵达。我知道，现实主义的伟大就像大海，我是一条想翻出朵朵浪花的鱼儿；我也知道，现实主义的伟大就像天空，我是一只想飞得更辽阔的鸟儿。

这时候我从草堂里踱步出来，沐浴在浓郁的暮色里，北风呼呼袭来，寒冷入骨，但我的内心，却有一股热流汹涌而来。这是一股铿锵的热流，这是一股正义的热流，这是一股现实主义的热流。

（刊于《人民论坛》，2017年1期）

李商隐：“爱与美”的绝唱

1

他不仅是一位至情至性的人，更是一位对爱和美执念很深的诗人；他就是我极为推崇的李商隐，一位头顶着理想主义光环的真正男子汉。时光荏苒，转瞬已过千年，李商隐愈加深邃和悠远；时移世易，奔波劳碌，我已近不惑之年，愈加疲惫和沧桑。所以，李商隐不再是我少年吟诵的纤巧浓丽的李商隐了，那曾经令人炫目的愉悦、朦胧和流光溢彩，正在渗透一颗圣洁之心的孤独、忧伤和痛苦。于我心有戚戚焉。

一个战火频仍、朋党倾轧的晚唐时代，李商隐在碰壁中挺立，在屈辱中坚守，他用一首首滴着鲜血的生命之诗，给大唐的江山徒添一抹华丽的色彩。这是我所理解的李商隐，他不卑不亢，至情至性，他是在用自己的行为呼唤最美的人性；他单纯善良，执着于美与爱，他是在用自己的人格挽回一个没落帝国的尊严。

也许理解到这一点，我们才真正读懂了李商隐。

2

后人传颂的不是李商隐的苦难，而是他开创有“朦胧”一派深婉精丽、韵味深厚的诡异诗文，而这一切华丽和光鲜，覆盖着的正是他的仕途坎坷和人生厄运。无论是《锦瑟》，还是《夜雨寄北》，在巨大不幸和辛酸的褶皱之上，李商隐在用华美的服饰躲避着苦难，他在闪烁其词，他在辟远喻以掩饰心中的巨大疼痛，他在用艺术的方式执着于自己理解的爱与美。

正因为此，我以为在一个寒冬的傍晚，才是对李商隐最好的拜谒时间，尤其是在一个晚霞绮丽、黄叶翩飞的黄昏，那才有玉溪华彩诗句隐藏的悲伤。檀山岭上“李商隐公园”里，有“彩凤”“灵犀”“青鸟”“锦瑟”等雕塑。这时候，我穿过这些后人雕刻的意象，仿佛看见李商隐正从墓穴之中峨冠博带地走出来，攥紧公园中庭横躺的“大笔”，唰唰流淌出一个时代的悲愤和抗争。

我这样猜想，也就选择这样一个时间来拜谒他。

如此心境，我绕着李商隐墓穴转上一圈，又回到碑前细看石雕画像和他的生平起止。画像是粗线条勾勒出的一个略有胡须的老人，精神矍然。再看生平，他出生于公元813年，卒于公元858年。我在沁阳拜谒过另一座李商隐墓时，他出生日期标注的是公元811年。这两年差错，于李商隐都无关紧要了。不过此时我脑海中蹦出一个奇怪的想法：“李商隐一出生就在不断地死去。”

在我的想象里，李商隐穿梭于战火之中，游走于幕府之间，不只是坎坷曲折，不只是仕途迷茫，而是一腔沸腾热血却碌碌流尽，理想抱负终究是不了了之了。现在，对于李商隐来说，就只剩下用以消遣的诗文。可是李商隐太爱他的诗文了，他把心血都藏在诗文里，他把眼泪都凝固在诗文里。

李商隐正是用这种“杜鹃啼血”的方式，把纯净和善良铭刻在时间里，把爱情和美好镌刻在后世人的心间。有人说“所有的死亡都相互模仿”，而我以为李商隐在“模仿”里战胜了死亡，他已经穿透了一个又一个的时代。

3

提到李商隐的死，我脑海中浮现这样一个场景：

时间：公元858年年末，李商隐出殡后第三天。

地点：檀山岭上，李家祖坟。

人物：崔珏，羲叟，李商隐三个儿女。

这一天鹅毛大雪簌簌而下，刺骨寒风嗖嗖扑来。几个孩子，一边焚烧纸钱，一边放声大哭。崔珏忍住悲伤，高声吟唱《哭李商隐》：

虚负凌云万丈才，一生襟抱未曾开。

鸟啼花落人何在，竹死桐枯凤不来。

良马足因无主踠，旧交心为绝弦哀。

九泉莫叹三光隔，又送文星入夜台。

崔珏嘶哑的吟唱，孩童绝望的哭声，在风雪交加的李家墓地，格外撕心裂肺，天地似乎都发出了低沉的呜咽。

这便是李商隐的死，死的寂寞，就连《旧唐书》也只有七字记载：

“还郑州，未几病卒。”

可是他的死，在之后的一千多年里，有多少文人不为之慨叹，有多少豪杰不为之缅怀？直至今日，檀山岭上这座简朴的“李商隐公园”之中，站在他墓前，有多少人不怀着敬仰的心情为之行礼？李商隐生前虽寂寞和凄凉，死后却活在人民心中，这便是“爱与美”的光辉。

4

公元837年，李商隐中进士。公元839年，调任弘农县县尉。

弘农县县尉，这就是李商隐一生最高的官职。

事情是这样的：李商隐出自令狐楚门下，被认为是“牛党”；他婚娶王茂元之女为妻，又被认为是“李党”。从此无论“牛党”还是“李党”，都把他打入黑名册了。

这便是李商隐的悲剧，一生苦苦追求仕途，可谓历经坎坷、受尽屈辱，其官场却无所作为。可是他不气馁、不放浪，依然坚守纯净之心、艺术之心，却是弥足珍贵的。

“中国古代，文官之显赫，在官而不在文，他们作为文人，在官场是无足观的。但事情又很怪异，当峨冠博带早已零落成泥，一杆竹管笔偶尔涂划的诗文，竟能镌刻山河，雕镂人心，永不漫漶。”

——余秋雨先生如是说，我心中甚是慨叹。

拜谒李商隐墓之后，我踱步檀山岭上。在暮色渐浓里，我仿佛看到一个少年的李商隐，正走进他童年的苜蓿湾村。我也仿佛看见一个青年的李商隐，在“佣书贩舂”中走向洛阳，也走向长安。其父给他取名“商隐”，是希望他做一个山野隐逸之人，可是令狐楚教他以“致君尧舜上，再使风俗淳”为己任，他考取功名的欲望，就更加强大了。

我不知道，遇见贵人令狐楚，这是他的幸运，还是他的不幸。

我大胆假设，李商隐如果不遇到令狐楚，也不经历那些屈辱和坎坷，他一生隐逸，如同闲云野鹤，他还能写出富丽华彩、旨意隐秘的"无题"诗吗？我知道历史不能假设，历史的厚重和沧桑也许就在于它的无情，而天才只有在这无情中才能创造伟大。

李商隐正是用他的"爱和美"，在一个无情的世界里，创造了一个多情的艺术世界。

5

公元829年，十六岁的李商隐，或许是已投令狐楚门下，便举家迁往洛阳。在洛阳这个仍旧繁华富庶的城市，李商隐遭遇一次次科考失败的打击，更遭遇一次次爱情幻灭的锥心之痛。可是他，在打击和疼痛之中，以真爱和美充实自己，依然洁净地前行。

我想谈谈李商隐的第一次爱情，我是想从他对待心爱女人的态度里，更加深入地认知一位诗人。是诗人的才华，吸引着富家女柳枝的爱慕。可一位是富家千金，一位是落魄书生，如此门不当户不对，李商隐直到故事的结局。柳枝姑娘见他，是"三天后焚香以待，请郎君过访"，真心诚意至极。李商隐呢？他怎样处理这一段朦胧的爱恋呢？他不能辜负，他连夜逃往长安，他以这种方式祈求纯洁的姑娘拥有一个美好未来。可是柳姑娘被逼嫁一个商人做了妻妾，最终郁郁而亡。多年之后李商隐追悔莫及，于是写下《柳枝五首》。

第三首"东陵虽五色，不忍值牙香"夸赞柳枝美妙可人，自己不忍对她轻薄。第四首"锦鳞与绣羽，水陆有伤残"，用水中和陆上珍贵的鱼鸟比喻美丽的柳枝遭受身心摧残，诗人一直为所爱之人担忧。第五首

“画屏绣步障，物物自成双。如何湖上望，只是见鸳鸯”，感叹世间鸳鸯成双成对，而自己不能与心爱的柳枝结合，留下无穷遗憾。在这几首诗中，他表达了对女性的尊重和体贴，绝不是当时风流才子诸如杜牧、温庭筠等对女孩始乱终弃的“薄幸”。

这是一种超越时代的爱情表白，隐藏着他对真挚爱情的追求和高尚情操的坚守。

6

李商隐的恋爱，他投入了纯净的情感，他坚守了美好，他追求了高贵。他是那么尊重女性，是那么执着于真爱，这也是李商隐高于同时代风流才子的高贵品格，这更是现代青年的标杆了。

这便是李商隐对爱情的呵护，他与妻子王王晏媄终生不渝的婚姻，他更是以“真爱和美”的执念来呵护的，这更是我们这个时代的爱情与婚姻的榜样了。李商隐的岳父是王茂元，一个有财有势的节度使，可李商隐却不依附于他，即使清贫如洗，也要自力更生，坚守文人的精神。试问，就是在今天，能做到者有几人？此时李商隐已深陷“牛李党争”的漩涡，如果是一个投机取巧、重利薄情的人，李商隐只需一张休书便能划清阵营，只要投入得势党派的怀抱，他便高官得做骏马得骑了。可李商隐不是那样的人，他深爱妻子，深爱美好品行，他不为利益和仕途所驱使，只为真爱和美好活着，这便是光耀千古的最美人性的光辉。

李商隐自力更生，他一次次地离开爱妻，走在远赴幕府的路上。在以后十数年，李商隐仕途上没有丝毫起色。公元851年在他归乡路上，爱妻撒手人寰。“忆得前年春，未语含悲辛。归来已不见，锦瑟长于人。”可怜夫妻一场，死前竟未谋面。正是这一年，三十八岁的李商隐，他的好友上司柳仲郢忙着给他纳妾，他因深爱着亡妻而婉言谢绝了。

这一首《正月崇让宅》，烛见他对亡妻的眷恋和深情。

密锁重关掩绿苔，廊深阁迥此徘徊。

先知风起月含晕，尚自露寒花未开。

蝙拂帘旌终展转，鼠翻窗网小惊猜。

背灯独共馀香语，不觉犹歌起夜来。

风起月晕，朦胧迷茫；露寒花闭，老鼠翻窗。恍惚间妻子余香犹在，似真似梦啊。

是啊。唯有天地之间至情，方显神灵可通；唯有人间之至爱，才能独悟心语。

还有那首传颂千古的《夜雨寄北》，我默念了一遍：

君问归期未有期，巴山夜雨涨秋池。

何当共剪西窗烛，却话巴山夜雨时。

那时那刻，其妻子早已离世，可他仍跟妻子商量着见面的时间。这真是让人难以承受的爱情之重。我为之感动，为之呜咽，为之凄凉。

7

此时此刻，已是暮色笼罩。檀山岭上，游人渐渐稀疏。一座公园——李商隐公园，一座古墓——李商隐之墓，慢慢淹没在夜晚的寂静之中。

我驱车回市区，不禁感叹李商隐真是一个好青年、好丈夫、好男人啊，真是我辈的榜样。是啊，一个执念于“爱与美”的人，一个有着独立品格和坚守道德底线的人，能不是这个时代的模范和榜样吗？

从此，在中国的历史上，诗好，人更好的那个人，就非李商隐莫属了。

（刊于《百家湖》，2008年11期）

黄河的黄

黄河的黄是出了名的。自古就有“跳进黄河洗不清”的谚语，就其本义讲，是说黄河的黄太浓烈、太黏稠了。黄河自古就从上游裹挟大量的泥沙奔腾直下，直至河南洛阳、郑州、开封才逐渐平息下来。正是如此，中原一带黄河的颜色就更名副其实的黄了。它黄得像黏稠的涂料，尤其20世纪后半叶，上游沿途植被遭遇人祸，黄河裹挟来的泥沙究越来越多了。所谓“一盆黄河水，半盆黄河沙”，已是名至实归。

我在一个深秋的中午，和朋友沿黄河中下游界碑附近的黄河南岸，寻觅起黄河母亲的秘密来。顺岸边的小路，蜿蜒曲折，尽管这段黄河的线条直挺，但我们必须避开内里不明、表面却看起来可行走的沙滩。据朋友讲，这些泥沙看起来稳固，其实内部是稀泥，一旦陷入，虽没生命危险但也很麻烦。我们只好远离缓缓流去的河水和泥沙。然而在我的内心，多么想和黄河母亲亲近一下。悄悄走到她的身边，仔细看看母亲苍苍的容颜，再掬一捧带有泥沙的河水，洗一洗我的蓬首垢面。倘若可以，我再走进黄河母亲的奔流里。这些是多么浪漫和令人向往的。可惜这一刻不能，这时候黄河母亲虽然温顺柔和，但她好像在休息，我们怎敢打扰她？我只能找一个让她不发脾气的机会了。

我和朋友绕到山坡上，远远地看黄河母亲。黄河并不是我想象得那样波澜壮阔，也不像我想象得那样一泻千里。站在山坡上看，黄河像一条扭动着疼痛身躯的蛇，几个摆动都有些力不从心。它仿佛在等待着医生的到来，在等待着亲人的抚慰和关怀。我立刻明白，黄河已经是一条几经干涸的小河了。它就像一个慈爱的母亲，在哺育了华夏文明，在养育了千代万代子孙之后，已经苍老和病魔缠身了。然而我们并没有去爱惜它、关怀它、医治它，我们反而变本加厉，对黄河母亲的身躯穷尽所有榨取。郑州以下的黄河逐渐成了悬河，当灾难来临，母亲也无能为力。

我看见的黄河，简直就是一条黄色的线无力地摆放在我的面前；我看见的黄河，简直就是一副病死的龙的骨架；我看见的黄河，简直就是养不活一条泥鳅的小河沟；我看见的黄河，只是皴裂在大地上的河床；我看见的黄河，它是隐藏在我内心深处的一块疼痛；我看见的黄河，它亟待我们的爱的行动和抢救式治疗。

这是我第一次来到黄河岸边，这是我第一次同黄河母亲这样接近。但我曾经在火车上多次看见黄河，或许那时候的黄河真的奔腾咆哮，或许那时候的黄河真的宽阔无比。我知道我看到的都是假象，因为我那时候看到的，多是汛期的母亲河。我看见了黄河母亲翻腾的怒涛，它是在向人类示威吗？我看见了黄河母亲带来了沙丘，它是在向人类示警吗？我看见了黄河母亲淹没了河道上的碧绿的玉米，它是在对向人类惩罚吗？我不知道，黄河母亲还会给我们带来什么样的报复？但我知道，黄河母亲已经病入膏肓了。

从山坡上下来，我们转到一个正在治理黄河的工程上。水泥建筑的堤坝防止河水再向南侵蚀。历史上黄河多次改道，就在我们的脚下，据说在唐朝时还是一个方圆几里的寺院呢。那时候黄河在此以北十几里，而这一带是一片天然肥沃的大草甸。起初我不太相信，不想我们在凭吊中，竟然发现一些唐朝砖瓦。如此看来，河道向南确实挺进了七八公里。现在，黄河正冲击着邙山，冲击着广武山，她裹挟着泥土进入下游，去建立一个个沙丘。当然，这也是一个个不定时的炸弹。

站在坚固的水泥堤坝上，可以放心地远眺。在我上方的河中心，正有打捞泥沙的船只，倘若细听，可听到马达的轰鸣。看来我们也在着手治理母亲河了。又看看脚下坚固的水泥堤坝，不禁有些欣慰。母亲河啊，我们不是不关心你啊，我们不是不爱啊。我们正在尽微薄的力量，来医治你的陈年旧病。然而我不免又有些担心，本末倒置或者治标不治本，母亲河还要多长时间才能恢复它青春的容颜呢？我想，这只是时间的问题吧。我知道黄河的源头，水是清的；我知道上游沿途省份，都在大力为黄河母亲栽草种树呢。

有一段日子我经常梦见黄河的颜色，是绿色而不是黄色。如今我把宽大的手掌轻轻探进母亲河的血液里，轻轻掬一捧，柔润而亲切，使我感觉到温暖。我从来也没有如此熟悉过这一种生命里的黄色，我的手几乎和它融在一块。你几乎不能分清，哪是黄河的水和泥沙，哪是我的皮肤。这是一捧来自母亲心脏的血液，它真正让我感到无比的神圣与庄严。我轻轻把一捧河水擦在脸上，滑腻而带有温馨的气息。我看见它母亲般的微笑沐浴而来，我感觉它母亲般抚摸的手掌，我感觉到它母亲般慈爱的眼神。一捧又一捧的河水洗净了我脸上和心灵上的坎坷，我顿时精神了起来。我知道，只有母亲的大爱，我们才有希望，我们才有未来。

从此，我希望黄河变清，但我相信黄河的黄；从此，我相信我的黄土一样的皮肤的黄就是黄河的黄；从此，我相信黄河的颜色就是太阳的颜色——我们灵魂的颜色。

（刊于《百家湖》，2008年12期）

长河落日

我们依靠着日新月异的科技，依靠着人类理智的大脑，越来越过上古代帝王将相锦衣玉食的生活了。然而，我们却时常感到来自不同时间和空间的压抑，这使我们几乎窒息在曾经亲手创造的幸福生活里。

我曾经不止一次地问自己，我们为什么不幸福？我们越来越富有了，我们的生活越来越现代化，我们的每一个空间都堆蛮好玩的东西；我们一天二十四小时，除了八小时的睡觉，每一秒钟都充溢着高科技带来的快乐。我们的大脑已经实实在在地被塞得满满的了。我不知道我们还有什么不幸福？然而或许正是这些，却让我想起了一个可怕的问题。也许正是因为我们被大量的玩物充斥着、堵塞着，我们曾经敏感发达的神经，使我们的思考和想象平庸得像一堆阿堵物。我们再也沉寂不下神游八极的思索，我们再也腾不起想象的矫健翅膀。这将是一个繁荣时代的悲哀。

当我有了点以上的思考的时候，我正站在广武山下黄河南岸的草丛里，正在看那袅袅下挨的落日。红通通的太阳泼洒万条金线，丝丝缕缕，皴染着万千昏暗的山头。云气游弋，雾气蒸腾，使得晴朗的傍晚朦朦胧胧。若眼神好点，你便能望见镶嵌着金丝边的山峻呢。我不得不提醒自己，这是一个深秋的时节，那些山是没有什么景色的。

这就是长河落日的壮观图景吗？好像不见诗词里那般磅礴气势。在我所在的位置看，黄河并不怎么长。万里黄河在的我面前，就只有上五里、下五里远了。顺落日的地方，遥望过去。粼粼的水波缓缓流过来，悄无声息。我瞅着河面上漂流的一个木片，看那移动的落日的笔墨，静静地向我描过来。长河仿佛一条水彩的飘带，慢慢流向下方。长河没有向我打招呼，落日也没有向我打招呼。我呆呆立在岸边，开始了我进入幸福生活以来的有点儿悲壮的第一次思考和想象。

当我们疲累的时候，我们散步在拥挤的公园里，依然缓解不了绷紧的神经；当我们走在上班的路上，我们依然不相信自己的家门已经上了锁；当我们读完卡夫卡的《变形记》，突然感觉我们就是变成甲壳虫的格里高；我们在《城堡》面前，始终走不进去或走不出来，这时候你相信那个测量员K就是生活中的我。我知道这些感受，这些不祥的感觉，也同时出现在每一个现代人的生活里。我突然想到诗兄刘川的名诗《人们像箭一样忙》：大路上／跑步者使劲超过步行者／自行车用力超过跑步者／摩托车加油门超过自行车／出租车拼命加速／超过摩托车／而救护车、消防车、警车／拼命超过出租车／人们啊，箭一样要去射中什么。以前尚未体会刘川思考之深，而今在这个让我入定的傍晚的黄河岸边，揣摩之余不禁心有戚戚然。

我可以这样描述我们的生活。我们一到家里，就打开电视，看娱乐至死的节目；我们一有空闲，就打开电脑，陶醉在紧张快感的游戏里；

工作日我们一刻也不停地工作，生怕一点小的失误而被老板炒鱿鱼；节假日我们去逛商场，买来填充我们生活空间的各种各样的物品。然而，我们从来没有自己安静一会儿，哪怕睡在床上，我们都想着如何使我们的爱做的更有力量。我们几乎没有给心灵任何空间和时间，哪怕一丁点大的空间和几秒钟的时间。

我为我突然想到的问题感到好笑，因为此刻我就站在黄河岸边，看着徐徐落下的太阳，这千古奇观——长河落日，却怎么也想不出它有多么美好来。作为一个诗人，我感到悲哀。我想象不出“大漠孤烟直，长河落日圆”的壮阔，我想象不出“君不见黄河之水天上来，奔流到海不复还”的奔腾与诡谲，我想象不出“白日依山尽，黄河入海流”的绚丽之美，我想象不出“九曲黄河万里沙，浪淘风簸自天涯”的多姿多彩。长河落日，留给我们的仅仅是四个冰冷的汉字。它们不带有任何呼吸，它们睥睨这群来自未来的缺乏想象的白痴诗人。而此刻，看着袅袅余韵的落日，我什么美丽的意境也想不到。我和几个朋友竟然不约而同地指着即将落下山头的太阳说：“看！多么大的一个烧饼啊！”而我们又仿佛是一群青蛙，聒噪起来，希望它落进一个池塘，成为我们的今晚的大餐。这让我再也不能容忍这个人群想象的贫乏，这个时代想象的沙漠化。这个又圆又大的“烧饼”已经是一味可口的毒药伤害了我的心灵，它仿佛又是一个烙印在囚犯脸上的“囚犯”二字，永远悬挂在我们匆忙的脚步里，悬挂在我们浮躁的时代上空。

我们生活在幸福里，就只记得自己和自己身边的利益。我们的大脑越来越发达，高科技和娱乐就像一条绳索，一丝一扣地缠绕着“幸福”。我们忘记了思考，忘记了想象，我们忘记了童话。今天倘若有哪个成年人相信“嫦娥奔月”，并在想象中享受其中一刻的美好，肯定会被我们或许他自己视为弱智或神经病。

或许是我们忽略了大自然生生不息的景色，或许是我们忽略了那些美丽的童话，才使得我们的生活充实得像一块木头。那么，就让我们走出来看世界，就让我们多一些想象，哪怕不切合实际的想象，我们的生活才会真的美好、幸福，我们的心灵才会真的自由。

（刊于《牡丹》，2012年11期）

铁　　马

据说这是一匹叫作乌骓马的雕塑。我在深秋的一个傍晚，瞻仰它的飞腾，欣赏它滚动的眸子，聆听它长颈昂扬的嘶鸣。就是这座奔腾在崇山峻岭间的铁马，顷刻间，凝聚在这霸王城上。是它，再次掀起了历史的硝烟；是它，再次唤起了沉寂的刀光剑影。

我站在十余米高的铁马下面已经好几分钟了，朋友们留影后都渐次离去。我还没敢仔细端详在我内心深处，奔跑着的这一匹乌骓马呢。不过一见到这匹虎虎生风的铁马，我立刻想到民间流传的一个故事。

传说，霸王城四面楚歌，项羽已经无力回天。此刻虞姬为不拖累它钟情的大王，已经自刎于霸王城里。这个大小七十余战，重未打过败仗的军事天才，或者说更像一位英雄豪杰，此刻只得骑着为它出过汗马功劳的乌骓马仓皇出逃。昨日的辉煌都已经销声匿迹，它们都隐秘在这匹宝马良驹平静的眼波里。而今日，这匹乌骓马必须驮着它的英勇的主人，再次冲杀于疆场之上，疾驰于刀光剑影之中。这次出走，这匹宝马似乎已经知道，这是一趟逃亡之路。然而它没有胆怯，还是一路嘶鸣，把它的主人带到了安全地——乌江。《史记》中乌江亭长说："江东虽小，地方千里，众数十万人，亦足王也。愿大王急渡。今独臣有船，汉军至，无以渡。"

可见，这是一匹铁马。它已经出色地完成了自己的历史任务。然而我们的英雄横马立刀，大义凛然。《史记》中项羽说："天之亡我，我何渡为！且籍与江东子弟八千人渡江而西，今无一人还，纵江东父兄怜而王我，我何面目见之？纵彼不言，籍独不愧于心乎？"这些话我们今天读来，仍能让我们的心情汹涌澎湃。

然而我更感动这样一席话，《史记》中项羽对亭长说："吾知公长者。吾骑此马五岁，所当无敌，尝一日行千里，不忍杀之，以赐公。"于是，项羽下马，步行冲杀敌营之中。在此，对项羽的英雄豪情我佩服得五体投地。然而，让我最感动的，是他对这匹宝马的爱。我们知道，自从虞姬为忠诚的爱自刎霸王城，这一路拼杀逃亡，八百兄弟就只剩下他一个了。一匹跟随自己多年，出生入死的宝马，此刻就是自己的兄弟。他明知道自己大势已去，虞姬已经为他而死，八百将士已经血洒疆场，自己不能杀死这个忠诚的朋友，这匹马，就送给长者吧。

以上是我读《史记》读出来的故事，下面才是我传说的故事：

传说这位守亭的长者，把乌骓马牵回家。长者悉心照料这匹宝马，然而这匹宝马竟然三天不食，不鸣，不奔，还害了大病似的长卧不起。无论长者请多好的兽医，都不能治好它的病。十天之后，这匹宝马就只剩下皮包骨头了。它已经完全没有昔日"日行千里"的叱咤风云。长者明白，这匹马已经不行了。长者只好把它运到乌江北岸项羽自杀身亡的地方。没想这匹马顿时蹄下生风，它嗒嗒嗒绕着还有一片血迹"死亡地"绕上三圈。然而谁也没想到，三圈之后，这匹宝马一声长嘶后，轰然倒地。它死了。

就是这个传奇，就是这匹铁马的原型，就是这匹铁马让我不敢潦潦草草看它的原因。然而我知道，这匹马让我钦敬的原因是忠诚，让我爱慕的原因是它和主人之间的朋友式的相互忠诚的品格。在这里，这匹马之于项羽，绝不亚于虞姬之于项羽啊。

我从乌江岸边赶回来，我从传说中把乌骓马牵回来，我把它归还给这座耸立在我面前的飞腾的铁马。它在傍晚残阳的笼罩中，平静地守护在这座曾是项羽下榻的山坡上。它不食，不鸣，生怕一个愣神历史就会走远。它的眸光是多么柔和，刀光剑影已经沉寂在它眸子的湖泊里。它仿佛是一匹牧马，而我们是移动的羊群。当我们在山上寻找隐秘的历史的时候，它在指引着我们，不误入歧途。

朋友们一个一个离开了，我也要离开了。我用手轻轻敲击了几下铁马的铁蹄子。当当当的响，铁质的声音。它的当当当的脆音迅速传遍了山岗，惊飞了栖息在马头上的几只麻雀。而我仿佛听到了它的嘶鸣，在千军万马中奋勇冲击的嘶鸣，在闯龙潭虎穴时勇冠三军的嘶鸣，在报效主人时忠诚凄美的嘶鸣。铁质的声音，而不是铜质的，也不是银质的和金质的，这些声音在金钱的衡量下，并不那么珍贵，也不那么值得珍藏。然而这英雄的、无愧于伟大时代的、忠诚的嘶鸣，才是我们缺乏的。我们这一代人，我们以后的几代人，在经济的时代里，这匹宝马的嘶鸣，将是我们永远珍藏的胎记。因为它是那么稀有和金贵，它时刻都显得那么耀眼和震撼人们的心灵。它显现在这片荒原之上，显现在时代的上空，它铁质的腾跃将像闪电一样，镌刻在我们的松软的心灵深处。

我离开这匹铁马，要回旅馆了。我在百米之外再次回首，这匹铁马在灿烂的晚霞之中，神定气闲，它在守护着一座山，守护着一座古城，守护着一段远去的历史，守护着我们的这个时代。

（刊于《牡丹》，2012年11期）

霸王城城墙

车驱至霸王城，实际上是一片长满各种灌木和茅草、槐草的荒山野岭。霸王城并没有我憧憬的壁垒森严、金碧辉煌，而是已经和大山融为一体的自然景观了。如果不是一些人为的旅游标志，没有谁会知道，这就是曾经不可一世的西楚霸王项羽与汉王刘邦对峙的军事重地——霸王城。

历史上的那场战争已经演绎在中国战争游戏的棋盘上，我已经不会再受其蛊惑了。这次来霸王城，我明知找不到古人的任何踪迹，但同三五好友，在这浓缩于中国象棋艺术里面的古战场上走走，也足以令人快意。

下车后我们并没有循着开辟出来的道路走，而是应朋友的建议，在偌大的山头上，漫无目的地走走停停，溜溜达达。这也是我喜欢的游历方式，野趣也就更加盎然。由于没有路，我们蹚了没膝的茅草或者槐草，一路呼啦、呼啦草灰乱飞。不过这没有消弭我们的兴致，反而更加勃发。有时候几个朋友故意趟起很高的草烟，呛得后面的朋友捏着鼻子。朋友们相互大喊大叫，尤其是碰到还坚持在小枣树上面的小红枣，就争先恐后地围拢起来，仿佛发掘到了秦砖汉瓦和楚汉战争中的箭镞。其实这种小红枣并不比街头卖的好吃，只是它长在了霸王城上，只是它被我们在这个深秋的早晨发现，图个兴致罢了。

霸王城上再也听不到战争杀伐的声音了。最近的也该是抗日战争中中原人民反抗侵略的枪炮声。而我们这个时代，只有旅行者兴奋的脚步声和思慕的欢声笑语。此时虽然时值深秋，但也有一排排蜿蜒而走的松柏，算作我们的眼球在枯黄疲劳里的一点调剂。有了这绿色的植被，想必这广武山上霸王城内牺牲的两千年以来的将士们，也不再孤单了吧。

正当我胡思乱想，一朋友好像发现了新大陆，大声叫喊说找到了一个箭镞。我们立刻兴奋地跑过去。还是真的，一个锈迹斑斑的箭镞带着黄土的温热暴露在我们的面前。大家你摸摸，我摸摸，一个个爱不释手。按说两千多年前的铁箭镞是不可能保存到现在的，于是大家又说是假的，说是近代的或者说是现代的。然而朋友坚持说，它一定是楚汉战争留下来的。我们也很愿意依他。我问他在哪里找到这个箭镞的，他说就在这堵干燥的土堆里。我们就都慌忙去寻找了，就连刚才一直怀疑的朋友，也跑来了。我们站在黄土堆面前，仔细地扒着，生怕有箭镞溜掉似的。

这黄土墙，高大，干燥。上面长满灌木和杂草，下面是夯实的土。我以前来过这里，听说过这土墙是楚汉战争时期的至今保留较为完整的一段，但也经历不住历史的风雨，墙体的土也在逐渐剥落，幸亏有一些植被保护，还能保持一段墙的形状。如果客观地说，这也不过是一堆黄土而已，但我们还是主观地以为它是霸王城的城墙了。

我站在这堆珍藏着硝烟与战争厮杀的黄土堆面前，内心充满了对历史以及远去岁月的缅怀。我想，这该是一堆怎么样的黄土呢？这一堆黄土，被将士们夯实在霸王城墙的一角？这堆黄土，曾被建筑成项羽的点将台？这堆黄土，曾被建成虞姬梳妆起舞的舞池？或许这些都不是。我更向往于我不曾想到的有关这堆黄土的秘密。我庄严地立在这堆解不开神秘面纱的黄土堆前，用手指轻轻弹了弹即将剥落的鲜红的土片。我就这么凝神一弹，历史仿佛就魔术般一页一页翻开了。项羽站在自己的堡垒上，把刀架在刘邦父亲的脖子上。项羽站在高高的霸王城上，向鸿沟对面的刘邦喊话了。项羽大概说："泼皮刘邦，赶快投降。汝若不降，欲烹而翁。"要我说，这一世豪杰的项羽竟然如此痴心妄想啊。我们且看刘邦如何回答？刘邦说："吾翁即若翁，必欲烹而翁，则幸分我一杯羹。"事情发展到这个地步，项羽只好勃然大怒。深秋的金风吹开了历史的书页，我逐渐看到刘邦项羽在战争中斗智斗勇的画面，一页一页浮现在这堆具体的黄土上，如大理石浮雕，至今栩栩如生。或许，这就是我向往的那份历史中的亲切和生动吧！

我站在霸王城上，远眺汉王城。对面的山头有些渺茫，就像这段虽然大书特书的历史，也是迷茫的。尽管楚汉战争已经作为一种战争的艺术被临摹在棋盘上，这使得楚汉战争中，项羽在人民的愿望中，机会再次均等。也就是说，人民在玩一种棋盘上的战争游戏的时候，倾向于项羽大胜，因为尽管项羽有些狭隘，但他给中国人民的印象一直是一个力拔山兮气盖世的侠客，一个九死而不愧的英雄。李清照诗云："生当作人杰，死亦为鬼雄。至今思项羽，不肯过江东。"也许正是项羽的英雄品格，至今人们一想起这个霸气十足的人物的故事，依然让我们悲慨万千、荡气回肠。纵然我心悲悯，但也不敢想象项羽统一中国，将何以面目？这不是我的判断，而我作为一个诗人不能去判断，而只能去发现。让我去发现这场战争的真实的场面；让我去发现这个霸王城的真正的秘密；让我去发现这堆引我浮想联翩的黄土隐秘的真相。

谁让我是一个诗人呢，我愿意穷尽所有的可能，去发现一座尘封两千余年的崭新的霸王城。尽管答案并不能令人满意，也不是我的向往。但我确确实实从这堆满藏记忆的黄土里，听到了震撼千年寰宇的歌声。“虞姬虞姬奈若何？”这来自皇天后土的叩问，至今依然盘绕在霸王城的上空。

（刊于《辽河》，2011年6期）

黄河中下游界碑

快到黄河中下游界碑的时候，一杆人下车，我们才算真正踏上三皇山。没了车骑，我们走走停停，东看看西瞅瞅，风景随之而来，脚步自然就放慢了。

时值深秋的一个傍晚，天空虽然晴朗开阔，但太阳比平时鲜艳而巨大，缕缕暗黄的光线斜插在三皇山的顶端。放目眺望，三皇山的山顶并不开阔，只有一些暗灰色的灌木丛和枯黄的草。然而这些并不特别的植被，竟也成了我们兴奋的刺激点。一群敏感的诗人来巡游，这个说这是灵枣刺，那个说那是山楂丛；这个又说这是茅草，那个又说那是槐草。大家都在体验着发现的乐趣，在这个快要模糊的大地上，寻找着属于自己的秘密。

我们一路寻寻觅觅，时而拾阶而上，时而攀缘如猴。不管怎样，只要你自己高兴，你就自己来选择。有些老诗人腿脚不太灵便，顺着台阶优雅地走走停停。整个山道上，拂髯凝视者有，坐下来写写画画者有。而我们年轻的几个，倒不那么文质彬彬了。我们在草丛、灌木丛攀缘而上，一个比一个灵敏矫健。我们的脚步真实地踏在泥土上，而不是水泥台阶上；我们的手抓住茅草或者槐草，这让我们再次感受到植物的脉络。尽管那些植被已经干枯，但我们的心情却放飞得很高。它简直就和黄河中下游的界碑一样高了。

黄河中下游的界碑就在前面五十米远的山顶平地上。事实上，黄河中下游界碑仅二十一米，但它耸立在山顶，当然就显得高耸入云了。乳白色的碑身在斜阳下显得格外清净和圣洁，呈H形状的造型直直地插入大地，给人感觉既稳健又活络。有时候我还真有点儿担心，担心这界碑会自动行走起来。你没看见界碑H造型中的两条腿吗？稳稳地扎根在三皇山上，但似乎又要迈步的样子。

我和朋友们依次登上黄河中下游界碑。

这是一个深秋的傍晚，我登上了黄河中下游的界碑。我一阶一阶地数着脚步上，能感觉到风越来越凉。在一个回旋的夹道，我听到风呼呼的声音。我身上刚才攀缘而出的大汗，开始凝结成小盐粒了。我在另一种感觉里缓缓上升，周围的群山在缥缈中沉寂下来。我焦急地渴望很快到达碑顶，事实上，我的内心一直在告诉我，慢点，再慢点。我是在这快与慢的撕裂中，享受着希望与泯灭的洗礼。此刻，我几乎晕眩了。

二十一米的界碑，物理的高度并不值得惊讶。当我爬上这二十一米高的碑顶，我的心灵的高度已经不能用数字来计算的了。我一眼看到黄河的北岸莽莽苍苍的大平原，如此之大，如此之远，是我之前从来没见到过的。这二十一米的界碑，使我一下子开阔了黄河的面貌。我的不尽的遐想，随着滔滔流动的河水，一下子横穿了几百年。那个登楼欲穷千里目的诗人，是不是与我一样，感叹这壮阔的东流入海的黄河？感慨人生高度要有博大的胸怀，要有广阔的视野？

黄河蜿蜒曲折，向东缓缓流去，今天我看到的河水并不那么波涛奔腾。在这个静谧的傍晚，落日熔金的气象里，河水波光粼粼，缓缓迈着脚步。这时候我感觉黄河好像并不是母亲，而是一位温柔端庄的舞女，迈着小“戏”步，扭臀摆腰，从我的眼眸中逶迤走远。在我放松了兴奋的神经后，我感觉到有点儿冷，我知道太阳快落山了。站在碑顶上，看着落日一点一点地挨进云里，挨进山后，它仿佛不愿意离开我们。黄河界碑的西部已经模糊起来。落日最后落进了河头，也落进了河尾。我几乎看不清楚自己了。

从碑顶下来，我只能看到橘黄的土地。在我的感觉里，这一个深秋的傍晚就像一个深秋的黎明一样，带着寡欲的清冷，但却给予我一生的梦想。我知道我必须放下一些东西，一些装饰之累赘。我知道，傍晚会把我们带入沉睡、平静和澄明的夜晚。而这样的一个夜晚，我愿意是一个小圆点，一个站在碑顶上的小圆点，我在眺望着一生。

（刊于《百家湖》，2008年12期）

辑六／跨文体

遭遇抢劫

1

在梦境之中，有一次我遭遇抢劫的情景，偶尔还袭击我一次两次。多少年过去了，关于那一次遭遇的抢劫，我从来都没敢向别人透露过半点儿消息，我也认为自己已经忘记这件事了。可是它总是冷不丁地冒出来，像一个嗤笑一样，搅得我心神不宁，有时候是面红耳赤。这个遭遇抢劫的情景，如今已经影响到我的正常工作和生活了。我不能再按兵不动，不能再羞于启齿。我知道这是一种明目张胆的要挟，是一个扎进肉里的硬刺，如果我不拔掉它，我将永远受制于一个十足的坏蛋。

2

这个遭遇抢劫的事件，有三个方面，就像一枚我们经常见到的硬币，正面、反面和第三面。

下面是事件的正面：

有一天一大早起来，我像往常一样去工厂上班。我走在一大群人中间，走在熙熙攘攘的匆忙里，我感到无比的充实和快乐。只要让我去工作，只要让我待在工厂里看着机器轰鸣，我的全身就会充满青春的活力，哪怕我已经垂垂暮年，我的心也会充满着希望和光明。我走在上班的路上，仿佛是去约会梦里的情人一样，我的脚步雀跃，我的心情也像一只蹦蹦跳跳的喜鹊。在我的眼睛里，这一大早所有赶去上班的人，都在雀跃着走路，脸上也都有着雀跃的表情。

我走在一大群雀跃的人中间，一大群雀跃的人又走在一大群雀跃的人中间。这是一群上班族的海洋，我像一个漂浮在海洋里的木塞。我知道，每一个工作岗位就是一个空间，或者是一个瓶子，都需要一个适合它形状的木塞来塞住它。我需要加快脚步了，我得尽快地塞住我的那个瓶子。我走得更快了，我们都走得更快了。我们几乎没有交谈的时间，只有匆匆地赶路，一个一个孤独地赶着路，一群一群孤独地赶着路。赶路的人一心只想塞住一个瓶子，占据一个空间，我们已经忘记了路和路上的风景。

下面是事件的反面：

有一天一大早起来，我像往常一样，去工厂上班。我从来也没有想到，或许任何人也不会想到，但事实确实就这样发生了。

正当我匆匆赶路，赛跑一样跑去工厂。我突然感觉，我甩动两条胳膊不见了。这让我大骇，且极为恐惧，一时不知所措。我感觉不对劲儿，但却不知道发生了什么事情。我斜眼看看周围雀跃赶路的人，一群人，仍旧雀跃地往前赶着。没有了胳膊，我们仍旧目光灼灼地赶着路。这是一个突然陌生的世界，我感到莫名其妙。有些人已经看不见了腿，我很迷惘他们没有了腿之后，路该怎么走？就像胳膊消失了之后，我们该怎么工作？仿佛没有人想这些，我也像他们一样，一刻也不能停留，即使失去了双腿，也在所不惜往前赶路。

正在赶路，我看见自己的双腿也不见了。我只好停下来，我不明白自己的双腿去了哪里。我开始有些恐慌了，我在捉摸自己，如果没有了两只手臂和双腿，我们还能赶去一个叫“工厂”的地方吗？即使赶去了，我们还能做些什么？

我告诉自己，不能再赶路了。我静静地站在人群里，听着人群嗖嗖往前赶路的声音。事实上，人群已经不是人群了，是一群四肢不全的人，有些已经不见了身体，只剩下一个脑袋瞪着激动地眼睛，被什么支撑在空中，往前跑着。不见众人的身体，我为他们和自己着急。得想一个办法，我想喊停赶路的人们，我们坐下来好好商量一个对策。

我大吼一声，却没有人听到我的喊叫，众人摇摆着四肢不全的身体，仍旧雀跃地赶着路。实在没有办法，我只好冒着消失身躯的危险，赶上一个只剩下脑袋的人。我捧着他的头，告诉他，我们不能再赶路了，我们需要坐下来想一个不让身体消失的办法。可是他不搭理我，他对我的好心嗤之以鼻，骂我太幼稚了。他挣脱我的纠缠，转身离开。我又跟踪他一段路，他才回过头来，冷冷地告诉我，你只有塞住了一个瓶子，你才永远不会从这个世界消失。

下面是事件的第三面：

我跟踪一路的那个人，应该是我们世界里的圣人。我坐在马路上，狠狠地想了一阵子他说的话，直到他走得很远了，我才豁然地开窍。我迅速从马路上站起来，立刻抖擞了精神，抛开了所有的恐慌，我得追赶上那些走在我前面的人。

我甩开两只虚无的胳膊，摆动两条看不见的腿，我假装扭动着一个不见的身躯，我这是以奔跑的姿态，追赶那些想占据我的瓶子的人。我的行为已经激怒了身后所有赶路的人，他们先是对我指指戳戳，然后也以奔跑的姿态赶路了。

我不再想乱七八糟的事儿，一心只想着，一只瓶塞子只有塞住属于我的那个瓶子，我才是有用的人，才是快乐的人。我气喘吁吁跑着，突然看见跑在我前面的人，一个个赤裸着身子，那些装装样子的衣服和鞋子，也不翼而飞，它们去哪里了？他们整个人，都赤裸裸地跑在大街上。警察呢，他们不是用胳膊，而是用长在胳膊上的两条树枝，在指挥交通。我低头看看自己，真是吓了一跳。我的两条胳膊，还有两条腿，也是树枝做的。我用树枝做的手臂摸了一下自己的脸，完全没有了肉体温暖的感觉。我这才仔细看向周围，一群群用实木和树枝做的木头人，非常壮观地奔走在大街小巷。

3

我意识到我遭遇了抢劫，我们整个赶着去工作的人，整个社会忙忙碌碌工作的人，都遭遇了一种前所未有的抢劫。这是一种形而上意义上的抢劫，之前在我的工作和生活之中毫无征兆可言。也许早有预警，只可惜我太专注于那一只空瓶子的隐喻，而忘记了整个世界。现在回想起来，鸟类和犬类都曾经警告过我们。

预警一：鸟类的警告。

在遭遇抢劫之前，有一天早晨我去工厂赶活儿。当我穿过郊区的小路，汇入一条川流不息的马路之前，我看见一群麻雀，一群喜鹊，还有一群七彩的金丝雀，在一片树林里鸣叫、飞舞和开会。清晨的阳光，散发着花儿和青草的芳香，沐浴在树林里，沐浴在鸟雀的光滑的翅膀上，也沐浴在我赶去工厂的雀跃的脚步里。可是我没有停下来，一刻也没有停下来，我根本没注意这是一个鸟语花香的美好时刻。在我的内心深处，这是一个被抛弃的一隅，鸟雀被抛弃了，阳光被抛弃了，好看的花草也被抛弃了。也许彼时彼刻，我急匆匆的脚步，把我自己也给抛弃了。

现在我才明白，是我的冷淡和漠视，让鸟雀们忍无可忍了。这些鸟雀，先是聚集在树林里开会，研究出一种粗暴的抗争方式。即使今天，我也不得不佩服鸟雀的聪明和睿智。鸟雀们从树林里飞出来，聚集在离路面很高的电线上。第二天早晨，待我从小路上经过，早就聚集在电线上的几百只鸟雀，叽叽喳喳，一起大声地叫唤起来。我不知道它们在说什么，但我确实被它们吓坏了，我从来没见过如此放肆的鸟雀，竟然对着人类大肆喧哗。这种情况还不算太坏，如果说这只是一种羞辱，那这些鸟雀翘着屁股向我抛出一粒又一粒鸟屎，就是向人类宣战和进攻了。

鸟类拉了我满身鸟屎，这让我很是恼火。我从地上拣起一块石头，狠狠地砸过去，它们“轰”的一声飞走了。鸟们飞走的那一声轰响，仿佛是一声巨大的嘲笑，直到现在还响在我的耳鼓里，让我觉得这是一个巨大的讽刺。

预警二：犬族的警告。

鸟类警告之后，犬族也曾经给了我警告。仍是一天早晨，我去工厂赶活儿。我看见前方的马路上，有两条黑狗相互追赶着，汪汪地叫着。我看得明白，这是一对热恋中的情侣，它们亲吻、抚摸，又在路边的青草丛里翻滚。这是多么激情的时刻，让我让过路的每一个人都看得热血沸腾。可是我们已经没有了性，我们的快感都只在工厂里，都只在工厂里某一个位置，是一个瓶子的隐喻，剥夺了人类身体的快乐。

当人类变成无性的木头人，我们就对犬族的做爱大加讨伐了。抨击犬族的无耻和淫荡，我一向不惜暴力。我向那一对狗情侣走去，在半道上又拣了两块石头。我对犬族的仇恨空前高涨，这是我捍卫木头人道德尊严的最伟大的时刻，我组织了一群过路的木头人，人人都拣了两块石头，喊着讨伐犬族做爱的口号，迈着整齐的步伐，进逼那两只不要脸面的狗了。

可是那两只狗看到攻击它们的队伍，并不逃跑，它们从草丛里站起身，对着我们大肆嘲笑，木头人，木头人，好可怜的木头人啊，没有爱也没有恨，这些只会工作的木头人，你看看它们，哦，多像一队会走路的垃圾。

我听到那只公狗如此向它的爱侣介绍我们，我几乎羞愧得无疑自容。我只好扔掉手中的石头，一溜烟地逃跑了。后面是我的团队，也都绝尘而去。待我们逃出很远了，才敢回头审视身后的窘迫和羞愧。我知道，犬族以它们纯洁的性爱，警戒过我们离人类越来越远了。只是我们没有在意，只是我们已经是木头人，早已经失去了血肉之躯的尊严。

4

这就是我梦境之中的一次离奇遭遇，很多年了我不敢告诉任何人。可是今天，这个怪异的梦再次袭击我，让我在梦境之中吓出了一身冷汗。我感觉不能再听之任之了，它几乎快把我憋出了毛病，它仿佛就是一根钉子扎在了我的胸口，我得把它拔出来。

现在，我把它告诉我的朋友们，告诉了每一个看到这篇文字的朋友们，我轻松多了。也许我在梦境之中再也不会遭到类似的抢劫，如此一来，我就可以全身心地投入工作种去了。我记得那个瓶子，而我们每一个人都是一个塞子，一个适合某一项工作的塞子。

（刊于《当代小说》，2014年12期）

隐喻的刺猬

一只刺猬，总是出现在我的梦境之中，总是嗖嗖地跑到一个山坡上，抱作一团，像个刺球一样迅速滚动下来。而我正走过山坡，这一个刺球捎带着呼呼的风声，就不由分说地向我袭来了。一开始，我以为这是一只年幼的刺猬，在不断地练习着守卫家园的本领。

我没有太在意。

可是在我的梦境之中，它每次都是毫无理由地袭击我，都是很生气地侵犯我。这让我忍无可忍，这让很是恼火。不过也让我渐渐明白，它是一只十分危险的刺猬，它在用满身锋利的硬刺，来攻击我和我的美梦。

在Z城生活二十年，这些车水马龙的大街小巷，我都阡陌纵横地走过。我熟悉这个城市，好比熟悉我的手掌。可是二十年来，在喧嚣和骚动的人堆里，我从没有看到过一只货真价实的长毛刺猬。

照理说，一只很凶悍的刺猬不应该出现我的梦境之中的。

我躬身自省，二十年里我没有做过一件对不住刺猬的事情。事实上，二十年来，Z城里日益高楼林立，而我的躯体日益老朽，思想日益偏狭，或是日益固执己见。除了日益警醒地保护着自己之外，我也没有做过一件对不起人类的事情。

即使刺猬的无端袭击是一个隐喻，这种死缠烂打攻击的目标，也不应该是我。我只不过是经常警醒自己，与人类或非人类，与恶类或善类，都要坚守自己的最后一层防护膜。正是这一层带刺的防护膜，保护我远离是非，保护我自身不受伤害。

这是怎么一回事儿？

越来越清醒的我发现，这个隐喻的本体就是我自己。

我就是这么一个浑身长满刺儿的刺猬吗？我怎么能是一只极具攻击性的刺猬呢？我为人和善，只是处世圆滑，有人说我是滑不溜秋的泥鳅。我冷眼以对这么一个破隐喻，我有一个百个驳斥的理由。

可是在我怒不可遏时，一个刺球毫无理由地就向我攻击了。

在梦境之中，我竟然莫名其妙地承认我就是一只刺猬。这让我有些不知所措，我不明白，这个世界到底发生了什么。一只刺猬，两只刺猬，无数只刺猬，都异常兴奋地爬到山坡上。我知道，它们是在等待着我的路过，它们就一只接一只地向我攻击，带着风声，也许带着对我的怨恨，也许是自身的戾气，像冷箭一样朝我射过来了。

我知道这些刺猬的鬼把戏。

我站在坡下鄙夷地看着它们。在刺猬的内心，也许我应该惶恐地逃离。可是我冷冷地站在坡下，一动不动，让这些刺猬一个个有些尴尬和无聊了。本来是袭击我，现在我已经知道它们的阴谋诡计，一时它们就只好犹豫在坡上。

我想搞明白这是怎么一回事儿，就向它们摆出挑逗的手势。我想激怒它们，让它们明目张胆地攻击我，我在期待着这个攻击的场面：一只刺猬，先是嗖嗖地跑到一个坡上，然后抱作一团，迅速滚动下来，像狂风一样攻击了过来。

可是这一群刺猬没有，它们一个一个躲藏起来，瞬间消失得无影无踪。我有些泄气，只好走过坡下的小路。我往前走，刚走出几步，便听见坡顶传来危险的呼啸声。待我一回头，我惊呆了。

有无数只刺猬，正是那些曾经攻击过我的刺猬，它们聚齐，排成一排，一股脑全滚动下来，像黑压压带刺儿的怒风，直接围殴我了。

这一次是躲不过了。

无数只刺猬，我可以躲过一只两只，不可能躲过攻击而来的箭雨。情况越来越不妙，危险，危险，我在心中默默念着“危险”。“危险”就像遭遇了闪电一样的警告，让人不寒而栗。

我几乎不能控制自己了，一弯腰，双手一抱头，双腿一蜷缩，要躲过这一个危险，我只有向刺球一样滚动起来，滚到坡底的一个沟壑里。

这将是一个最好的办法，在那一刻我这样告诉自己。可是，当我把自己抱成一个圆球的时候，我发现自己浑身长满了刺儿。待我斜眼一看，一些刺儿，刺猬的硬刺儿，已经长满了我的全身。

我不怕你们，我沾沾自喜地告诉那些正要攻击我的刺猬。

我不用逃了，我们开战吧。

可是那一群刺猬，根本不理我的茬儿，它们一个劲儿地还是向我攻击过来。我慌忙把四肢和脑袋缩进刺壳儿里，把根根坚硬的刺直抖抖地竖起来。我闭着眼睛，在等待一场灾难的到来。可是好大一会儿过去，我的身边仍旧是巨大的沉默，我的身体没有任何被攻击的疼痛。

刺猬们早该从坡顶滚动下来，我想着就睁开了眼睛。

一群刺猬围在我的周围，它们不给我说话，只是不断地抖抖身上的硬刺，油光的硬刺，灰暗的硬刺，寒冷的硬刺，它们在炫耀硬刺的锋利，也在炫耀硬刺的冷漠。我明白了，这满身的硬刺是抵抗一切俗世侵扰的武器。

我在一群刺猬中间，慢慢熟悉了这样一套礼仪。

我是刺猬中的一员了。

刺猬见了面，不是打招呼，不是表现亲昵，而是抖抖全身的硬刺，而是从体内放出一种孤独的冷。

我对这一套礼仪，一开始还感觉奇怪，可是时间一久，也就习以为常。直到我想同新来的一只刺猬亲昵，相互扎得鲜血直流，疼痛难忍，我才从我的梦境之中醒来，才明白我的内心原来是有一套如此怪异礼仪的。

说起刺猬，如果它们不是在我的梦境之中一直攻击我，我可能再也不会记起它们，再也不会记起这个世界上还一种动物叫刺猬。此时此刻，刺猬就像一块石头，狠狠砸进了我的现实里。这让走在Z城的我，仍感觉像一只刺猬在都市的马路上穿行。

我是一只刺猬，我看见身边的走来过去的不是人，也是刺猬。一只又一只刺猬穿行在大街小巷，彼此间横眉冷对，不时抖动抖动满身的硬刺，也是满身的标枪。

我感觉这是一个不祥的征兆。

在我梦境之中，暗灰和冷，成为世界的底色。人与人之间，没有多姿多彩的笑容，没有嘘寒问暖，没有握手言欢，没有各种仪式和艺术。

我看见越来越多的楼群也变成了越来越多的硬刺，狠狠地刺向天空，仿佛它们对这个世界有深仇大恨似的，而我们这样一群刺猬，就生活在这深仇大恨里。

一根刺又一根刺埋在这个世界上，也埋在我的内心深处。

我不能逃避，也不能逃之夭夭。

我知道，一根刺，一根刺猬的硬刺扎疼我的那一瞬，悲剧就已经发生了。我得回到那一刻，回到我来Z城之前的那个村庄，叫Z村，也许不是，也许是我梦境中一个叫Z的地方。

我刚想从坡底的沟壑往外爬，天已经黑透。顷刻间，黑暗凝固了我幼年里的整个沟壑，让我一动也不能动。我仿佛也被黑暗凝固，就是黑暗和沟壑的一部分。我张开嘴巴，想大声喊叫，可是整个山坡也是凝固的黑色，我连一丁点儿声音也发不出来。

我开始恐惧，在这个迷失的夜晚，我首先等来的不是大人，而是一只觅食的刺猬。

刺猬从坡底滚下沟壑时，它一身的硬刺正好扎在我的手背上。我感觉湿漉漉的、火辣辣的疼痛，顿时冒了出来。我嘤嘤哭泣，继而号啕，直到大人到来，我记得是父亲拿着手电，把我从沟壑里抱出来，然后是一只刺猬，在明晃晃的刺眼的灯光下蜷缩成一团。这样的镜头在我以后的成长里，多次出现，当然我也被这只刺猬扎过很多遍，直到扎疼了现在的我。

当我离开梦境，我告诉自己，事情还远远没有结束。

我只有回到梦境，阻止这样的事情不再发生：

当我走过坡底，而不被刺猬袭击；当我被袭击，而坚守自己不变成一只刺猬。

这只是一种疼痛的记忆，我还能不能更新自己的未来？在我梦境之中，我潜回到最初被刺猬攻击的那一刻。

我若无其事地走在坡底，山坡上一丝一毫的动静都在我的时时留心处处留意里。一点儿动静都没有，仿佛山坡上从来就没有发生过任何事情。我把那攻击的记忆，是从幼年被刺的原点上，给抹掉了？

这是我更新自己的成功，这是我重新做回自己的胜利。

也许事情并没有那么复杂，只要我们稍加努力就会从泥沼中走出来；也许事情并没有那么严重，只要我们稍加努力就会迎来一片光明。

我在若无其事地走着，也许走过这个坡底，命运就会峰回路转。可是我知道，刺猬很快就会群起而攻之。此时此刻，只是黎明前的黑暗，只是大战之前的寂静。

我屏住呼吸，蹑手蹑脚，生怕弄出一丁点儿声音。

寂静，只是寂静。

这是实在令人难以忍受的时刻，我豁出去了。我大喊一声，这一声足以抵得上一声炸雷。这一声会消解我心中的恐惧，它增加了我的信心，我立刻勇敢起来。

正是一声炸雷的嚎叫，恼怒了刺猬们，它们以惊人的速度，以迅雷不及掩耳的气势，呼啦一声围住了我。这让我很是惊愕，没有了之前的那种单个攻击和列队攻击的阵势，而直接是混乱的群殴。

我在时刻提醒自己，这是在梦境之中，它们伤害不了我的。

可是疼痛之感，在强悍的硬刺刺入皮肤之后，疼得我浑身直冒冷汗，疼得我牙齿咔咔地掉了两颗。

这是最后的救赎。

我知道。

哪怕我被无数个刺猬扎得遍体鳞伤，只要我强忍锥心的疼痛，不去抱头，不去滚动，不去做一个刺球的动作，我就不会变成一只刺猬。

我这样想，感觉自己有了做人的尊严，感觉浑身充满了力量。被刺猬狠狠刺开的伤口，不再那么疼痛了，我感觉到自己的强大，然后哈哈大笑起来。

我从梦中醒来时，仍在哈哈大笑。

我庆幸我没有变成一只刺猬，那所有的梦境之中的刺猬，早就不存在了。那么就不会有一群刺猬围在我的周围，来炫耀它们硬刺的锋利和冷漠了。

刺猬见面那一套恶心的礼仪，已经不复存在。

当我在Z城再次走进大街小巷，金灿灿的阳光下到处是欢声笑语。从此以后，刺猬一族再也没有袭击我。我知道，这是阳光击碎了我的梦魇。

好了，朋友们，不用再担心刺猬了，让我们手拉着手，一起去阳光下跳个舞吧。

（刊于《西部》，2016年7期）

火车的方向

一坐上火车，我们就开始飞了。村庄抛在了后面，田野抛在了后面，大山也抛在了后面；我的童年呢？也被抛在了后面，抛进了时间的深渊。我这是坐在火车上，从故乡飞往Z城，从内心的宁静飞往喧嚣的现实之中。

我看见春天的麦苗一闪而逝，麻雀和喜鹊们或是适应了乡村或是适应了Z城，它们不明白我此刻的心思；此刻，我是骑在飞奔的火车上，飞奔在我的既定的方向里。

也许是白天，但大多是夜晚，我会从Z城出发，我会带着Z城的暮色向东西南北飞奔。火车会载满一节车厢又一节车厢的酸甜苦辣，从世界的中心奔赴家乡或是流浪他乡。

我从Z城出发了，带着一丝兴奋，也带着无边的不可捉摸。我发现火车飞过每一个车站，都会上来一群孩子，一群我似曾相识的孩子，刚才还在叫着我叔叔，就在下一站他们已经长大成年。有的已经下车，或者惊恐或是坦然地进入一个城市，他们在暮色里或许是白天，悄悄潜入一种潮流，也许是一种趋之若鹜的时尚。不管怎么说，他们已经和这个城市融为一体了；只要你细心，这个城市的每一个角落，你都能看到他们的影子。

他们再也回不到起点了，再也回不到他们的故乡，直到有一天尘归尘土归土。我这样想的时候，就看到还在车上的另一拨孩子，现在他们同我一起，继续一个未知的旅程。我们都知道，我们早晚都要下车，只是下车的方式不同。有的人是自动下去的，仅仅是这一站还是下一站的区别；而有的人一直坐在车上，他们想看尽人生的风景。我是哪一种人呢？记得起初我也是一个孩子，现在呢？我从车窗里看见自己，已经是一个中年男人了。我还要出发吗？我还要旅行吗？

我清楚地记得，我是从一个傍晚驶进一个暮色浓稠的恐惧之中的。满火车的人，被拽住驶进黑暗的漩涡里。这仿佛是黑暗在同我赛跑，而我却被抛在了黑暗的前头。前面那是一道光明，而后面呢？流逝的夜晚仿佛波涛汹涌的海水，紧紧地拍在时间的岸上。

满车厢的人都在恍惚之中，灯光迷惑地打在他们的脸上，当然也打在我的脸上。我已经昏昏欲睡，但我却感觉到一个巨大的心思，重重地压在夜晚的核心上。火车穿越隧道，又顺着山谷蜿蜒进每一个旅人的梦里。已经有了鼾声，我也在梦里听见了我的鼾声。

火车一直向前飞着，越飞越神秘了。我坐在窗户边，看掠过的荒野，看掠过的麦田，看荒野和麦田中的树木；偶尔一个村庄，偶尔一群树木，偶尔在村庄和树林之间有一座孤坟。这是大自然最原生的风景，我置身其中的时候并不感觉到转瞬即逝的可怕。

现在，那些或是温馨或是令人伤感的痕迹，被迅速地抛在身后，也许永远地抛在身后了；从此被抛进了我自己的时间的深渊，就再也没有机会见到了。有一些地方，我们一生只去过一次，然后就被火车抛给了天空，抛给了那一片大地。从此，它只在我们模糊的记忆里，慢慢地模糊而去。

这也许是一种方向，是火车的方向，是芸芸众生的方向。我知道，这更是我的方向，在向着劳碌和奔波的现实里，驶进喧嚷的另一个城市。

三年前的一个夜晚，我和同事去J城出差，拎着大包小包，我知道那是一个疲惫的夜。直到第二天天色微明，即将抵达J城的时候，我透过窗户看见大平原上的冬小麦，都覆盖着厚厚的霜芽子。是的，这么多年了，我一直记着去J城途中看见的被霜芽子冻坏了的麦苗，我能感觉到它们在瑟瑟发抖；即使现在想起来，我都能感觉到寒冬腊月的霜冻，洒落在我的头发上和眉毛上。

火车一直向前飞着，越来越飞向一个未知和陌生的领域。我也在变换着角色，我在一个小站找到了伴侣，在下一个小站又有了孩子。我感觉到火车上越来越拥挤了，我想，肯定有越来越多的人挤上了火车。他们在我进入中年的时候，开始了自己的人生旅程。他们要干什么呢？他们一旦坐上了火车，就再也回不到当初了。

我这是在问谁呢？我这是在问他们，也是在问我自己吗？我至今都搞不明白，这是一列怎样的火车？它的终点会是在哪里？我不知道啊。我已经看见，我的亲人已经有不见的了。我查点数目，发现我的奶奶已经不见了。

这个最疼爱我的佝偻着脊背的慈祥的老太太，去哪里了呢？我四下里寻找，却一点儿也找不到她的踪迹。在这个世界里，她几乎连一丁点儿的气息也没有留下。我泪水潸然，泪滴噗嗒噗嗒地掉在地上，转瞬间也没有了。

火车还在飞着，我真想让它停下来，我好好地找一下我的奶奶；可是它仍旧飞着，几乎飞出了我的梦境。或许是在下一站，或许是在更下一站，我的父亲也找不到了。他去了哪里呢？我知道在我很小的时候，父亲爱同我捉迷藏。我想他肯定是同我捉迷藏去了，他藏在了一个更隐秘的地方，我只是暂时还没找到他。

然而这么多年，我一直在找他，我找遍了火车的每一节车厢，也找遍了故乡他曾经藏过的每一个地方，愣是没有找到他。我有一些伤心失望了，在这飞驰的火车上，我已经十分疲惫。也许是以后的很多站，我的兄弟呢，你也不见了啊，你们都在给我捉迷藏吗？

可是现在，已经人到中年的我，你的孙子，你的儿子，你的兄弟，我实在太疲惫了，我不想玩捉迷藏的游戏了。我要好好地领着我的亲人，爱着我的亲人，向下一站飞去。

火车还在不停地飞着，也许有一天，也许就是明天，你站在某一个小站上，看见一位头发胡子全白的老头儿，也许他已经老态龙钟了。他透过明亮的窗玻璃，正在瞅着小站上他很熟悉的风景。他也许会想起，很多年前在一次去L城的火车上，他遇见一位嗜酒如命的老头儿。

那时候他还年轻，也不过二十七八岁。他挤上火车，正好挤到这一个老头儿的跟前，准确地说是一个醉酒躺在车厢地板上的老头儿。这老头儿在地板上呼呼地睡着，睡得很香甜，他的脑袋已经钻在了座位的下面。直到他听这位老头儿的同伴说，这老家伙从北京到Z城，已经喝一斤半二锅头了。

他立刻诧异起来，他知道他喝半斤二锅头，就站不起来了。他开始佩服这位老头儿。这位老头儿的同伴又说，这老家伙有一句经典的话，就是“喝啊喝啊，喝死总比饿死好”。他更加诧异了，他立刻就记住了这句话，并且发掘出这一句话的伟大意义。

也许他也会想到，在他年轻的时候，他曾经不远千里去Q城约会她的情人。他已经想到这里了，因为他的脸上已经有一层红晕。这时候他的老太婆走过来，说，老家伙，在胡思乱想什么呢？

他说，在想我当年的情人呢？他的老太婆说，想吧，随你想去了，反正她已经老得快掉牙了。他叹了一口气，不再说话，窗户外面的风景依旧美丽，他依旧熟悉。

火车还在疯狂地飞着，每一站都上来一群又一群的男人和女人。

火车还在疯狂地飞着，每一站也会下去一群又一群的男人和女人。

而我对上车和下车，已经不太感兴了。我在喘息，太多的岁月快把我压扁了。在梦境之中，我把身体又重新锻造了一遍，瞬间又感觉到生气和活力。

然而火车还在不断地向着陌生的未来飞，我怎能知道会在哪一站里，我就悄悄地下了火车呢？火车还在疾驰而去，车上的亲人们，他们眼看着我消失在某一个晨曦里，也许是某一个暮色之中，他们是忧伤还是欢乐呢？

现在，我被火车哐当哐当的奔跑声从沉睡中惊醒，我是一个现实的人。我看见大片的麦地和荒野，被抛在了后面，大山也被抛在了后面，我的童年也被抛在了后面。

现在，我这是坐在火车上，从故乡飞到Z城，从内心的宁静飞到喧嚣的现实之中。

我看见春天的麦苗一闪而逝，麻雀和喜鹊们已经适应了Z城，我如同它们，也适应了Z城。

（刊于《山东文学》，2012年6期）

北　　地

三百亩匍匐的冬小麦默默地生长着，大约一拃那么高；三百亩青葱顶着夜晚逼冷的月光，依偎在大地厚实的怀里；三百亩冷艳的霜芽子悄悄洒下来，遮拦了冬小麦的心事；三百亩浓密的根系走进心里，一个村庄都是温暖的。北地有三百亩，抬走了村庄的所有人的梦，不舍昼夜；而那潺潺的河水流逝了我的父亲，但我相信，他依然在那三百亩的梦里，和全村的人紧密地走在一起。

这是北地十二月，我一个人站在北地里瞅山脚下的小村；多少年了，那根根羸弱细小的炊烟，经不住一丝过路的野风，毫不费力就给吹乱了，也散尽了。小村的年轻人都已北上南下，只留下那些老弱病残，在小村里各自守着自家温暖的炉灶。小村的十二月，任凭谁家的炊烟也硬实不起来，都只简单地飘忽在自家的灶房上。

我是一个从村庄走失多年的人，可是很多年过去了，我依然没有远走他乡，依然被记忆埋在那一方冬小麦的青葱里；尤其是在十二月的冷脚里，我和被埋在北地里的伙伴们，一起驱赶着这三百亩冬小麦的忧郁和寒冷。

我走进北地三百亩冬小麦，仿佛走进了温暖的眼睛里；脚步轻轻踩在柔软的绿意上，我能够感觉出冬小麦的温暖的内心。这是我多么熟悉的声音，绿色的麦叶摸索着的不是我的皮肤，而是我多年不识麦地的心灵。我记得小时候，在麦地里把羊群撵上一遍，一群羊用舌头就会卷走一些枯黄的麦叶；大人说，这些在一个冬天匍匐的麦叶，尽管还缀满绿色，但是要枯萎了；如果这些将要枯萎的叶子，在即将到来的春天之前让羊吃掉，来年春的小麦在春雨的浇润下，长势就会格外喜人。

但是，一定要赶着羊走，速度把持好，即让羊吃了麦苗上的老叶子，且不让羊把整棵麦苗啃掉；这是一个两全齐其美的法子。我那时候赶着羊群，挥着羊鞭子，一路赶过去，几个来回之后，羊也吃饱了，有一些在暖冬疯长的麦苗就会被羊啃掉，矮了下来；如此这般，霜寒来临的时候，冬小麦已经贴紧地面，紧贴大地的温暖，就不会冻死；否者，那些冬小麦的上半截叶子，往往会被冻得枯黄，不久的春天，整个麦苗就会枯萎的。

那时候几十只羊被赶着走进麦地里，几十个羊嘴挑选着最茂盛的麦叶，近百只羊蹄子像钉耙一样翻腾着麦地；声势浩大的羊群像白云一样漂浮在青葱的麦地上，我仿佛听到麦子在白云之上的嬉笑声；我仿佛是挥舞着白云，徜徉在明年收获的喜庆里。当白云飘过之后，三百亩小麦又恢复了静默，它们在搂抱着温暖的土壤；它们的整个身心都埋在了土壤里。

三百亩冬小麦，即将走出十二月的灰暗和荒野的疲惫；它们在阡陌中横亘每一家一户的梦境里。而我走在小村的梦境之外，看见春夏秋冬都躬耕了脊背，父老乡亲也躬耕了脊背。我的父亲，是一个以种地为生的好手；每一季庄稼，他都会把生地翻成肥沃的熟地；而我，在那些年里，跟在他的身后，竟然学会了犁地耙地；这在很多年以后，给那些没有见过用牛犁地耙地的年轻人，讲起这事情来，仿佛就像讲故事一样，令他们难以相信。这在我的记忆中，多少也让我的童年熠熠生辉起来了。

而在我的梦境，北地三百亩的麦地里，住着村庄以外的人。而往往在那些荒芜的十二月，我会看到各种各样的鸟雀，从那麦地里的荒坟上，飞出来，飞到翠绿的麦地上，也徘徊在天空里；但它们最终会飞到树上的鸟窝里。我知道它们是村庄的祖先，而今它们早已化作尘土，继续守护着他们曾经为之辛劳，但也给他们幸福快乐的翠绿的希望。它们曾经住在村子里，就像现在的我们一样，每天扛着铁锹，在村子和村子以外的天地里转悠；不过它们不像现在的年轻人都出外打工，它们都是不出去的，它们不到山的外面，日出而作日落而息，我仿佛听到它们在小村里轻轻走动的脚步和织布声声的节奏里。

它们在翠绿的小麦地里，蹦蹦跳跳，时而抬起头来，看见远处的村庄；它们有一些悲哀了，它们骨骨碌碌转悠的眼睛，看见了小村里的炊烟，袅袅而起；它们再也进不到有着炊烟的村庄了，它们再也见不到他们的亲人；倘若它们真的飞进了村庄，它们也找不到它们的子孙后代。这个村子里住着的人，已经不是它们的子孙后代；不过它们依然盘旋在村子的周围，它们看到村北头那个石碾子；它们能够想得起来，几百年乃至几千年来，这石碾子依然栩栩如生地展现在它们的眼前；只是这石碾子已经被搁置起来，它不再承担磨出雪白面粉的使命。这时候，它们会伤心起来，它们听到村子前面那一条哗哗的水流，它们知道，是那水流声带走了它们；而如今，这哗哗的水流声，正在带走幸福生活在这个小村的人们。

小村的人们，并不知道它们的存在，并不知道生活在小村周围的鸟雀，就是他们的先人。小村的人只有在白天，在下地干活的时候，偶尔从被销蚀的坟茔周围，或者从正在犁着耙着的地里，拾到一根或者几根沾满泥土的骨头；小村的人会把它们捡起来，堆在一块，或再次埋掉，或扔在地边的埂子上；他们已经不在意这是否是他们先人的骨骼了，或者在意，就把那些骨骼拎在手里，使劲地瞧瞧，当然他们也看不出什么名堂。不过那些被扔在地头的骨骼，经雨水冲洗就更加白雪皑皑；倘若是在夜里，那些骨骼在小村人的眼里，是会走动的。

在我很小的时候，我跟在父亲后面下地干活。也许是在春耕，我看见我的父亲，正背着犁子，赶着牛群，从村庄里出来；这时候我每天都跟在父亲的身后，要么给他赶牛，要么在我家的地里，往外捡石头。我父亲总是发着牢骚，说这地里的石头年年都捡，捡了几十年了，还是没有捡完；他嘟囔着赶着牛犁地了，我假装着没有听见他说的话，自顾在地理踅摸着。我在地里踅摸的时候，我很可能会捡到一根或两根我们先人的骨头。

那时候我很小，并不害怕大人眼中的鬼魂；我总是捡起先人们的骨头来，用小石头当当地敲上几下，并在日光下，看那从透明的骨头里渗透出来的金黄的阳光。有时候我会想，这些骨头是谁的呢？当然我也不会想出个所以然；不过有时候我想，这些骨头是我的吗？我就用手捏捏自己的某一根骨头，而我往往会捏一捏自己的肋骨，发觉一种温暖会迅速传遍我身心的每一个角落。

我知道这是我们某一位先人的骨头，就把他们重新埋进地头。不过很多年后，有一些已经石化的骨头还会从地里冒出来；不是它们自己走出来，而是我们生活的年岁太短，百年后的后人们，会继续把它们拎在手里仔细地查看和辨认。我知道，在很多年以后，我们的骨头也许会如此暴露在这个空空的世界。但是，我们化作鸟雀以后，这些骨头就无所作为了。但是，它们会在活着的人的眼睛里，迅速地逃逸，带着磷火，从北地里向着四面八方逃逸；不过这只是一种错觉或幻觉，等小村里有一两个颇有些知识的人，搞清楚这是磷火的时候，也就没有谁畏惧那些走动的鬼火了。

我是在很小的时候就知道磷火故事的人，所以我对那些散落在民间的先人们，从来没有指责过。而此刻，在我的梦境，它们正从三百亩冬小麦地里，带着大地巨大的温暖，飞进十二月的枝丫孤陋的大树上。它们一只一只地飞进来，迅速组建一个幸福的家庭；或许它们不曾生活在一起，不过它们化作鸟雀以后，却都在一个天空下了；现在，它们在寒冷的空旷里，把心都拢在了一起；也将在寂寞的夜幕里，把不同朝代的心音，都讲给那些正在熟睡的小村人。在我的梦境，我父亲也在它们之中，这一只雀儿就是他，我仿佛看见他，正和那一只唐朝或者宋朝的雀儿，窃窃私语。

我知道北地发生过的和正在发生着的喜剧故事，三百亩冬小麦是小村人的所有存在之物，而对于我来说，只是我梦境的一个巨大的隐喻，是我对父亲怀念的一个模糊的象征。

刊于《读者》（乡土版）2011年11期

后现代的鸟窝

1

一到四月，东风渠景区的鸟窝都藏了起来，都藏进一丛丛翠绿如盖之中。

这时候，鸟窝装满春天的讯息，也装满鸟妈妈的希望和家的温暖。即使是风，也不是冷飕飕的，而是笑眯眯地走进装潢一新的卧室里。

有时候，风就像体温，抚着光滑溜圆的带着麻点的鸟蛋。有时候，风就像吹皱一池春水，吹皱幼鸟儿满身鹅黄，吹开嫩芽儿一般的生命。

这时候的鸟窝独自做着梦，它不想被外人（外鸟）打扰，哪怕是过路人（过路鸟）的眸光，即使是友善的眸光。鸟窝沉浸在幸福与期冀之中，直到一个，抑或几个肉乎乎的小家伙儿，张开黛青色的嘴巴，饥饿地叫着，唧唧，唧唧。鸟窝暴露了。

鸟妈妈的担忧也开始了。

此时的幼鸟还不会歌唱，所以它们用饥饿的躁动来迎接捕食归来的鸟爸爸。幼鸟不会隐蔽自己，它们对这个翠绿的世界覆满信任。它们单纯和不提防，它们内心纯净，它们善良。不过这可吓坏了守护的鸟妈妈，它在慌乱中钻进鸟窝，把幼鸟踅进翅翼之下。

鸟妈妈尽量不让孩子们发出声音，它想着法子让它们安静下来。

鸟妈妈知道，鸟窝已经暴露在翠绿之外，已经暴露在热闹的春天里；幼鸟还小，鸟窝以外的地方是不安全的，鸟窝也是不安全的，蓝天白云之下都是不安全的。

鸟妈妈知道，污染无处不在，直到孩子们能够自由飞翔，能够嗖的一声飞上蓝天，它才能放心，也才能放手。

2

我终于更深刻地理解了，鸟窝为什么要藏进春天里，藏进茂密的翠绿如盖之中。

我在Z城，无论春夏秋冬，每天上班下班都要走过东风渠景区。景区里有一棵半大的树，半大的树上插着一个漂亮的鸟窝。

冬天里，老远我就能看见它，像灯笼一样的耀眼的它，高高地插在树杈上，静悄悄地守候着光秃秃的枝丫，也守候着我的一个冬天的寒冷。不过我一看到鸟窝，仿佛就看到不停地出来进去的鸟儿，仿佛整个大树又热闹起来。我会感觉到有一阵阵的暖流，从遥远的灰暗的心底儿涌现出来，让我冻僵的思维又活跃了。

在一个冬天，我会遥望着鸟窝，我会在口中一二三四地数着数儿。

我数着的并不是从鸟窝里飞出来的鸟儿，而是鸟儿留给鸟窝的影子。我在给自己玩魔术，想象着那些鸟儿一个接一个地从鸟窝里飞出来，一直地飞出来，好像永远也飞不完似的。

现在，我走在四月的东风渠上，看着那翠绿如盖遮蔽着鸟窝的地方。鸟窝我是看不到了，可是我可以想象得到它，想象得到鸟窝里鸟妈妈在努力地下着蛋呢，或许已经哺育出来幼鸟了。

这时候我不再寻觅它们，我害怕鸟妈妈发现我在观察它们，会起疑心。尽管我不会再爬树掏鸟窝，可是我不想给鸟妈妈徒增忧虑了。

静悄悄地走过那只鸟窝，我故意不看它们，让它们放心我没有发现它们，让鸟妈妈安心地哺育孩子吧。

不过，我还是忍不住，斜着眼睛瞅了一眼那一片翠绿。我这样做的时候，我的脚步没有停下，我想鸟妈妈不会发现我的异常。

不过，我感觉到，那一片翠绿里已经有动静了，有鸟儿唧唧叫的声音，这是幼鸟在牙牙学语呢。

也是这个时候，我感觉到了一双咕噜噜的鸟眼，在不停地打量着我的后背，像两只军用雷达，时刻在监控着我这个路人甲。

我脚步不停，我对自己说，这鸟妈妈警惕着呢。

3

我理解鸟妈妈的心思。

早在乡下竹子村，我同一群小伙伴，在一个春天里能掏遍河坡两公里以内的鸟窝。大的、小的，结实的、不结实的，建造讲究的和不讲究的，豪华装修的和一般简装修的，一个个鸟窝都惨遭我们的毒手了。

爬树掏鸟窝，有时候一下午，从鸟窝里掏出的是七八十个鸟蛋，装进早准备好的提篮，提回家炒鸟蛋西红柿，那是很难不错的美味。

有时候从鸟窝里掏出的是几只幼鸟，就把它们扔在大树下。我们那时候掏鸟窝，就是为了掏鸟蛋，对那些幼鸟的生命，是毫不珍惜的。

也许正是那个时候，鸟妈妈已经提防我们了。鸟妈妈知道它们的世界，已经受到了我们的污染。也许是在当年春天，也许是在第二年春天，它们就把鸟窝搭建得更高了，它们把鸟窝搭建在树梢上。

这危险是可想而知的，或许它们已经做了最坏的估算。春天的风力小，鸟窝搭建在树梢上也不碍事儿。即使树梢东摇西晃，使它们心惊胆战，惶惶不可终日，也是没关系的。

鸟妈妈已经想好了，只要春天已过，它们把孩子哺育出来，到夏天的时候，它们的鸟窝即使被暴力倾覆，它们也可以坦然面对。因为它们的孩子已经自由飞翔了。

如此算来，这些鸟儿们是聪明的。它们即使不要鸟窝，也不愿意我们过早地去毁灭它们的希望。不过也有不幸的鸟儿，它们的鸟窝被狂风掀翻。这真是惨不忍睹：鸟蛋摔打得稀里哗啦，蛋黄儿大写意般染黄了树下的青草。

这情景我见过很多次。

在我幼年的记忆里，只要夜晚一刮起大风，第二天一大早去河坡的大树下，准能看见稀稀拉拉的鸟蛋和嗷嗷待哺的幼鸟。我也曾发过善心，把这些可怜的幼鸟带回家，又精心喂养，可是养不过两天，全都死了。

去捡拾这些幼鸟的时候，鸟妈妈在树枝上拍打着翅膀，声嘶力竭地叫着。我知道它这是在抗议。有一次鸟妈妈呼的一下，撞在我的头上，着实把我吓了一大跳。鸟妈妈太勇敢了，它不惜玉石俱焚，它这是在竭尽全力挽救它的孩子。

后来我想，不去帮助它们，不去捡拾这些掉下来的幼鸟，鸟妈妈或许还有办法救活它们。当我知道这个秘密，就不再去捡拾幼鸟了。因为我已经明白，有些善心是不合时宜的。

4

三月份去少林寺观光，除了古寺文化景观外，给我印象最深的当数少林寺院内的鸟窝。

一脚踏进少林寺的大门，扑面而来的是很多古树，有几棵已经两人合抱那么大了。这么大的古树，在Z城是实属难见的。

依据我的观察，这些古树至少有近千年的历史。本来属于自然景观的大树，因了年代久远，且又在佛教圣地，导游说又是唐太宗亲手种植，所以这些古树也就摇身一变，成了文化景观。

我一看到这些古树，就走过去摸索它们，摸索那些皮质黝黑而坚硬的上溯的朝代，就仿佛摸索到了富丽丰腴的大唐。这是丰厚的历史与文明，让我仰望。我在仰望一个朝代，仰望每一棵古树。

每一棵古树上，我看到都不只是一个鸟窝，每一个鸟窝也都不是一般的大小，也都不是一般的鸟窝。每一个鸟窝都是一个红灯笼搁在古树上，这让我仿佛看到徐徐展开的绚烂的历史。一只又一只漂亮的鸟儿，就是从这历史深处飞出来，飞到我的仰望里。

少林寺的鸟窝，住的是常见的喜鹊。它们叽叽喳喳。这些报喜的喜鹊，我想，是听了古刹的钟声，又听了高僧诵经讲道，仿佛也都立地成了佛。

我知道，少林寺的僧人在潜心修道，不会去骚扰这些吉祥的鸟儿们。或许有些僧人就是看见了这些鸟窝和鸟儿，或者听到了鸟儿的歌唱，才顿时参透了禅心的吧。

游客们也不会去骚扰它们的，来这里观光的男女老幼，他们在欢乐和虔诚之中，只会把一颗颗朝拜的真心，都捧在胸前。

这些古树上的鸟窝，也像这些少林寺的古树一样久远吗？

这些搁在枝头的鸟窝，看到李寻欢来了吗？看到乔峰、段誉来了吗？看到张无忌、赵敏来了吗？这些英雄好汉都来过，我喜欢他们。

少林寺是一个大江湖，鱼龙混杂的江湖流派来了，大人物来了，小人物也来了，使坏的人物也来了。我不喜欢他们。

这些波谲云诡的江湖，鸟窝都看在眼里，我也看在了眼里。

我来的时候鸟窝空荡荡的，显然鸟儿都顿悟了；我离开了也不见它们影踪，它们都在潜心修行吧。少林寺被污染过，又被时光洗刷得干干净净，至少少林寺的鸟窝看透了。

鸟窝静静地搁在历史的深处，静静地搁在古树上，装满了我在俗世的向往。

5

东风渠的鸟窝和少林寺的鸟窝，仅仅是两个特例。人世间最庸常的修行，不在这两个幽静的去处，而在于熙熙攘攘的现实生活里。

少林寺的鸟窝仅代表着瞬间的醒悟，而东风渠的鸟窝是忙碌之中的小憩。最具有普遍意义的，该是城市里、乡村里以及城乡之间的那些在电线杆上搭建的鸟窝，也只有这些鸟窝，也只有这些鸟窝里的鸟儿，才是这个时代的真相。

有时候上班或者下班，我走过东风渠，走到大街上，走到楼群之间，只要我愿意仰望，我都能看到那些在电线杆上搭建的鸟窝，或者搭建在电线密集交叉处的鸟窝。

我知道这是鸟儿生活的常态。

有一次我从郊外回来，看见一群麻雀，在高压线上开会。它们就像一块块抹桌子的抹布，脏兮兮地排着队，排列在污浊的天空里。我想，它们开会研究什么呢？是研究和规划在哪里搭建鸟窝吗？

鸟儿们越来越精明了。

它们不但开会研究把鸟窝搭建在电线杆上，还研究搭建鸟窝要用的新的材质。小树枝和枯草已经落伍了，它们研究得出的一致意见，就是用人们废弃的铁丝、铁条、塑料、布片等材质搭建鸟窝。

这些鸟窝搭建在电线杆上，又用铁丝固定死了。这样的鸟窝是牢不可破的，它们再也不怕狂风暴雨的袭击了。

这样的鸟窝不但结实、牢固，而且外形也似乎优雅和美丽。这原本是自然文明的质朴可爱的鸟窝，心血来潮后同现代文明来了一次闪婚，自然就孕育了一处处绝妙的新景观。

这是在水泥与钢铁的结构里，也是在现代主义的材质里，蹦出的一个绚丽的高挑起来的音符。它会在严酷的冬天里，开放出一朵又一朵的黑牡丹，也开放出一朵又一朵后现代主义的谶言。

6

早在少林寺古树下，我自然而然就想起了东风渠上的鸟窝。如果说少林寺和东风渠的鸟窝是突然顿悟的禅心，那么，Z城电线杆上的鸟窝则是一种俗世归隐的修行。

无论春夏秋冬，每当我走过东风渠，走过那个鸟窝，我都养成了一种遥望和回望的习惯。生活在Z城，能够抬头看一看鸟窝，看一看鸟窝里的鸟儿，无论是大点儿的喜鹊，还是渺小的灰不溜秋的麻雀，那都是一种奢侈的享受。

生活在Z城里，就如同生活在电线杆上的鸟窝里，尽管我有诸多的不如意，但我自认为还是有福的人。

我每天两次从东风渠走过，走过东风渠那一条无论青葱色还是枯萎色的路，看一眼远处或者头顶的鸟窝，再看到几只鸟雀，幸运的话还能看到一只长着绚丽的长长尾巴的鸟儿，这是多大的一种幸福呢？也正是这个时候，一天工作中的劳累和烦恼，一切生活中的不如意，都烟消云散了。

这时候我想，少林寺的僧人是在少林寺修行，那是一种潜心向佛的修行；而我在这个现代的Z城生活，也该是一种俗世向善的修行吧。一句话，各种修行不过是把内心深处的污染清扫干净，还我们一颗真心而已。

这时候我豁然开朗，明白潜心向佛与俗世向善是一个道理，这些是人们完成自我、走向光明的两条路径，殊途同归。

7

鸟儿们越来越开化了，它们生活在现代文明里，不再担心我去掏鸟窝，也不再担心孩子们去掏鸟窝了。

Z城行为规则里有保护鸟儿的条例。

现在，我们和谐地生活在一起。

不过，我们是生活在大楼的封闭的内侧；而鸟儿们生活在大楼的敞亮的外侧，生活在自由的天空之下。

它们自己也感到幸福，它们再也不用担心鸟窝会被大风掀翻，也不用担心电线杆像树木那样，被钢刀电锯给伐倒了。

它们有些炫耀。

当它们飞离鸟窝，在飞翔中反观自己的家园，它们看见电线杆就像系着蝴蝶结的少女，在Z城的碑林里妩媚着、兴奋着。它们知道，担惊受怕的时代已经结束了。

它和它们的家族群居在Z城里，已经进化到新的文明时代。

我以为，这样生活在Z城里的鸟儿和它们的鸟窝，才是这个时代的鸟儿生活的真相。

就像我们一样，庸庸碌碌地上班下班，一天工作到晚，有烦心事儿，有过去或者过不去的或大或小的坎儿；有痛苦也有欢乐，有成功也有喜悦，有幸福也有无奈。

我们在俗世修行。

我喜欢这样的生活常态。

我已经喜欢捆绑在电线杆上的鸟窝，在今生也许是来世，我喜欢这样后现代的生活。

（刊于《草原》，2014年5期）

呵　护

五　岁

母亲把全村的大人都叫醒，男男女女几十口人，各自拿着手电，村南村北地叫喊着我的名字。泥鳅，泥鳅。泥鳅是我的贱名，即使现在我回到村子里，父老乡亲还是叫我泥鳅。他们几乎把村子里里外外都翻了个遍。后来母亲说，尤其是水井、河渠、厕所、老树洞，每个旮旯都翻遍了，甚至每一家的粪坑都没有放过，可是我们仍旧没有找到你。

泥鳅，泥鳅。母亲羸弱的声音被狗的狂吠淹没，至今我都能想象出来那是一个怎样慌张的夜晚。母亲紧紧攥着手电，踉踉跄跄地跟着搜索的队伍。可是搜索到的每一个旮旯里都藏满了失望，也都注满了全村人的焦虑和母亲的不安。有时候狗叫是一种问候，有时候狗叫是一种警告，我不知道寻找我的队伍里，那一只黑狗的叫，代表了什么？我曾在白天里拎着石头，吓唬过它，使它再也不敢咬我的衣角了。那是白狗的叫呢？那是一只漂亮的白狼狗，体形瘦削，但很勇猛，不过我可没得罪过它，它的清脆的叫声代表着什么？

可是黑狗、白狗，都没有嗅到我。

母亲怎么也不会想到，我会在小村两公里外的打麦场里玩耍。我们是一大群小伙伴，来这里捉迷藏。嗬，银盘一样的月亮自由自在地跑在天上，我和小伙伴疯疯癫癫地跑在打麦场上。可是一层淡淡的云朵，把我和温暖的月亮扯开了，我不能靠近它。可是我想让它进入我的梦，让我和它若即若离，让我一直仰望它。

月亮越来越敞亮了，但它始终缄默不言；它在看着我，看着我们疯狂地嬉闹。捉迷藏是我们乐此不疲的游戏，藏在碌碡后或是深沟里，凡是可以藏的地方，我们都藏了；有时候还藏在西边的坟地里。最刺激的就是这一次了，我把打麦场上的一堆麦草挖个洞，钻了进去；不论小伙伴们在外面怎样喊叫，我也不出一点儿声音。直到我在草窝里睡熟了，小伙伴们找不到我，以为我溜回了家，也都各自回家了。

我从草堆里爬出来，已经是月过穹顶。即使小伙伴都溜走了，月亮依然陪伴我，它依然用金灿灿的光亮爱抚我，它就像母亲的笑容驱走了我的忐忑和惊恐。多年以后，我每每想起这个夜晚，我都一直后悔，我不该那么贪玩，惹得母亲那么焦虑和不安。

我在草堆里，仿佛听到母亲急切的呼喊，我已经睁不开眼睛了，但还是轻轻应付一声，就像梦呓里的喃喃自语。可是母亲却听到了，我能感觉她扒开草堆，她想把我推醒。

可是我没有醒，是母亲把我背回家。第二天我发现自己躺在床上，而不是草堆里。多年以后，当我回想自己的荒唐，我知道是我自己不小心藏进了梦幻里。小朋友们找不到我，都回家了；而母亲找不到我，却一个晚上霜染了鬓发。

六　岁

在一个遥远的清晨，天灰蒙蒙亮，母亲扛着锄头，蹚着露水下地了。而我跟着两头黄犍牛，去了西河；西河里水草丰茂，牛儿们会全神贯注地吃草，我躲在一棵大树上，背诵那些拐来拐去的英语单词。牛儿们不会听懂的，早起的鸟儿也不会听懂。这一舶来的声音，在清寂的晨曦里，古里古怪响彻河间。

母亲在锄掉那半亩玉米地里的草，她佝着背，一锄接着一锄向前走着。母亲是一张行走的弓，把弓起的汗水射向肥沃的玉米叶子上。母亲站起来，伸一下累疼的腰，她看见一尺多高的青幽幽的玉米苗子，就像她的儿子，乖乖地跟在她的身后。满地的玉米苗，就像满地都是她努力生长的儿子。母亲的眼神充满慈爱，她把锄头抬得低一些，再低一些，她不想触碰着还在做着美梦的孩子们，她在锄草、松土，就像母亲在寒冷的夜晚悄悄给孩子们掖上了被子。

那一个早晨，母亲锄去匍匐的芨芨草，锄去带刺的涩拉秧，锄去疯长的水蒿，锄去那些慌乱生长的我不知道名字的野草。母亲每一锄下去，都锄在我童年荒芜的角落，使得我的心明朗起来。我至今都相信，母亲是渺小的，而母亲的行为却是伟大的，她在不断揪掉我长歪了的枝叶。

母亲在玉米地里锄着野草，把冒着冷气的泥土翻上来，让一天的温暖都藏在泥土里，去温暖那些四通八达的玉米的根系，去温暖那些生活在艰苦之中的人们的心。母亲锄地的时候，偶尔直起腰来，观望一下从村口陆续下地干活的人。她想看到那个熟悉的身影，那个魁梧有力的肩膀扛着大锄，甩着大步，走进玉米地里，和她一起锄地。她期望的那个人就是我父亲。

父亲已经死去多年了，村口再也不会看到他的身影。母亲回过头来，看了看西山脚下的土丘；荒草丛生的西山，就是此刻她的荒草丛生的心。她几乎落下了眼泪，十多年了，每当她向村里寻找父亲背景的时候，她都会扑一个空；而此刻，西山的荒草就肆无忌惮地疯长，几乎长满她的眼眸。她不敢眺望村口，从村口出来的老老少少，都是从幸福开始的；而母亲的幸福，就是满地青葱玉米的幸福。

那是多年前，父亲一大早起来，就扛着锄头下地了。母亲说，不管有活没活，你爸总是要到地里溜达一圈。哪怕地里没有种一棵庄稼，他也会走到地里，东转转西瞅瞅；我们家的地，他几乎烂熟于心。父亲这个习惯我是知道的，他每天早晨一起床，也会准时地把我拎起来；他的意识里，读书就像他种地，我读了几十遍的书，他仍旧接着让读；那时候我六岁，刚上小学一年级。

看着母亲鬓发斑白，我就又想起多年前的那一个清晨，她干活歇息的那一会儿，向村口寻找父亲背景和她扑空的失落。我父亲已经死多年，而那一天早晨，我清楚地记得，母亲听见了我朗朗的读书声。

七　岁

蒲公英在村里又叫黄黄苗。黄黄苗总是长在路边，金黄金黄的花朵高擎在匍匐的条码状的叶子之上，惹人眼目；它是用一根细细的空心茎连接着大地的，乳白的汁液一路汩汩而来，那金黄金黄的花朵便笑得更加响亮了。我小时候喜欢在路边掐上一把黄黄苗的花，每掐一朵，那空心茎里的营养便流露出来，最初我用舌尖舔了，涩苦涩苦的，不像乳汁甘甜；不过这涩苦的汁液，于黄黄苗来说，就是甘甜的乳汁了。

小村一路向北，二公里的狭长小道两边，长满青草，也长满黄黄苗。总是在不经意间，黄黄苗就闯入我的眼睛；开始时看见一棵两棵，然后数量多起来，五棵八棵，那时候我最多能够数到“八”这个数字，然后再看到黄黄苗，就会说很多很多棵了。

这时候我就从母亲的背上滑溜下来，趔趄了脚步薅一棵黄黄苗。我把小手伸出来，很小心地抓住黄黄苗的空心茎，使很大的劲儿，以为仍旧不能摘断，不想劲儿使过了，我就一屁股蹲在地上。那时候母亲很年轻，大概不到三十岁，她蹦着笑着，慌忙过来把我抱起，然而我执拗地坠到地上，继续拔黄黄苗去了。

我攥紧一把金黄金黄的花儿，也攥紧了金黄金黄的童年；一朵二朵，我蹲在草丛里数着花朵。一朵二朵三朵，直到第八朵，我使足劲儿也数不下去了，母亲便指着满地的花朵说，八朵之后，是九朵，九朵之后是十朵。我就接着数下去，九朵十朵；然后我会接着从一朵开始，再次数到八朵，母亲再次提醒我，我才继续数下去。如此一个下午，也许是一个春天，我终于能够数完手中的黄黄苗了。

后来我才知道，黄黄苗不止开满村庄以外的小径，它还开满低矮的河岸，然后又开满远去的山岭；现在，已经是黄黄苗漫山遍野的季节了。黄黄苗的茂密的笑都高高地昂着，但它们却默不作声，它们都在看着我；偶尔一阵风过来，金黄的笑仿佛一万只麻雀，叽叽喳喳，它们都在议论着我。这时候我从母亲的背篓里，挣脱下来，在浓浓的油彩大地上，追赶着蝴蝶，白色的、黄色的、黑色的、粉色的、花白的；蝴蝶追赶着黄黄苗的花瓣，花瓣就更加妖艳；而黄黄苗追赶着大地，大地苏醒过来，追赶着遍地黄金的季节。

我自顾玩耍，母亲在不远的地方挖野菜。灰灰菜，野苋菜，野油菜，母亲都挖进篓子里。出来的时候，母亲的菜篓子装着我，也装着她的快乐；回家的时候，母亲的菜篓子装满青葱的野菜，也装满健康的生活。这时候母亲已经把菜篓子挖满，她却突然找不到我了。多年以后母亲说，她那时太惊恐了，她想起了邻村一个儿童失足落水，她都胆战了；她先是去了河岸上，顺着河岸找了一里多地，河水里没有我，她这才宽心。可是母亲说，她又突然想起张老四家的羊前几天被野狼叼走了一只，于是她又恐惧起来；她快速跑到一个高坡上，四下里张望，可是仍旧找不到我，她真的着急了。

我的泥鳅去了哪里了呢？后来母亲多次说到这个事，她总是问我，你还记得你跑丢的事不？我总是摇摇头，我根本就不知道有这回事。我就问母亲，我既然跑丢了，也肯定会被你找回来的，我是不担心跑丢的。母亲说，你知道当时我是多么害怕，我几乎吓得不能走动了。我找你半小时，愣是没找到你，喊你又没有应答，我只好爬到一棵树上，看见你在一丛稠密的半尺多高的黄黄苗里睡着了。母亲说到这里，总是笑起来，她说，当初料定你也跑不到哪里，不过没找到你之前，还是心惊胆战的啊。

这时候我会看见，金黄金黄的黄黄苗像漫山遍野叽叽喳喳的麻雀，叫醒了我的童年。闪闪烁烁的花瓣，仿佛是闪闪烁烁的眼睛，藏满我的心底；我看见金黄金黄的忧伤，从我的小手里撒落，现在又从我的大手里撒落，多少年了，待我仔细看时，已经悄然不见。

那一年我七岁。

八　岁

满地的花生开满小黄花时，我的心里也开满小黄花。遍地的翠绿托举了嫩黄的希望，仿佛是竞相盼望的眼神，泼洒在生机勃勃的花生地里。蝴蝶偶尔光顾，蜜蜂可是忙坏了，嗡嗡地飞着。有一只蜜蜂我是看得仔细，它肚子上晶莹透亮，有一种盈盈欲滴的饱满；我真担心它的肚子会坠落在花丛里，再也找不到。不过它还是飞走了，身体似乎很重，歪歪斜斜地消失在春天里的温暖里。

这一个记忆源于我八岁那一年的初夏。

那时候母亲常常背着我去花生地里，或是薅野草，或是驱赶溜进花生地的牛羊。母亲把我背到地边，安置在地边的桑树下，她就去薅野草了；而我总是不愿按照母亲的意愿，老实地待在地头，而是满花生地里追赶某一只闯进来的蝴蝶。有时候蹑手蹑脚溜到一只漂亮的黑蝴蝶落脚的花瓣上，从它的背后，用手悄悄去抓它，结果总要扑上一个空。一只黑蝴蝶在我的鲁莽里飞走了，另一只白蝴蝶又陌生地闯进来。它们不知道危险，或许它们不屑于我这个危险。我追赶蝴蝶，总是能追赶半个下午，然而练习多了，我还是抓到了一只大的黑蝴蝶。

那只大的黑蝴蝶飞累了，没有停在花儿上，估计是花生的花儿太零星瘦小了，它没瞧上眼，就停在了花儿边上的枝叶上。我踅摸到它身后，它竟然没有一点儿反应；我用手轻轻捏住它的翅膀，它才想挣脱。可是，好不容易逮到一个机会，我是不会放过的；我捏住它的翅膀，感觉滑腻腻的。

这是一只很大的黑蝴蝶，它的须子在前方抖动着，仿佛是在求饶；但我看不见它的眼神，那时候我不会明白一只蝴蝶的挣扎。然而这时候我又看见另一只斑斓的花蝴蝶闯进泼墨般的落花生地里；我就像一只丢了芝麻去捡西瓜的猴子，急忙把黑蝴蝶放掉，又去追赶一只花蝴蝶了。而我的母亲，在地里薅草，我在追赶蝴蝶的时候看见她不时抬头，观望着我；我如同有了观众，就更加使劲地追赶花蝴蝶。我至今以为，那是一场即兴的表演，而母亲是我的导演和唯一的观众。

花生地里追赶蝴蝶，几乎是我每到花生地时都要表演的节目，然而那些辛勤采蜜的蜜蜂，我是再也不敢去捉的。那是在追赶蝴蝶之前，我看见蜜蜂在花穴里嘤嘤地忙碌着，撅着黄嘟嘟的尾部，一会儿钻进去，一会儿又出来，让我看的心痒痒；我便毫不迟疑地伸出我的那八岁的手掌，一把抓住了拱进嫩黄花穴的小蜜蜂。

那是一只怎样的小蜜蜂呢？我感觉到它在我的手心里爬动了，我可是越抓越紧，它终于不能动弹；然而，我的手心一阵剧疼，那是一种钻心的疼，疼得我哇哇哭起来了。母亲一手抓住一把野草，噌地一下就站起来；她顾不得把那手中的野草扔掉，就跑到我的身边；那两把野草还在她的手里，直到她攥住我的手时，那两把野草才落在地上。她把我的手伸开，看见那只蜜蜂已经死了；花瓣也被我抓皱，我的手心里一个红红的黑点。母亲赶忙用她的长的指甲，挤出那黑点。母亲说，这是蜂针，把蜂针取出来，手很快就不疼了。

那只蜜蜂死了，死在了春暖花开里；从此我对蜜蜂敬而远之，直到现在，我见了蜜蜂也是远远地欣赏而不敢亵玩。母亲取出那只蜜蜂的蜂针之后，几只蝴蝶又闯进了我的视域，母亲说，蝴蝶无毒无危害，我便肆无忌惮地追赶起蝴蝶。一个夏天，直至秋天花生熟了，我也没有放弃对蝴蝶的追逐。

多少年以后，我在阳台上看见已经晒了几天的花生，抓一把就感觉是抓了一把温暖；仿佛是两个月的阳光，都晒在了我的心里，也仿佛是一个梦境，浸润了我的记忆。把花生摇一摇，我听到呼啦啦的果仁儿在响，那仿佛是母亲的声音；剥开那壳子，仿佛剥开了时间的硬度，我终于看见那红皮儿的果仁儿，也让我看见了那一个初夏，母亲背我去看开满一地的小黄花。

三 十 岁

蜗居故乡的母亲向我走来，越来越多的关于母亲的记忆向我走来。越是在一个寒冷的冬天，我越是挂念一个人在故乡的母亲。

母亲给我打来电话时候我正走在城市的水泥路上，我看见冬天最后一片落叶，灰色地飘下来，像一只受伤的麻雀。这时候我三十六岁，我看见一个环卫女工，像我母亲那样的年纪，或许和我母亲一样大的年纪。她拿着笤帚，把落叶和麻雀一起扫走了。

水泥路上干干净净了，水泥路上干净得只剩下我的脚步；我抬头看看天空，头顶的大树上也干干净净了，仿佛只剩下一些天空虚无的咳嗽声。

现在，一个人住在乡下的母亲，年纪越来越大了；我听着母亲的慈爱和苍老的声音，不禁泪水潸然。母亲远在乡村，也远在我的梦里。

（刊于《牡丹》，2011年7期）

插秧纪事

1

在所有农活中，恐怕只有插秧是倒退着前进的。这在多年以后，每每想起这一有趣的劳作，我都以为那是一种给予了我哲学意义启迪的行为。那时候我站在岸上，看见父亲和母亲勾着头弓着背，倒退着把手中一捏捏的秧苗插进水里，秧苗就排着神气的队伍，站在平整的水田里了。

稻田不同麦田，麦田可以倾斜，可以沟沟坎坎，也可以在山坡和高地上；但稻田须是平整如镜，不然凸起处无水，秧苗则会旱死，而凹陷形成水洼，淹没秧苗，则秧苗会溺死。在我的记忆里，父亲一个上午都在耙平水田，按他的话说，水田耙平整了，泥土耙透熟了，插下去的秧苗，才能快乐地生长。

耙田时父亲在前面使唤着牛，后面的农具——耙，便把从水库偷偷溜出来的鱼给耙了出来。这些鱼，大多是半大的草鱼，半斤来重。我跟在后面，就把那些被浑浊的泥水快要呛死的草鱼，一一拣出来，慌忙放到早已备好了盛满清水的大盆里。那草鱼一见到清水，很快又活泛过来。那时候八岁的我，突然就感觉，救活一条草鱼是多么大的快乐呀。

耙田时还会耙出的别的鱼，诸如鳝鱼和泥鳅，若逮到它们我也会扔进大盆里。可是这种鱼很难逮住，光出溜的，满身滑腻；即使有时候你抓住它，它也会趁你稍一愣神儿，从指缝里滑溜走的。小时候父亲叫我泥鳅，也是这个意思吗？

2

吃早饭时父亲告诉我，上午要去耙田。父亲这么说，我就抑制不住兴奋，我知道我的任务就是跟在他身后捡鱼。于是，我就蹦蹦跳跳去准备大盆。父亲说，到晚上可以清蒸几条，切点姜片和大蒜捣碎调成汁儿，我们吃鲜鱼肉蘸蒜泥。父亲这么说时，我已经头顶着大盆，跟在他的后面，一块去下田了。

父亲先是去水库放水，草鱼就会顺着沟渠异想天开地溜出来。我在沟岸上可以看到它们，不过此刻我还逮不住它们。草鱼在清水里游动，甚是机动灵活。我在沟岸上琢磨，你们终究是逃不了的。不过这些草鱼不知道我的心思，它们还是一个劲儿兴冲冲往下游去，它们以为是要游到江河里，逃出生天了。

父亲已经把两头黄犍牛套在了耙上，他拉着缰绳，举起了牛鞭子。父亲没有要打黄犍牛的意思，只是把牛鞭子在空中一晃，一声脆响像是在空中挽了一个花，两头黄犍牛就哗啦、哗啦地蹚着水走开了。父亲站在耙上，一边掌控行走的路线，一边斟酌水田里草鱼的大小。父亲一旦看见一条大个儿的草鱼，超过二斤的，他就叫停两头黄犍牛，自个儿亲自去捉了。二斤以上的大草鱼，劲儿大，逃命的时候没准会把一个六七岁的小孩撞翻。

大水盆里的草鱼已经十多条了，它们在盆里唧唧嗡嗡，很不老实。这个时候已是中午，父亲一拉缰绳，耙田的黄犍牛就停了下来。水田终于平整了。牛身上有很多泥巴，父亲身上也有很多泥巴，这些都是牛的尾巴给甩上的；而我身上的泥巴，却是那些逃命的草鱼给甩上的。父亲看着我，我看着父亲，两个泥巴人儿嘿嘿乐了起来。我把牛赶到河堤上，在树上拴了，又在水里洗澡。可是父亲没有休息，他很快把早运到田边的秧苗，都扬手甩到水田里。

3

这时候爷爷已经下田，他是插秧能手，不用任何参照，都能把秧苗插得直行行的。父亲的农活是爷爷一手调教出来的，理所当然是把好手。可是到了我，父亲除了让我跟在他后面捡鱼，就再也没教我各种农活的把式。至今我都不会插秧，甭说用牛耕地、耙田了。后来，父亲死后，爷爷说，你爸虽然没教你农活把式，却让你学会码字的把式。爷爷后来说，干农活应该和你码字一样，你得诚诚恳恳，不能耍奸偷滑。我知道三更半夜码字的辛苦，当然也就明白，面朝黄土背朝天的祖辈、父辈插秧的辛苦。

爷爷下田，已经走过三行了；他开了个好头，笔直笔直的拢行，一直延续到我的心里。父亲也下田了，父亲跟在爷爷的旁边，依照爷爷的行距，倒退着前进。大片、大片的秧苗已经插进秧田，行是行，拢是拢，行行拢拢泾渭分明。爷爷常说，插秧一定要插得行直拢顺，行距和株距都要保持在四到六寸。这是爷爷大半辈子插秧的经验。爷爷说，水稻要留行留拢，不能像种小麦密不透风；水稻需要通风，如同人在屋子待久了，要到外面透透气、散散心一样。

母亲也下田了，奶奶也下田了，姑姑也下田了，只有我站在田埂上。我看着他们倒退着前进，不大一会儿就把半田水田插满了稀稀疏疏的绿色。我也很想下田。我挽了挽袖子和裤管，脱掉凉鞋，就出溜进水田里。急不可耐抓过一捆秧苗，把捆绑秧苗的羊胡子草用牙齿咬断，也咬断了几棵秧苗。呵呵，损害了秧苗，这会遭到斥责。我趁大人忙碌之际，把牺牲的秧苗塞进田埂的草丛里。我一直忐忑不安，但更多的是兴奋不已。我要插秧了，我要倒退着前进了，这可是我有生以来第一次思考的哲学行为啊。

左手拿着一把秧苗，右手捏出两棵。我模仿大人的样式，轻轻把秧苗的根按进水里，没想我的手一松开，秧苗就浮在了水面上。我插的秧苗根本不会站立，不会立正，只会稍息，只会东倒西歪地躺在水面上。父亲早就瞅见了我，蹚着水过来说，秧苗的根儿只有插进泥土，才不会浮出水面。我那样做了，秧苗果然直立了起来，但还不够稳当。父亲又说，还要让泥土把秧苗的根紧紧地抱住。我按父亲说的做了，秧苗果然都直直地挺立了。插完这一把秧苗，父亲说，就练习得差不多了。父亲说完，把我撂在了那里，自顾蹚着水忙碌去了。

我一个人站在田角里，踩着稀软的泥，静静地练习着插秧。秧田被蹚浑的水，渐渐清澈。我能看清楚水田里的一些小草鱼了，原来从水库里流出来的，不仅有大草鱼，也有指甲盖大小的草鱼苗。这些小草鱼，是父亲春天刚刚放进水库的鱼苗，一个月还没有长多大，就被流水流出来。这些小草鱼，是要等到明年冬天才能打捞去卖。可是现在，它们只有一厘米那么长，青褐色的身子在水田里使劲地摇摆着，它们仿佛感觉到了即将到来的杀戮似的。我用手把它们捧起来，告诉它们，这里没有杀戮，这里是稻田，这里是种植秧苗和种植希望的地方。

4

那些小草鱼吸引了我，让我暂时忘记了插秧。

我一捧又一捧地捧着小草鱼，把它们捧到有着清水的水渠里；我想，它们可能会顺着水渠，流到江河里；此刻，水库的水还在流着，不过已经不往我家水田里流了，它们顺着水渠，在流向下一家水田里。等我明白过来，那些我救起的小草鱼，终究是命运多舛，已经是一年以后，那时我已经上了小学。以后几年里，我还是没学会插秧，也是在那几年里，我不会再把小草鱼捧进水渠里，而是把它们捧进水盆，放生到河流里去。

我双手捧着小草鱼，突然直起腰，看见一家人已经退居到水田的一角。大人们也直起腰，伸了一下弯了大半天的大腰。我的小腰都疼了，我想他们的大腰也疼了吧。我爬到田埂上，仔细看那满田的秧苗，在暖风吹皱的一田波澜中，微微点头示意，告诉我它们已经获得了新鲜的生命。水面上的浑浊也慢慢沉浸下去，我已经能够看到水面以下的泥土了。一些水蛭趴在水面上，偶尔滑动一下，好像受了惊吓，冲出去老远；那些没有被我捧出去的草鱼苗，在饶有兴趣地游动，它们已经忘却刚才的浑浊。我想，它们是快乐的一个种群。

父亲最后一个退出水田，他插完最后一棵秧苗，才直起腰来长长舒一口气。这意味着一天的工作已经完成，稻田很快就会平静下来。那些幸存的生物们将和满田秧苗一起成长，我感觉我仿佛也在跟它们一起成长。

这时候我闻到村子里泡桐花的清香。多年以后，我仍能想象到那一天插完秧后，我闻到的童年的香味。仿佛是每一个春天，在乡村劳动之后，我都能够闻到绿色的风儿携来的那种幸福的花开。我终于想到了，泡桐的喇叭花送来的是紫色的清香。

（刊于《岁月》，2016年11期）

谋杀在十岁

1

马五叔叔是父亲的远房表亲，是从山南别县躲避计划生育搬迁过来。他搬迁来时，只有一辆马车，马车上坐着三个闺女；马五叔叔和马五婶，一个牵着马，一个在后面推车。

二十五年过去了，马五叔叔一家进村的场景，却不时闯进我的梦里。有时候是刚睡下，有时候是夜半或是黎明，有好多次了。可是一旦梦醒，我就再也难以好好入眠。

也许这就是失眠，朋友说，典型的80后“奔四”焦虑症。我说，“奔四”就“奔四”，谁都要经历，有啥可焦虑?

我不知道。

一开始是无声的梦，灰白而模糊；三个闺女目不转睛地盯着我。

越来越清晰了，车轮轧过泥水的声音，嚓嚓，嚓嚓；三个闺女偶尔朝我微笑，是暗白的微笑。

可是每次我都听到一声马的嘶鸣。

我清楚地记得，那一刻我和张老四正玩泥巴，见有马车进村，就凑近了看热闹。张老四还走过前去摸一摸那匹枣红色马的大肚子。而我没有，我在看车上坐着的三个大大小小的闺女：脏兮兮，衣衫破旧。其中一个与我年龄相仿，她就是我的马丽姐姐。

那一年我八岁，还没有上学。

马五叔叔一路打听我父亲的名字，碰巧张老四的父亲也在，他指着小村最南头一家说，就是那一家。又指着我说，泥鳅，你家来亲戚了，快喊你爹去。

我奇怪地看马五叔叔，又看马五婶，又看车上的三个闺女。

奇怪，真是奇怪，奇怪的一家人。

这一家人怎么奇奇怪怪的呢？

不过我很喜欢马丽姐姐，莫名其妙地就喜欢上她。看起来她比我高，我当时就想，有了马丽姐姐，以后就不跟张老四玩了。

可是我想错了，马五叔叔在我家借住的十几年里，马丽姐姐根本就没有时间同我玩耍。即使我上小学了，马丽姐姐仍在割草、放马；我上中学时，马丽姐姐仍在割草、放马。直到我上大学，一年只在假期回家一两次，可我每次见到马丽姐姐，她仍在割草、放马。

马丽姐姐一直在割草、放马，也许这就是她的命。

有一次我听到马五婶指着马丽姐姐说，你不是泥鳅，你不是带把的，割草、放马就是你的未来，就是到了婆家，你也是割草、放马的命。

奇怪，只有这两个字，深深嵌进我十岁的感觉。

2

真是奇怪的一家人！

一辆马车，马车上坐着三个闺女；马五叔叔和马五婶，一个牵着马，一个在后面推车。

它们就像顽固的瘤子，坚忍不拔地长在我的梦境之中。

3

有一天傍晚，我路过马五叔叔家，听见马五婶正嗷嗷地大哭。马五婶婶哭什么呢？我想弄个明白，便紧贴她家的南山墙，支起耳朵听了一会儿。

马五叔叔说，你这肚子真不争气，怎么又是个丫头片子？你这破肚子都产下多少个丫头片子了？多少年了，我们都在外漂泊多少年了；你的肚子怎么就产不下一个带把的？

马五叔叔的话太刺耳了，我听出了他作为一个男人的愤怒，也听出了他作为一个男人的伤心。

马五婶紧一阵缓一阵地抽搐着，一会儿哇哇地嚎上几嗓子，一会儿又上气不接下气地粗喘。马五婶不说一句话，她沉浸在悲愤之中。

我想，马五婶不会又生了一个闺女吧？

我想了想、算了算，马五叔叔已经四个闺女了，老大二十多岁，已经出嫁。老二也十六岁了，不过她没有上学，她一直是马五叔叔做木材生意的好帮手。老三就是马丽姐姐，也有十岁了，比我大上一岁。还有一个，前年生的，该是马五叔叔的老四？也肯定不是老四，但我见到的，她就是老四，才两三岁的一个丫头。

我想，马五婶的肚子，这段时间明显是大了，大得马五婶走路都像只胖鹅；马五婶肯定又生产了。我给自己说，我敢打赌，马五婶这次生产的，保准又是一个丫头。

我听马五叔叔说，四个闺女都养不活了，这个绝不能再要；你不要恨我，她也是我的孩子，我的亲骨肉。

可是你连自己的闺女都给淹死，你作孽吧，你这个杀千刀的。

我听到马五婶嚎叫着说出这些狠话，感觉有一些惊讶，但更多是奇怪。

马五婶是一个笑面佛，平时说话喜里喜气，我还从未见过她这么恼火过。可是今晚，我感觉她疯了。马五婶发狠的时候，马五叔叔没敢吱声，我想他肯定在抽烟，那种大烟袋锅子，装满一锅子自己栽种的土烟叶，点燃，抽得铁锅子一红一红的；他肯定是一个人在抽闷烟。

我把耳朵紧贴在南山墙上，喘气儿都不敢粗声。

不知道什么时候，我听见母亲说话的声音，我知道她是过来看望马五婶的。马五婶看见母亲推门进来，嗷嗷又大哭大叫起来。

母亲说，他婶子，孩子呢，我看看孩子。

我估计马五婶肯定一手抹着眼泪，一手指着马五叔叔；我知道，这是马五婶的招牌动作。

母亲说，你们要是养不了，就给我们养吧；孩子已经生出来，就是一条命；富裕了富养，穷了穷养。

母亲这么一说，马五婶哭得更凶了，她又骂起了马五叔叔。

马五婶说，你还我闺女，你这个挨了千刀的歹人。

马五婶的哭声让母亲明白，这个刚刚产下的女婴，已经被马五叔叔给溺死了。

我听见母亲也开始抽泣，她安慰了马五婶几句，就愤愤地推门离去了。

4

一辆马车，马车上坐三个闺女；马五叔叔和马五婶，一个牵着马，一个在后面推车。

无声。灰白。模糊。

我不知道。

我是在梦中，还是在现实的十岁时刻？

5

我贴紧在南山墙上，秋天的风吹得树叶呼呼啦啦作响。我有些烦躁，不想再打听马五叔叔家的事情。正想离开，却听见屋子里乒乒乓乓的声音，是桶盖子撞击铁桶的声音。

母亲来看望马五婶，可是母亲离开已经有一会儿了。马五婶还在抽泣，她几乎哭出了自己的心肝。

我的心也一抽一抽的，老心神不宁。

我想离开，却总感觉有人站在黑暗里摸索我的背、我的后脑勺，让我一动也不敢动。这时候仿佛又有细细的声音对我说话，但我听不清暮色掩埋下的声响。

我感觉到那是一双小手，嫩嫩的一双小手，刚出生婴儿的一双小手，不停地贴在我的面颊上。我感觉有一些温热，有一些柔软，有一些类似触须摆动的痒痒，蛊惑在我的年轻的皮肤上，蛊惑在我的凝视的眼睫上，蛊惑在我的忐忑的心里。

我终于忍耐不住寂静，忍耐不住恐惧，忍耐不住残忍，我离开墙壁。

眼前的黑暗，我的眼睛早适应了，现在我能看见黑暗中变化细微的动静。

黑夜是白色的，这是我第一次看见的白色的黑夜；那白是一种淡灰的白，在我的眼前，每一个小动物都栩栩如生地在白色的黑夜里走来走去；它们是各自玩耍，白色的夜晚里的动物都是孤僻的，它们只跟自己玩耍。

马五叔叔家的门哐当一声开了。

我看见马五叔叔出来，他左手拎着一个铁锹，右手拎着一个铁桶，很沉重，仿佛拎了一铁桶水。马五叔叔还没适应外面的夜色，他站在门口，在等待他的眼睛适应黑暗。

三十秒，六十秒……

我看着马五叔叔，斜着身子朝着老井的方向走去。

我看见马五叔叔的身后，跟着一个刚出生婴儿；待我细看，那是一个赤身女婴的精灵，白色的，走路一蹦一跳；浑身雪白的皮肤上流着冒热气的血；一双乌溜溜的大眼睛，和那个放马的马丽姐姐的大眼睛一模一样。

它不是人了，我这样告诉自己；它是一个幸福的精灵，就权且当作它是幸福的吧。它跟在马五叔叔的后面，追着马五叔叔右手下的大铁桶；它在追逐什么呢？

马五叔叔很快走到老井旁，我有一些纳闷，他竟然很熟练地摸到了老井旁。

在这样一个漆黑的夜里，他像长了一双鬼眼，毫不困难地把那个铁桶提到了老井边，然后把一桶热水倒进老井里，顺着腾腾的热水，我看见一个肉乎乎的东西也倒进老井里了。

我几乎在同一个瞬间，在二百米之外，就听到了扑通一声，然后传来一声惨叫。

后来经过推理分析，离老井那么远的我，听到一个已经死去的婴儿的叫声，那是不可能的。可是，那一刻我明明听到了一个婴儿坠到井底的扑通一声的怪响，然后是一个婴儿细细的惨叫，很是瘆人的惨叫。也就是这一刻，我看见那个影子一般的精灵，毫不犹豫地纵身跳进了那口老井。

我看得清清楚楚，我能看见夜幕下每一个动物的每一个细小的动作。那个白色的小动物，已经跳到老井里了，我却没有听到第二次扑通一声的怪响。那时候我真切地明白，肉体和灵魂是不一样的啊；肉体的沉重与痛，远不及灵魂飘逸和洒脱。

铁桶里的东西都倒进老井了，从老井里冒出来的腾腾的热气，弥漫在井口周围。马五叔叔哐当一声放下铁桶，把铁锹攥在手里，在老井旁边的土堆上，挖了一铁锹又一铁锹，估计把那老井又填高了一尺，他这才扛起铁锹，捡起铁桶径直回家了。

我很想走到老井旁看看，看看老井里的女婴，看看女婴的那个小精灵。

可是我有一些胆怯，从此以后我再也不敢靠近这一口老井。

多少年来，我仿佛仍旧听到扑通的一声，沉重而持久；我也仿佛看到那一个小精灵，一蹦一跳勇敢地随那女婴的尸体跳进老井里。

此时此刻，我坐在电脑前，我在想我是否继续写下去，写下我听到的结局呢？

我知道，这个故事远没有结束，因为在我十岁窥视的那一个夜晚之后，不安的生活仍然继续。

6

一辆马车，马车上坐着三个闺女；马五叔叔和马五婶，一个牵着马，一个在后面推车。

越来越清晰了，车轮轧过泥水的声音，嚓嚓，嚓嚓；三个闺女偶尔朝我微笑，是暗白的微笑。

我不知道。

我是在梦中，还是在现实的十岁时刻？

7

五个月不足于让我淡忘一件残忍的事情，五个月马五婶的身心还不足于康复；可是五个月后，我发现马五婶的肚子又鼓了起来。马五婶脸上的笑容再次爬满皱纹。我知道，在马五婶的心里，这次怀的肯定是一个带把的了。

她也总是这么说，小村的人见了她，也总是说她这次保不准怀了个带把的。

可是马五婶婶每次产下来的，却总也不能如她所愿，尤其不能如马五叔叔所愿。

我想，算上这个，马五婶婶该是怀了第十五个了。

十五个丫头，我父亲有一天说，我这个老表还真有一股劲儿，二十年竟然一口气生产下十五个丫头；可惜他只养活了四个，那十一个苦命的丫头，刚一出生注定就夭折了。

我父亲说，如果胖嫂这次怀的仍是丫头，咱家养着吧。

母亲说，胖嫂是愿意，可是马五不愿意；马五他宁愿要了她们的命，也不会把孩子留下来。

那时候我想，这个叫马五的人，根本就不是人。

那一天，我终于忍不住，在心里狠狠骂了马五叔叔一通。

又几个月后，马五婶终于再次临产了；果然不出大家所料，马五婶又生下一个丫头。果然，那个叫马五的人，再次用热水溺死或者烫死了这个女婴。我彻底无语了。我们要求父亲，把马五叔叔撵走；父亲也同意了。可是，当父亲走到马五叔叔家时，又打消了撵走马五叔叔的念头。父亲看见马五叔叔身边的三个丫头，老二都快出嫁了，仍旧衣不蔽体。

马五叔叔已经五十岁的人了，岁月悄悄爬进了他的眼睛，沧桑和浑浊，那是一种无可奈何的凄凉。

马五叔叔说，老表啊，你嫂子又怀上了，这次保准是个带把的。

父亲默默地看着他，已经无话可说。

在以后的好多年里，我很少回家，对马五叔叔也就淡忘了。

可是有一天我领着女朋友回到乡下，发现马五叔叔的两间草房已经没了。母亲告诉我，你马五叔叔去年终于生了个儿子，母亲说着，叹息一声，可惜了你马五婶那么好的一个人，生儿子的时候，最终没能挺过来。唉，一个女人，再好的身体哪能年年折腾着生孩子呢？

我想了想，截至去年，马五叔叔该是六十的人了；马五婶呢，少说也五十多了吧。

母亲说得有些泪花闪闪，我也禁不住有些悲伤。我知道马五叔叔终于如愿以偿，他也该带着他的儿子，回山南认祖归宗了。

之后好多年，女友变成了老婆。老婆总是让我讲一讲马五叔叔的故事，我知道她不是真心想听马五叔叔的故事，她是在提醒我，我们有一个姑娘了，只此一个就足够了。

我说，政策已经放宽了，“单独”的，可以生两个嘛！

老婆不搭理我，哄闺女玩去了。

我幽幽地望着她的背影，突然想起一句激情慷慨的话。

我说，马五叔叔的时代，已经一去不复还了。

8

一辆马车，马车上坐着三个闺女；马五叔叔和马五婶，一个牵着马，一个在后面推车。

可是每次我都听到一声马的嘶鸣。

我不知道。

我是在梦中，还是在现实的十岁时刻？

9

母亲打来电话，问了一些她孙女的话，然后话锋一转说，你马五叔叔前几天回咱村一趟，他在那口老井边设了香案。你马五叔叔已经很老了，六十五岁的人了。你马五叔叔告诉我，他在梦里，看见十几个女婴围着他，叫他爸爸。你马五叔叔说这话时，哭哭笑笑的。你还记得不，是那个叫马丽的三女子陪他来的；那天他跪在井口旁，就是不起来，他说井里有他的八个闺女；我明明记得是七个，母亲说。

我告诉母亲，不管是七条人命还是八条人命，他马五都是要偿还的；即使她的那些夭折的闺女原谅他，后面的岁月就让他自己煎熬吧。

老婆走过来说，那个马五叔叔怎么了？

我说，他开始偿命了呗。

我接着告诉母亲，你知道吗，城里很多朋友生的都是闺女，他们都奉若珍宝；我是不会再要孩子了，一个闺女就够养活的了。

我知道母亲打电话另一个意思，就是劝我要生一个儿子。

可是当夜深人静时，我想起了传宗接代、认祖归宗，我突然问自己：到底要不要生一个儿子？

一个弱小的声音说，不要；可是另一个洪亮的声音说，要，一定要再生养一个。

10

一辆马车，马车上坐着三个闺女；马五叔叔和马五婶，一个牵着马，一个在后面推车。

二十五年过去了，马五叔叔一家进村的场景，却不时闯进我的梦里。

奇怪，真是奇怪。

每次听到一声马的嘶鸣，我就醒了。

我在焦虑吗?

我不知道。

（刊于《东京文学》，2014年2期）

兔子，兔子

一

一只灰色的兔子在前面没命地跑着，样子十分古怪、好笑。在我的印象里，它奔跑起来，就像一个腿脚不灵便的人在摔跟头。我和小黑在后面追赶，一步也不肯落下。小黑是我养的一只瘦小的狼狗，平日里做我的伙伴，陪我玩耍；一旦碰见猎物，比如兔子、野鸡之类，它就是我的猎犬。

现在，我和小黑追赶着一只受伤的兔子，有七八里远了，其间蹚过一条河，翻过两架山。我长嘘短喘，几乎快累趴下了。一直跟着我追赶的小黑，这会儿落在我的后面，它也不想追了。然而我知道，这是一只逃命的兔子，它已经到了极限；我感觉到它放慢了脚步，我猜测它几乎崩溃了。现在，一只被我追赶的兔子，已经不想逃命了。

一只兔子在平地里奔跑，总是像一个球一样弹起来，又像一个球一样掉下去。兔子的前腿长，后腿短，一般是后腿发力弹出去，前腿过长先落地。有时候兔子跑急促了，掌控不住身体，就会直直地摔到地上。在平地里奔跑，兔子是跑不过猎狗的，即使是逃命，也还要逊色三分。倘若爬山，那可是兔子的特长；兔子充分发挥它的后腿短而有力、前腿长的特点了，很快就会爬过山顶。这时候，兔子会摆脱刚才在平地里几乎被猎狗咬住的惊恐，胆大一点儿的还会回过头来，瞄一眼追赶它的猎狗和猎人。这时候它会看见，追赶它的猎狗和猎人，都还在半山腰喘大气呢。

兔子要逃命，就要往山坡上跑；猎狗和猎人一般是追不上的。在之前的经验中，兔子一旦爬坡，我就不再追赶。我也会喝止我的小黑；它听到我的吆喝，就会望着翻过山顶的兔影儿，识趣地折回来。可是这一次不同，这一次我和小黑追赶的是一只受伤的兔子。我知道，能把这兔捽子给拧断，它的一条腿肯定残废了。现在它只用三条腿跑了，但还是比我跑得快。它是在逃命，而我在这个清晨，是在要它的命。

二

兔捽子是用很细的铁丝，挽成的一个活扣；然后用钳子把这活扣，拧在一个一尺长的木钉子上。这种兔捽子，我一共做了一百多个；一个冬天下来，被兔子拧缠坏的，被过路人收走的，有五六十个；现在还能用的，最多不过五十个了。不过一个冬天，到现在为止，我已经捽到了三十只野兔。

在我追赶一只灰兔子的前一天傍晚，爷爷告诉我，二黑，你去把捽子下到北地，那儿的麦子被豁子啃地皮上了。爷爷常把兔子，说成豁子。我说，知道了。我背着一大捆捽子，拎着一把斧头，哗啦哗啦就去了北地。

来到北地，我并没急着下捽子，而是把捽子往麦地一扔，顺着靠山的地边，去踅摸兔子的踪迹。地头的麦苗，早被兔子啃没了，露出土的灰褐色。我从地边往深处走，那儿的麦苗也被啃去不少。看到兔子如此糟蹋我家的麦苗，我对它们立刻憎恨起来。

我几乎看到一只兔子是在后半夜，从山坡上偷偷溜下来，小心翼翼地磨蹭到麦地，先试探着啃上几口，见四周没有动静，就大胆地啃起来了。然后它又招呼兔子兔孙，一窝都下地，啃完了地边的，就往地中间啃去。它们咔嚓、咔嚓地啃着，绿幽幽的麦苗，几乎染绿了兔子们的嘴巴，也染绿了兔子们的心和肺。我几乎对这些可恶的兔子咬牙切齿了。不过二十年后的今天，兔子在乡下的竹子村已经很少见，所以也只有今天，我才感觉到兔子的可爱。

那一个傍晚，我在地头上，寻找兔子下山的路径。兔子半夜里从山上下来，一般不走光明大道，如同人间的贼一样。尤其是通往麦地最后的几步路，狡猾的老兔子会从茂密的草丛里，或者刺笼里钻出来，再下到地里；只有那些年轻的兔子，一股脑儿走现成的道儿。所以，在我家的地头上，无论是现成的道儿，还是兔子有可能从那里钻出来的草丛、刺笼，我都楔上了捽子。五十米靠山的地边，我下了近四十个捽子。我就不信了，那些害人精胆敢冒失地啃绿它们的嘴巴。

下捽子也是有技巧的。倘若在山路下，要下在靠草丛的路边，待捽子楔进去之后，再用草丛做个掩护。不然，精明的兔子若看见了明晃晃的铁丝，它会绕道走开。下捽子也不能下在路边的小树下，倘若如此，即使兔子被捽住了，只要捽住的不是脖子，而是腿，兔子会绕着小树转圈儿，几个回合就会把铁丝拧缠断了，它也就逃之夭夭了。

依据爷爷教给我的这些经验，把那四十个兔摔子一一下好后，再一一做了掩护。不过下摔子还可以声东击西，在明路上下几个，故意让兔子看见，这样它们就会绕道；然而，在兔子绕行的道上，连续下上几个做好掩护的摔子，正当兔子暗自高兴，逃过了猎人的陷阱，麻痹大意之时，却一头撞进猎人的另外的圈套。“再狡猾的猎物，也逃不脱猎人的眼睛。”这句话用在这里，再恰切不过了。

三

我下完最后一个摔子，直起腰，看看四周，暮色已经合拢。我急忙拎着斧头，回望一眼那些隐蔽进山边草丛的摔子，心中暗自高兴。心想，害人的兔子，狡猾的兔子，只要胆敢下山来，就没那么好的运气了。

这是十二月的傍晚，天说黑就黑了，我得在还能看清山路之前，赶回家里。我蹚着山路上的枯草，脚步嗒嗒作响。要不是这些兔子祸害了麦苗，我根本不愿在这寒冷的傍晚，掏这么大的本钱儿跑出来。

我很讨厌吃野兔的肉，我可以这样表述那时我对兔子的看法。兔子太不值钱了，野兔的肉几乎没人喜欢吃，它腥味太重，又黏黏糊糊的，吃起来像木疙瘩；而兔子的毛皮，大个头儿的、完整不被损坏的，才五角钱一张。总之，那时候我对兔子，倘若不是为了保护那绿油油的麦苗，我才懒得跟它们为敌呢。

我对兔子的反感，缘于我吃兔子肉吃得太多了，几乎吃腻了。爷爷那时候六十来岁，冬天里整日在山上打猎，野鸡、狼、野猪、野猫、獾子之类，年年都能打到好多。我听爷爷讲，他年轻的时候，曾经打死过老虎和豹子，不过那离现在已经六七十年了。爷爷每次打猎回来，背篓子里至少也会装着一只兔子。爷爷打猎，用的是装着散弹的猎枪。这样的土制猎抢，一般打五十米远就已经很不错。不过一把散弹飞出去，像一个散开的网，任何一粒子弹击中，兔子就会毙命。爷爷一般不打这些小动物。爷爷说，打这些小动物，还不够子弹的钱，打这些小动物，净是赔钱的买卖。

爷爷几乎每天都给我煮兔肉啃，直啃得我嘴巴麻木，只想啃白馍馍了。现在，我听见谁说兔子，或者见了兔子，我就想起天天啃兔子肉的年月。那时候土地没有肥料，最肥沃的麦地亩产三百多斤；你可以想象，在腊月里，那些随处可见的兔子，在夜半山更偷偷摸摸地跑下山来，啃坏了很多麦苗，让我第二年没有白馍馍吃，你就可以想象，我对害人精的野兔子是什么感觉了。

四

逮兔子除了纯粹的打猎之外，就是下捽子。还有一种方法是领着猎狗，去追赶有伤，或者年幼的兔子。下过捽子之后的第二天一大早，天还灰灰亮的时候，我就领着小黑，兴冲冲往北地去了。

离北地还很远，我就看到一只兔子，在那地边上翻腾来折腾去。我知道那是一只兔子被捽住了，我不甘心下的四十个捽子，就捽住了一只兔子。借着晨曦暗淡的光，我向五十米长的地边望去，空空如也。我知道，一旦一只兔子被捽住，别的兔子就会警觉起来。

我加快步子，几乎小跑。离那只兔子还有二十米远，我开始暗自高兴。我估摸了，这是一只至少八斤重的兔子，尽管我不喜欢吃兔肉，但能够逮到一只这么大的兔子，我立刻激动起来。我的脚步不停，但我在琢磨，这肯定是一只老兔子，是兔子的父亲或者兔子的母亲，领着一窝兔子兔孙，浩浩荡荡下山啃麦苗来了。

这只兔子走在前面，试探着道路的安全。这肯定是一只狡猾的兔子，它在一点一点磨蹭着，小心翼翼往麦地踅摸着；它提醒它的子孙，千万不要碰到猎人下的摔子。我知道这只老兔子已经看到下在明处的几个摔子了，它已经熟练地绕过。现在，它钻进一堆刺笼里，以为刺笼里比较安全，然后再从刺笼里的某一条缝隙钻出来。可惜它千算万算，还是没有逃过猎人的心思。这是一只快接近麦苗的兔子，它内心一阵狂喜；但它不知道，我下在那儿的摔子，已经等它半个夜晚了。

就是这一刻，它的一条前腿已经钻进摔子的活扣里。这时候，也是它暗自高兴的时刻，它回过头来招呼兔子兔孙，说，都下来吧，没事，这绿油油的味道太香了。说完，它准备一个跃起，跳到麦地里；可是，它的后腿刚刚使劲儿，前腿刚刚往上迈，摔子的活扣已经拉紧了。这只兔子还没跃起来，就摔在了地上。它知道，它已经遇到了麻烦。它慌忙招呼兔子兔孙，或许还有它的兔老婆，要这一大家子赶快逃命。

它开始想尽办法来摆脱这个摔子，它越是使劲挣脱，摔子的活扣越是摔得紧。它感觉到疼痛，它感觉到它的前腿的一层皮毛掉了。它歇息了一下，抬头看了看满天的星星，它感觉到它的世界已经暗淡。它发出一声哀号，这是在告诉它的那一大家子，要它们赶快离开。它知道，这里已经是一个满布陷阱的是非之地了。

它前腿上的皮肉已经没了，露出洁白的骨头。摔子已经摔到骨头上，它无论如何挣扎，都已经无济于事。它已经煎熬了大半夜，劳累和疼痛同时袭击着它。它在瑟瑟发抖，寒冷的霜冻下在它的身上，像覆盖了一层薄薄的洁白的雪花。

我很远就看到它已经奄奄一息，小黑也早看见了它，早汪汪地冲了过去。我想，一只肥大的兔子，这是我一个冬天逮到的最大的一只兔子啊。太令人兴奋了，我紧跟着小黑也跑了起来。可是，我怎么也没有想到，就在小黑跑到这只兔子跟前，准备张嘴咬它的脖子，“说时迟，那时快”，这只兔子嘎嘣一声，咬断了自己的那一条前腿，一拐一瘸地跑了。

五

我看着这只一跟头又一跟头往前跑的三条的腿兔子，顿时惊呆了。不只是我惊呆了，连我那只凶狠的猎狗，小黑，也惊呆了。它被这只突然逃窜的兔子，吓得身子往后坐了一下；我看出了小黑的迟疑，小黑回过头来，也看出了我的迟疑。直到兔子跑出好几米远，我才反应过来，小黑也反应过来了；在我的吆喝下，它立刻追赶了上去。那只兔子在前面，小黑在中间，我在后面，我们三个就像赛跑，那只兔子在前面领着路，我们跑了一个早晨。

那只兔子向东跑去，前面是一条小河，它扑通、扑通蹚着水，过去了。小黑跑到河边却停了下来，它在寻找水浅处。直至我追赶到河边，小黑才绕道上游，蹚过水去。这时候兔子已经跑到山边，以我的经验，追赶到这儿就不应该追赶了；可是，我却突然有了穷追不舍的念头。我脱掉鞋子，迅速蹚过河水，再穿上鞋子，小黑也跑到了山边。可是那只兔子，已经抛下我们三百米远。这是一只正要爬山的兔子，好在它只有三条腿，否则我们没一点儿追赶上它的希望。

小黑爬山不行，还没我爬得快。小黑现在的价值，是替我盯着那只兔子，别让它跑丢。以前我领着小黑在河坡里蹚兔子，主要是依靠狗鼻子。狗的鼻子灵敏，只要它一闻，就知道兔子藏在哪里。这时候兔子再也没有了隐藏的耐心，就撒欢跑出来。而现在，小黑跑是跑不过那只兔子了，它几乎也跑不过我。我跑在小黑的前面，小黑在我的后面，翘着尾巴跟着，像个做事不力的孩子。

那只兔子快翻过东山了，我还在半山腰，可是我追赶它的兴趣，不但一点儿没有减少，反而更加强烈。我气喘吁吁，手脚并用，连跑带爬，如此下劲儿，我离那只兔子也就越来越近。

很多年后，一个兔年的一天，我给 “蕙的风”说起我小时候在老家追赶兔子的经历，她说，你这不是打猎，你这是在追赶兔子，是要把兔子累死啊。我嘿嘿直乐，想想当年追赶兔子的情景，还确实是这么回事。不过二十年后的今天，倘若再让我追赶兔子，我是死活也追不上的。

我离那只兔子不到五米了，不到三米了。之前，我从来没有如此近距离地追赶过一只野兔。现在，我已经把一只野兔追赶得不跑了，但我不愿意去逮它。我和小黑又追赶一座山之后，在一个山脊上，那只三条腿的兔子，终于老老实实地趴在地上了。

它翻着兔眼看着我，我翻着人眼看着它，我们俩对看着，我感觉到它是崩溃了。它肯定在想，它活了那么多年，长到那么大，还从来没有一个猎人这么卖命地追赶它。我也在想，我为什么要这么卖命地追赶一只野兔呢？这时候小黑跟上来了，它一口咬住这只兔子的脖子，而我喝止住了它，小黑又松开了口。

那只兔子已不再惊恐，它也不再跑了，它在喘着粗气。我说，你还跑啊，我就不信了，我追赶不上你。我这么说的时候，心中充满一股豪气，我感觉奔跑两架山的疲累，一扫而光了。

我抓住那只兔子的脖子，拎起来，估摸了估摸，确实有八斤重。这时候我看见它的那一条断腿，还在向外渗透着热气腾腾的血。那是骨头，白色的，已经被它自己咬断了。现在，我看着它的剩下的半截子断腿，仿佛再次听到，它在那个逃命的一刻，不惜一切地给咬断了，咔嚓一声，时隔多年，我仍能隐隐约约地感觉到那咔嚓的一声，回响在我的耳边和心头。

我用手摸了摸那只兔子的肚子，里面有兔崽儿。我轻轻地给自己说，放了它吧，这是一只已经有了崽儿的母兔子。然而我一想到，这只母兔子下一窝兔崽儿后，就会领着它的兔子兔孙再次祸害我的麦苗，我就又憎恨起它们来了。

六

二十年后，我已经记不得是否放走了那一只怀了崽儿的母兔子。当"蕙的风"问我，你放了那只兔子吧。我说，是的，我怎么能杀戮一只怀了崽儿的母兔子呢？我回答"蕙的风"的时候，我想，这是站在二十年后的今天说的。

我们生活的今天，野兔子已经成为稀有物种了。现在，我们生活在城市里，想看到当年泛滥成灾的兔子，只能说异想天开；现在，那些我记忆中的灰毛兔，只有动物园圈养的那么几只了。

我前几天回乡下竹子村，一个人去当年追赶兔子的地方，蹚过那条河，爬过两架山。可是二十年过后，这里的野生兔子没有了，我这山爬得着实索然无味，只剩下奔跑的无奈的象征和隐喻。

我对"蕙的风"发誓说，二十年前我追赶的那一只兔子，我确实把它放了。不过，我还说，如果现在我要是碰见它，我依然要蹚过一条河，翻过两架山，继续追赶它呢。

（刊于《草原》，2012年9期）

附录

以梦为马，以诗为铲开掘出的梦境散文

慕　朓

一

衣水散文作品包含哪些元素？他的文字会指向何方？

最直接的感受是，衣水的散文以梦为马，肆意驰骋，叩问苍茫。他把个体对外界现实的感受，通过一道窗口展示给在屋里的人看，他则在窗外，——这是个扯住窗口不放，而眼睛投向远方的人。这道窗口就是梦境，而且衣水这组散文一直使用这一窗口。我姑且把他的散文称之为“梦境散文”。

二

衣水这组散文都是内心幻化出来的文字。他在《自序》中说："世界中的现实，生活中的真相；梦境里的真实，真实中的虚幻。如此等等，我都在慢慢触摸它们。"亦真亦幻，用幻境写内心真实的愿望，而愿望的周围，我们似乎看到的是火烧火燎的浮躁的世界。"最后归结为我的全部抗争和梦想！"——这已经讲得很清楚了，衣水所有这些文字都折射一种困境，是个体在现代生活中的不适应、不接受、不妥协的哀鸣乃至抗争。衣水把Z城和竹子屯作为一种隐喻，把人从纯朴诗意的乡村到浮躁功利的城市的纠缠和盘托出。读完这组散文，你渐渐把衣水模糊的内心图景拂拭清晰，这是一颗感受到现代价值与传统价值冲突、追问终极意义的心，其所有文字组成一个问号——对精神家园的叩问，对最后阵地如村庄、羊群的坚守，对圣境的憧憬和敬畏。举例为证：

有一种是对灵魂无法被拯救的哀叹。

如《黄犍牛的眼泪》："一头黄犍牛从我的竹子屯，哞哞地跑到我居住的Z城避难。我应该好好地安置它，然而我却逃跑了。"黄犍牛犹如最后的救赎，但是，我无形中弃绝了这种救赎。

衣水散文另一个命题是直接关注当下的，如《我打断一只老鼠的后腿》：关于生存权利的思考。如《一只勇敢的老鼠》：讲生存现状，人生处处有陷阱。这篇让人联想到卡夫卡的小说《地洞》，可作为寓言式小品文来读，命题涉及更多方面。

三

心化之文，有时会被理念牵着鼻子走。但是，为什么衣水这些文字里面没有这种痕迹？秘密在哪里？也许在于细节的鲜活、灵动。除外还有什么？

细　节

衣水对拿来作隐喻的表象，并非冷漠待之，而是饱含情感、感觉将之捂热。这些意象已不仅仅是象征，更多的是作者情感的渗透。如对灌注寓意的“羊群”的抚摸，仿佛从心灵的草原上游牧一群圣洁的羊：“它们跑散了，有的在近处的溪边，有的在远处的开满大紫花的土丘上，一朵一朵的羊装点着蔓延的草原。有的构成了近景，实实在在，一点一点地移动，是浓墨重彩。有的在很远的天际，慢慢地飘，不知不觉就快杳出我的视线。它们是远景，是虚无缥缈的白云，几乎成了大草原的飞白。”（《我在一个下午放羊》）

如对村庄的叙述带有某种疼痛感：“在白茫茫的一片荒原上，我看不见了我的村庄。我踏出去的脚步，会在白茫茫的夜色里，顷刻不见。我不能回头，因为我知道回家的路已经不复存在。它们去哪里了？它们被蜂拥而至的夜色，它们被现代化的积雪，它们被我浮躁的心灵，严严密密地覆盖了。或许，它们已经被遥远的山口刮过来的风，顺路给捎走了。”（《一个不见的村庄》）

诗歌元素

读衣水的散文，我总感觉到诗歌的影子。

（1）诗意的语言：“直到今晚我看到它，直到今晚月光写满大地，这棵野生向日葵依然是被遗忘的。它在月亮的暗影里，开始不断训练自己的花瓣。它不是家养的向日葵，它是被光明遗弃的向日葵。它在一个缺钙的时代里，顶着一圈瘦小的帽子，向着无望的明天生长。”（《夜晚的向日葵》）

（2）诗歌的节奏和激情：“一个村庄我住过的村庄，我把我所有的时光都交付给了它。我在不停地长大，它在不停地遗落。”（《一个不见的村庄》）——我似乎读到海子诗歌的节奏和意象。

（3）充满诗歌的想象力：

假设一：一棵大树和天空交流。

一棵大树和天空交流一些什么？大树赤裸了身子，它的世界再也没有叶子了。那该是落寞还是一身轻松？它把那些无聊的鸟儿都打发走了，它感觉到它和天空一样，整个身体和内心世界，干净了，清爽了。它只用一个无与伦比的姿态，打量头顶的世界就足够了。

天空呢？它一直无言无语，它不和大树说话，它也不和天下的黎民说话，我只能在它的无言里揣测它的心思。一个天空和一棵大树的交流，估计是说一些相互安慰的话。一棵大树说，我的头顶只有天空；而天空说，我的孤独里隐藏着一棵大树的孤独。

假设二：一棵大树冬眠，开始完全忘记自己。

一棵大树忘记自己，就意味着它不再孤独。一棵大树在一个季节里，把所有的心思都融化进土壤。它不再把所有的心思都开成绚丽的花，炫耀枝头。现在，它已经把所有的鸟儿都撵走了，它把所有的枝丫都收拢在自己的身体里。它藏匿在自己心灵的一角，它以一棵大树的名义宣布，它是一棵忘记了自己的树。

——（《一棵大树忘记了自己》）

梦幻宫殿般的构思

衣水的散文和别人最不同的也许就是他化梦为马，挥诗为铲开掘出梦境中的文字。他的散文谋篇布局，多以一个点切入、掘进、生发，一个想象带动另一个想象，一个细节连缀一个细节，“纲举目张”，构筑整个文字的框架和血肉。如《一只小黑碗》，它以一只小黑碗作为观照对象，围绕它展开想象和抒情。另外，因为诗歌的激情、联想、感觉的介入，衣水的这些文章总在现实的窗外飞翔，所以不妨把它们当作散文诗来看。那它们是什么类型的散文诗？也许是倾向于现代体悟的抒情散文诗。

2009年10月

（慕朓，青年作家，散文评论家）

还原另一种真实

——在虚幻中抵达

尹 聿

一

提起衣水，诗歌界已经为人所知，他和同仁扛着“性感写作”的大旗，猎猎招展5年之多，并且取得骄人的成绩，得到诗歌界的关注和肯定。但知道他写散文，并把散文写得很好的人不多。也就是这个写诗的衣水，突然有一天，会把一本厚厚的文集撂在你面前。

这是一本厚厚的散文，几十万字，并且都是近几年的作品。这让我惊异于一份报纸小小编辑的他，是在什么时间写这么多作品，并且还是以系列形式创作。因为我知道，他们那份报纸的编辑工作实在是太忙、太累。总之，这就是衣水的勤奋和善思，这也是作为诗人的衣水，用另外一种文字方式关注着我们的世界，在探寻着其内在的秘密。曾经一位图书编辑这样评价他的作品："这是草根族的'修炼'，作为草根一族，他甘于清贫，甘于寂寞，甘于在茫茫征途艰辛跋涉探求着美好的东西。"

二

作为一个来自偏远山区的"城市人"来说，无论城市文明多么充满诱惑，多么具有致命的"杀伤力"，衣水对自身存在的困境还是时刻保持着警醒的。他始终是一个具有反省能力的"外来人"，对世界的认知和文明的认识始终怀着"间离"的心态，而不是熟视无睹、充耳不闻，甚至同流合污。他生活着，又同时是自己的观察者和叙述者。他一边用睿智的眼睛，犀利地观察着周边的变化和庸常的生活，一边记录着自己思考中精神层面的困境，同时寻找着突围之路，以便从中逃逸或者遁迹。正如他所言：

"散文的本质在于揭开。要知道，世界有太多遮蔽物，它们覆盖在表层。散文和散文家的意义就在于清扫这些遮蔽物，让世界照亮我们的胸膛。"

那么，衣水是"揭开"什么样的秘密和情感呢？他说，"而我要揭开什么？这是一个我日思夜虑的问题。至今我还不太清楚，但我以为，我是在揭开在我内心深处的竹子屯和Z城之间的不断纠缠。"

在衣水散文里，中心生活场域主要是Z城和竹子屯，在这两个文明和文化冲突严重的世界里，作者的内心也充满着矛盾、困惑，他也在改变自己和坚守自己的矛盾中斗争着、挣扎着。他说，"Z城是一座古老的文化之城，也是惰性之城。而我生活在Z城，一个令人向往而又碌碌无为的城市。我从竹子屯走过来，在不知不觉中，正如许多人一样日益衰老。但我不会心甘，尽管我对世界无能为力。这时候，我想到牛、驴子、马等各种各样的生命，尽管Z城不适应它们生活，但它们会在自己的生活里过得比我快乐。这时候我想到人。怎么样才是人呢？围绕这个问题，撇开现象的纷扰芜杂，我开始了散文的内虚构。”

也就是说，在从农村人向城市人身份转换过程中，他发现了充斥着现代文明的城市里，其实很多存在都是虚伪、虚假甚至是荒诞的。人们都在聚精会神地忙碌着，兢兢业业地忙碌着，认认真真地耗费着生命，享受着瞬时的感官愉悦。在金钱的支撑下，皱褶的面皮可以扯平到如水一样滑腻，不孕的肚子可以用别人的子宫来生儿育女。忙碌的人们看似生机勃勃，充满朝气，殊不知为一口热饭而完全丧失了自身自然放松的时间而疲于奔命。而最要命的是，在这样的忙忙碌碌中，都很自足，没有意识到存在的困境，虽然时不时发发牢骚，但是为眼前的一点儿既得利益的获得，马上就会堵住嘴巴，从而逼迫自己重振精神，重新冲进社会这个大旋涡中去“捞”生活。反省能力退化甚至没有了。生活在这样充满霉味和腐朽气的现实中，衣水发现自己“老了”。这个“老”很有意思，它道出了衣水散文需要解决问题的实质及根本所在——如何使自己“鲜活”地活着。怎么解决，衣水当然要到记忆中去寻找，这也是注重内心的诗人必然的去处。

而内心记忆的那个美好在哪里呢？在那个人欢马叫的竹子屯。究竟这个世界上有没有竹子屯，我们不用管它，也不重要。重要的是那里的“牛、驴子、马等各种各样的生命，尽管Z城不适应它们生活，但是它们会在自己的生活里过得比我快乐”。当然，它们肯定不适应Z城的生活，而“我”也就是闯进城市的“牛、驴、马”。在衣水眼中，城市的生活不是真正人的生活，城市里的人已经为“物”所役，异化了，已经失去了人的本质天性。而自己也在慢慢蜕化、退化，也要变得不是“人”了。于是他提出了一个问题：怎么样才更像人呢？也就是说，在衣水眼中，“更像人”的生活——竹子屯的生活是什么样子呢？在《我在一个下午放羊》中，有这么几段，很好地说明“我”心中人的生活样子：

“看着这么多白羊，一只白过一只。它们跑散了，有的在近处的溪边，有的在远处的开满大紫花的土丘上，一朵一朵的羊装点着蔓延的草原。有的构成了近景，实实在在，一点一点地移动，是浓墨重彩。有的在很远的天际，慢慢地飘，不知不觉就快杳出我的视线。它们是远景，是虚无缥缈的白云，几乎成了大草原的飞白。”——这是一个“我”理想中的“人”应该活动的场域。

“我很喜欢这些羊群，尤其喜欢那些长着长长胡子的公山羊。它们总是很不老实，总是翘着独具特色的一撮胡子，眼望着远处的蓝天，出神、发呆，或许是思考。它们有时还去很远的地方，追赶飘走的云彩。结果我费了好大的精力，才把它们找回来。事实上我的这些羊群，即使我不去找它们，它们也会回来的。它们只是太喜欢那些走在头顶的云彩，就一直吃着草，向高处走去，以为走上某一个坡顶，一块云彩就能掉在它们的头上了。”——像羊一样可以“不老实”，可以“出神、发呆”，甚至可以“思考”，有自己自由向往的天空和云彩。这种羊的生活也就是“我”向往的人应该有的生活。

三

当衣水明晰方向之后，他就开始用文字进行奋力突围。而他采用的突围方法，也正是我愿意着重谈的地方。

衣水曾经说过要在散文里“清扫”“遮蔽物”，“让世界之灯照亮我们的胸膛”，并且说“写作关键在于怎么去揭开”。围绕怎么才更像“人”这个问题，就“如何揭开”，他自己做出了回答，“撇开纷扰芜杂的错觉，我开始了我的散文的内心虚构。”这就是衣水散文的独特之处。我以为，他是当前敢这么大胆、纯粹地公开声言“内心虚构”散文的第一人。

按说，散文是表现感受的，感受是不能虚构的，没有某种感受，就不可能写这种感受。在这个意义上讲，确实不能虚构。但是，散文所写的感受都是过去时的，有的还相隔了较久的时间，记忆的模糊性，记忆的残缺不全，即使作者再怎么想象，也不能使它们相对地清晰起来（当然散文创作时并不苛求想象的清晰性，甚至可以模糊一些，这样更真实）不管是清晰还是模糊，反正当作者想象时，这其中究竟有没有一些少许的无意识的虚构？也许作者想着、想着，真实的画面与某些其他的画面就叠合了，最后连自己也搞不清了，反正在自己的感觉中统统都是真实的。因为，思维本来就是很复杂的，事实、想象和虚构很难一刀切得泾渭分明。

传统散文写作大多是过去时的，而衣水的内心虚构建立在现实和真实的基础上，是进行时或将来时的。在技术上，衣水借鉴电影的长镜头和短镜头的功能，不断根据文章寓意的需要，场面频繁转换。基于此，衣水在散文创作中，在事实的叙述和描绘过程中，不知不觉地“滑”向“想象”的深渊而不可自拔，过足了“虚构”的瘾。就文体结合上，衣水散文跟刘亮程的散文有某些相似，刘亮程结合了小说的特点，把小说的表达方式引进了散文。一般来说，散文为了表达主观感受，开篇总有主观感受的线索埋设。而刘亮程往往是开篇就写事，只有叙事线，没有感受线；另外为了增强主观性，往往是叙述多于描写，在叙述中融入自己的主观感受。而衣水是把诗歌的想象和小说的虚构引入了散文，把三种文体杂糅在一起而没有杂乱之感。他总是用梦境勾连整篇结构，以梦境的形式写实——真实的现实，接着就开始了呓语式的自言自语，这些自言自语是在他想象和虚构的世界里完成的，也就是在他思想过滤过后呈现在读者面前的，内含他对叙述的事实的判断。这样忽而梦境，忽而现实，忽而事实的叙述描写，忽而“主观”感受的语言狂欢，不是一个来回和周期就结束了，而是在同一篇文章中反复出现，自如出入，叙事和感受纠缠不已，像两个相爱的人，纠缠得恰到好处。在衣水散文里，感受线是偏重的，他急于要把他自己对事实的感受和判断表达出来，急于要发现一条自己认为应该是真正人的生活的路，或者有所寓言，所以他就把过多的笔墨用在事实的升华和理想的虚构上了。

总之，每一个作家都在寻找一种方式进入世界。衣水对世界和人生的认识，首先是从对城市生活的困惑、对一个村庄的寻找开始的。他用漫长的时间让一个有着许多人和牲畜的村庄慢慢地进入他的内心，成为自己一个人的理想村庄。衣水的散文，就是他进入城市后精神苦闷的产物，想通过最本源的、原生态的东西，还原人本身的东西，这是他想在文字中实现的内涵，最终想通过城市与乡村互文、互衬等，传达一种现实和精神。在表现形式上，采取亦真亦幻的癫狂式的呓语形式推进叙述，全然不顾旁观者或者读者的阅读感受，一味地循着自己的思路往前走，实现自己的语言狂欢，从而把事实和经验虚化、情感化，使那个真实不再是原来的真实，而是作者心中的真实，情感化之后成为一种精神世界的真实，实现了艺术的真实。

2010年11月

（尹聿，诗人、小说家，中石化河南作协主席，郑州市作协副主席）